黄金の刻（とき）

小説　服部金太郎

楡　周平

集英社文庫

目次

黄金の刻（とき）

小説　服部金太郎

プロローグ

窓の外が明るくなった。

秋黴雨とはよくいったもので、このところ煙るような小雨が降っては止みする日が続いていたこともあって、西日を浴びた庭木の緑がことさら鮮やかに目に映る。

「おっ……雨、止んだね……」

服部玄三は誰に語りかけるともなく、ぽつりといった。

「やっぱりお義父さまは、運をお持ちでいらっしゃるわ。まるで今日の席をお祝いするかのよう」

隣に座る妻の英子が目元を緩ませ、嬉しそうにいった。

昭和五年（一九三〇年）十月。築地の老舗料亭『常盤』の大広間では、服部家の一族が漆塗りの膳を前にして、今日の主役の到着を待っていた。

親、子、孫、三代全員で総勢三十名を超える大宴会である。

正月には当主の屋敷を訪ねるのが恒例なのだが、前に全員が一堂に会したのはいつであったか、玄三も定かではない。

そのせいもあるのだろう、早くも歓談に花が咲き、大広間は人々の会話や笑い声で満たされて、開宴前とは思えぬ盛り上がりようだ。

「あなた、どなたなのか心当たりはないの？」

庭に目をやっていた英子が、いまだ空席のままの席に目を向ける。

英子のみならず、兄弟姉妹が到着する度に、玄三は同じことを訊ねられた。

「ロ」の字型に配置された膳の上には、それぞれの名前が記された紙が置かれていたのだが、本来長男にして発起人である玄三が座るはずの上座の席に自分の名前はなく、墨痕鮮やかに〝主賓〟と記された紙が置いてあったからだ。

今日は身内、それも直系の子夫妻と孫に限った席であるにもかかわらずだ。

宴席の手配の一切合切を行った玄三の秘書に問うても、「昨日、社長からご指示がございまして……」というだけで、彼も主賓が誰であるのか聞かされてはいないという。

身内だけの席に招くからには深い縁があるか、あるいは並々ならぬ恩を受けた人物には違いなかろうが、いくら思案しても見当がつかない。

「それがねえ、さっぱり分からんのだよ」

玄三は座椅子（ざいす）に上体を預け、腕組みをしながら首を捻（ひね）った。「よほど大切な人には違いないんだろうが、身内の中に一人だけとなるとねえ……。第一、招かれた方だって、居心地が悪いだろうに……」

「そうなんだよ」

二人の会話に割って入ったのは、次男の正次である。「僕もずっと考えていたんだけど、兄さんのいう通りだよ。お招きするんだから上座ってのは分かるけど、たった一人っていうのはよほどの理由があるに違いないんだ。それだけ深い縁がある人なら、僕たちに話すはず――」

「こちらでございます……」

大広間の入り口から秘書の声が聞こえた。

見ると、父親と同年代と思しき老婦人の姿がある。

七十前後と思われるのに、ピンと伸びた背筋。頭髪は白髪の方が多いが、肌には艶と張りがある。上品な柄の和服を一分の隙もなく身に纏った姿からは、滲み出るような気品が漂っている。

瞬間、一族全員の視線が老婦人に集まり、大広間は静寂に包まれた。

老婦人は座敷に一歩足を踏み入れたところで正座し、畳に両手をつくと、

「失礼いたします……」

凜とした声でいい、深々と頭を下げた。

その所作がまた美しい。

女性？　この人はいったい何者なんだ……。

てっきり主賓は男性と思い込んでいただけに、玄三は大いに驚き正次と顔を見合わせた。

「どうぞ、こちらの席に……」

秘書に促されるまま老婦人は立ち上がると、座布団を前にして再び両手をついた。

「あ……あの――」

玄三が話しかけようとした瞬間、

「私、河村浪子と申します」

老婦人は自ら名乗った。

「かわむらさん？……」

はて、初めて耳にする名前である。

「旧姓を辻と申しまして、金太郎さんとは――」

「辻さんとおっしゃいますと、父が最初に奉公に上がった『辻屋』さんの？」

「はい、辻粂吉の妹でございます」

浪子は、静かに頷きながら口元に穏やかな笑みを湛える。

そうか、そういうことか……。

合点がいったその時、秘書が再び現れると、

「社長が到着なさいました」

重々しい声で告げた。

席に着いていた全員が、立ち上がって迎えようとするのを、

「いやいや、そのままでいいよ。身内だけの席だ。今夜は気楽に、楽しくやろう」

明るい声で制し、子供と孫が全員揃った様子に目を細めたのは、『服部時計店』創業者の服部金太郎である。

深い光沢を放つ黒の背広に白のワイシャツ、白の蝶ネクタイ。

満七十歳を迎えたというのに背筋はピンと伸び、足取りもしっかりとしている。正月にはここにいる全員から年始の挨拶を受けているとはいえ、一堂に会するのがよほど嬉しいと見え、炯々とした眼光を宿す目元を緩ませる。年齢相応なのは真っ白な頭髪くらいのものだが、それも豊かで、老いの象徴というよりも、一代にして日本一の時計商に上り詰めた威厳を際立たせる。

金太郎は続いて現れた妻のまんと並んで立つと、二人同時に席に着く。

玄三は座布団から身を外し、

「お父さま、古稀をお迎えになりましたこと、一同を代表してお祝い申し上げます」

畳に両手をつき祝いの言葉を述べ、金太郎に向かって深く頭を下げた。

「ありがとう。こうして、家族全員に集まってもらって、古稀を祝えることを心から嬉しく思う」

金太郎は心底嬉しそうに頷くと、浪子を向いて姿勢を改め、「本日はお忙しい中、私のたっての願いをお聞き届けいただき、ご臨席賜りましたこと、まずは御礼申し上げま

す」

畳に両手をつき、丁重に頭を下げた。

「そんな、もったいのうございます。兄が亡くなった際には通夜、葬儀にもご参列いただき、供物にお花まで頂戴いたしまして本当に有り難く思っております。その上本日は、私のような者を、お身内だけの席にお招きいただき、身に余る光栄にございます……」

口調こそ穏やかだが、浪子の声からは、明らかに戸惑っている様子が窺えた。

宴席を囲む全員が同じ思いを抱いたようで、「身内だけの席だ」「気楽にやろう」といったばかりの金太郎の丁重な口上に、皆一様に怪訝な眼差しで浪子を見る。

「宴に入る前に、皆に紹介しておこう」

金太郎は、そう前置きをすると一同に向き直った。「服部金太郎には二つの誕生日がある。一つはこの世に生まれた日。そして、もう一つは私が実業家として今に至る第一歩を踏み出した日だ。生を授けてくれたのが両親なら、最初に奉公に上がった辻屋の主・辻粂吉氏は、実業家・服部金太郎の生みの親である。辻粂吉氏にも、父母同様に無限の感謝の念と恩を感じている。事業に成功し、長寿にも恵まれ、こうして古稀を迎えた姿を共に祝えたらどんなにいいかと思うのだが、残念ながら三名とも故人となってしまった今となっては、願いは叶わない。そこで、本日は辻粂吉氏の妹君であらせられる、河村浪子さまをお招きし、共に祝っていただけないかとお願いしたのだ」

そこで、金太郎は浪子に視線を向けると、

「浪子さん、私がお兄さまから学んだことは、商売のいろはだけではありません。経営者として、人としてどうあるべきか。何を学び、何を考えなければならないのか。齢十三で奉公に上がったその日からの二年間が、今に至る私の礎となったのです。粗宴ではありますが、ここに居並ぶ全員を家族だと思し召して、今日は存分にお楽しみ下さい」

また深く頭を下げた。

「そんな、家族だなんて、もったいのうございます……」

ますます困惑するばかりの浪子に、

「河村さま、お言葉を賜れれば、父も喜ぶかと……」

玄三は促した。

金太郎が、目を細めて頷くと、

「では、僭越ながら高い席から失礼申し上げます」

浪子は腰を浮かしかけた。

「身内の席です。どうぞそのままで……」

玄三が制すると、

「そうですか……では……」

改めて姿勢を正すと、金太郎の辻屋での働きぶりや、兄の粂吉による評価を年齢を感じさせない凛とした声で話し始めた。

「宴会というのは面白いものだねえ。趣旨はどうあれ、呑んで食べて、結局は同じになっちまうんだ」

*

古稀の祝いの宴である。開始直後こそ、子や孫たちが祝いの言葉を述べに金太郎の席にやって来たが、一巡すると新橋の芸者衆が登場し、男性たちに酌をしているうちに、座は賑やかさを増す一方となった。

金太郎はほとんど酒を呑まない。しかし、酒席は嫌いではない。社交は事業家にとって大切なものだし、学びを得ることも多々あると思っている。

たとえば宴席に花を添える芸者衆の舞や長唄である。優雅な舞を愛でるのは実に楽しいものだし、凛とした謡を聞くと心が落ち着く。何よりも、人を楽しませ、あるいは唸らせる芸が身につくのも、日々弛まぬ稽古を積み重ねていればこそ。不断の努力の賜物であるからだ。芸者衆の優雅な舞を見る度に、客を満足させねば成り立たない、時計商、いや実業家としてのあり方との共通点を見る思いがするのだ。

金太郎は、佳境に入った宴席を目を細めながら見渡すと、

「浪子さん……」

傍らに置かれた徳利を手にし、浪子を促した。

「頂戴いたします……」

浪子が持った盃に酒を注ぎ入れながら、

「あれから、五十六年も経つんですねえ。早いもんです……」

金太郎はいった。

「本当に……」

浪子はしみじみといい、「金太郎さんもおひとつ……」

盃を置き、徳利を手にする。

「あまり酒は呑めないのですが、せっかくですから……」

金太郎が浪子の酌を受け、二人で酒が満たされた盃を目の高さに掲げると、浪子はくいと一息に呑み干す。

金太郎は、ちびりと酒に口を付け、

「浪子さん。お強いんですね」

慣れた手つきに驚いて、思わず問うた。

「床に就く前に少しいただくと、よく眠れると主人が勧めるもので」

そういえば、浪子の夫は医師であった。

「酒は百薬の長といいますからね。お医者さまのご主人がお勧めになるのなら、間違いないんでしょう」

「そうじゃありませんの」

浪子はクスリと笑った。「主人はお酒が大好きで、晩酌を欠かしませんの。それも、長っ尻で」

非難めいた言葉を口にしながらも、浪子はどこか楽しそうだ。

そこからも浪子が幸せな結婚生活を送っていることが窺える。

果たして、浪子はいう。

「毎晩、芸者さんがお相手しているようなものですから」

「芸者さん？」

言葉の意味が理解できず、問い返した金太郎に、

「お酒が回ると、長唄を所望いたしますのよ」

「なるほどねえ。それじゃあ、長っ尻になるわけだ」

金太郎ははたと思いついて、「なんだか浪子さんの長唄を久しぶりに聞きたくなりました。どうでしょう、一曲、披露していただけませんか？」

「金太郎さん、それは駄目ですよ」

浪子は滅相もないとばかりに、顔の前で手を振る。「私も、七十歳になりますのよ。長く続けてはいても、所詮は素人芸。こんなおめでたい席で、しかも長唄の名手がたくさんいらっしゃるんですもの、どうかご勘弁を……」

浪子が断る気持ちもよく分かる。

しかし、浪子との思い出といえば、長唄が真っ先に浮かぶ。

金太郎はいった。

「なんだか、〝越後獅子（えちごじし）〟が聞きたくなったなあ」

「越後獅子……」

どうやら、浪子も記憶の中に触れるものがあったらしい。「金太郎さんが、店をお辞めになる直前に、稽古していたのが越後獅子でしたわねえ……」

遠い目をして、懐かしそうにいう。

金太郎は、近くにいた芸者に声をかけた。

「すまないが、越後獅子をやってくれないかね」

「かしこまりました……」

年かさの芸者が、畳に手をつき丁重に頭を下げると、即座に支度を命じる。

広間に三味線、太鼓、鼓、笛を手にした地方（じかた）が現れた。

歌い手は二名、三味線三名、鼓二名、笛は一名と大人数である。

一同が配置につくと、広間に一瞬の静寂が訪れ空気がぴんと張り詰めた。

歌い手が、小さく静かに頷くと、

「いよぉ」

掛け声を合図に、太鼓と笛の音（ね）が鳴り響き、三味線が続いた。

凛とした歌い手の声が、広間に響き渡る。

舞を見ているうちに、浪子がそれに合わせて小さな声で歌い出す。

それを聞いた瞬間、金太郎の脳裏に、実業家の道を歩んだこの五十八年間の記憶が鮮やかに浮かんできた。

第一章

1

家の中から短い掛け声と同時に三味線が鳴り、「打つや太鼓の音も澄み渡り　角兵衛角兵衛と招かれて　居ながら見する石橋(しゃっきょう)の――」、〝越後獅子〟を歌う浪子の声が聞こえてきた。

稽古に通い始めて三年というが、十五歳の浪子の声はやはり長唄を吟ずるにはまだ若過ぎる。歌う浪子を師匠が遮って、手本を見せることもしばしばのことだから、週二回の稽古の送り迎えをして一年も経つと、否応なしに耳が肥えてしまった。

それゆえに浪子の上達ぶりもよく分かる。

途中で手本を示される回数は格段に減っていたし、指導の内容も確実に高度になっている。声の力強さや情感、あるいはわびさびに欠けるのは、師匠と浪子の積み重ねてきた人生の長さの違いであろうから、こればかりはいかんともし難い。

「浪子さん、うまくなったナ」

浪子の長唄を聞きながら、金太郎は独りごち、空を見上げた。

時は明治七年（一八七四年）三月。冷たい外気の中にも、春の兆しが確かにある。

穏やかな夕暮れ時である。茜色から菫色へと次第に色を濃くしていく空が美しい。

玄関口で稽古の終わりを待ちながら、金太郎は目前に迫った年季明け後の身の振り方を考え始めた。

＊

「金太郎、帳場にきてくれないか」

東京は八官町にある洋品問屋『辻屋』の大番頭の蒲池伊平に声をかけられたのは二ヶ月前、家族三人で過ごした正月休みを終え、店に戻った夜のことだった。

営業初日を明日に控えた店内に金太郎が下りていくと、

「そこに座りなさい」

蒲池は帳場の畳を目で指した。

辻屋は江戸時代からの薪炭商・辻家の次男に生まれた辻粂吉が独立開業した店で、五年しか経っていないが、洋品問屋の中では東京でも有数の成長著しい店だ。主に欧州からの輸入品を販売しており、店主の粂吉は仕入れの商談で横浜にある外国商館に出向くことが多い。加えて同業者との会合が頻繁にあり、日頃の商いを仕切るのは蒲池である。

一介の丁稚（でっち）に過ぎない金太郎からすれば、粂吉同様に話しかけることが憚（はばか）られるような存在なのだが、蒲池は従業員の面倒を良く見、相談や進言に耳を傾ける度量を持っている。

とはいえ時期が時期である。蒲池の話とは何か、金太郎には見当がついていた。

辻屋には二十五名の従業員がいるのだが、うち七名は四月に二年間の年季が明けることになっていて、金太郎もその中の一人であったのだ。

「大切な話がある。心して聞いて欲しい」

蒲池は、金太郎の視線を真正面から捉え、いつになく畏（かしこ）まった口調で告げる。

年季明けの話にしては、どうも様子が変だ。

「はい……」

正座した金太郎は、頷きながら姿勢を正し、生唾（なまつば）を飲んだ。

「君はこの四月に年季が明けるが、旦那さまは、このまま店に居て欲しいと強く望んでいらっしゃってね」

店主の粂吉は、舶来品を扱う店を経営していることもあって、教養、見識はもちろん、書をよく読み、英語にも長（た）け、知識人としても周囲が認める人物だ。

年季奉公の丁稚ですら〝お前〟呼ばわりをすることはないし、書を読むことを勧め、算盤(そろばん)、帳面つけを身につけることの必要性を説きして、人を育てようとすることにも熱心だ。

しかしここに来て、まさか粂吉からそんな申し出を受けるとは考えもしていなかっただけに金太郎は驚き、思わず問い返した。

「旦那さまがですか？」

「旦那さまは、あの通り忙しくしてらして、あまり店には顔を出さないが、その分だけ日々の商いはもちろん、従業員の性格や働きぶり、一切合切を事細かにお訊ねになる」

「はい……」

「君はこの一年、お嬢さまの長唄の稽古の送り迎えの役を仰せつかってるだろ？」

「はい……」

「なぜだか分かるかね？」

改めてそう問われても、こたえに困る。

「浪子お嬢さまは、辻家の一人娘ですから……。稽古が終わった頃には、日が落ちていることもありますし、拐(かどわ)かされでもしたら一大事じゃありませんか」

「同い年の君とお嬢さまを、そんな理由で二人きりにするもんか」

蒲池は初めて目元を細め、金太郎を優しい眼差しで見つめた。

「それ以外の理由は、思いつきませんが？」

蒲池は僅(わず)かに開いた唇の間から、白い歯を覗(のぞ)かせると、

「旦那さまは、それだけ君を信頼なさっているということだ」

優しく、しかしきっぱりと断言し、続けていった。

「当たり前じゃないか。お嬢さまは、旦那さまにとってはまさに掌中（しょうちゅう）の珠（たま）、それはそれは大切になさっている妹君だ。君は、たかが送り迎えと思っているかもしれないが、信頼できると確信がなければ任せないよ。誰でもいいというわけではないさ」

「でも私は――」

まともに言葉を交わしたことはないのだから、粂吉の考えなど知るよしもない。

そう続けようとした金太郎だったが、それより早く蒲池はいう。

「私は、辻家に丁稚として入ってから三十年以上になる。その間、多くの仲間と共に働き、人を使う立場になったから分かるんだ。仕事の飲み込みの早さ、丁重な接客、そして向学心。君は私が見てきた人間の誰よりも優れている。何よりも己を律する精神力に長けている」

蒲池は自宅からの通いである。住み込みの丁稚の生活ぶりなど分かろうはずもないだろうに、なぜここまで断言できるのか。

不思議に思えた金太郎だったが、こうも褒められてしまうと、根拠を訊ねるのも気恥ずかしい。

何と返したらいいものか、金太郎は思わず顔を伏せてしまった。

そんな金太郎の内心を見透かしたかのように、蒲池の声が頭上から聞こえた。

「日頃の生活ぶりが、どうして分かるのかと君は思うだろうが、見ている人は見ているものだし、聞こえてくるものは聞こえてくるのが世の常というものでね」

「えっ……」

思わず顔を上げた金太郎に向かって、

「だから、君を失いたくはない。君を立派な商人に育てたい。君には、その資質があるし、才もある。一緒に君の将来を見てみたい。旦那さまは、そうおっしゃってね」

蒲池は熱の籠もった声でいい、短い間の後、「その思いは私も同じだ」

と続けた。

その言葉を聞いて、自分を高く評価してくれているのは蒲池だ、と金太郎は直感した。

粂吉は蒲池に絶対的信頼を寄せている。蒲池自身も常に辻屋のために、まさに粉骨砕身、誠実かつ忠実に仕えているのは傍目(はため)からもよく分かる。その蒲池の言となれば、粂吉もすんなりと聞き入れるであろうからだ。

浪子の送り迎えにしてもそうなのかもしれない。

粂吉の父親が亡くなって十年が経つ。本家の薪炭商は粂吉の兄が継ぎ、浪子もそこで暮らしている。従業員も多くいるのに、なぜ浪子の送り迎えが金太郎なのか。

粂吉が浪子を掌中の珠のように大切にしているのは蒲池のいう通りだし、二人の会話を聞いていると、兄妹というより父と娘のそれに思えてくることがある。

ひょっとすると、「誰か適任者はいないか」と粂吉に問われた蒲池が自分を推挙したのではあるまいかと、金太郎は思った。

「旦那さまが、一緒に君の将来をとおっしゃるのはね、辻屋……いや、君を辻家に迎え入れたいということでもあるんだよ」

蒲池の言葉の意味が理解できない。

金太郎は問うた。

「それは、どういうことなんでしょう?」

「旦那さまは、いずれ浪子お嬢さまと君を結婚させたいと考えておられるんだ」

まさか……、そんな……。

あまりにも唐突、かつ現実離れした言葉に、金太郎は飛び上がらんばかりに驚愕した。

同じ歳、しかも最も身近にいる女性。それが浪子だ。

彼女は評判の美人だし、性格も天真爛漫。大店のお嬢さまだが家業の危機を経験したこともあり、自分を含め、丁稚にも横柄な態度を示すことは皆無である。正直いって、浪子には淡い恋心を抱いていたが、辻家と服部家とでは家の格が違い過ぎる。それに、よくよく考えてみれば、浪子に対する思いは恋心というより、憧れといった方が当たっているのではないかと金太郎には思えた。

「そんな、滅相もないことです」

金太郎は慌てていった。「私の実家も商いで生計を立てていますが、あまりにも格が違い過ぎます。こんな大店のお嬢さまと結婚だなんて――」

「天は人の上に人を造らず人の下に人を造らずと言えり」

突然、蒲池は初めて聞く言葉を口にする。

「はあ?……」

「慶應義塾の福沢諭吉先生が、二年前に刊行なさった〝学問のすすめ〟の冒頭にお書きになった言葉だ。さすがに君も、まだ読んじゃいないようだね」

「はい……」

「旦那さまは、この〝学問のすすめ〟にいたく感銘を受けられてね。福沢先生がおっしゃるように、家の格だとか職業だとかにこだわっていては、有能な人材は育たない。大切なのは、その人間が何を学び、何を考え、何をしようとするのかだ、とおっしゃってね」

天は人の上に人を造らず人の下に人を造らずと言えり……。

たった今、聞いたばかりの言葉が、金太郎の胸中に深く染み渡っていく。

繰り返せば繰り返すほど、その文言が真理を突いているように思え、金太郎は深い感動を覚えた。

「旦那さまはね、浪子お嬢さまを嫁に出してもいいとおっしゃってるんだ」

蒲池はいう。「君がうちに来る前まで通っていた青雲堂の井上塾長は、成績優秀、志操堅固な君を高く評価して、養子に迎えて跡継ぎにしたいとご両親にお申し出になったそうだね」

どうして、そんなことまで……。

紛れもない事実だが、一度たりともこの話を他言したことはない。

驚きが表情に出たのか、蒲池は口元を緩ませると、

「旦那さまだって、大切な妹君を嫁がせようかとお考えになれば、相手のことは事細かに調べるさ」

平然といい、さらに続けた。

「旦那さまは、ご両親が井上塾長の申し出を断られた理由が、君が服部家の一人息子だからだと聞いて、ならばお嬢さまに服部の姓を名乗らせても構わない。そこまで君を買って下さっているんだよ」

有り難い……。本当に有り難い……。

条吉が、そこまで自分を買ってくれているとは……。しかも、たった二年しか働いていない丁稚を、これほどまで高く評価し、信頼し、将来に期待を寄せてくれているとは……。

図らずも井上の名前が出たが、彼にしてもそうだ。

これまでにも寺子屋に通う生徒は数多くいたであろうに、金太郎を後継者に育てたいと、井上は両親を訪ね、熱心に説得し、頭を下げた。しかも、養子に迎えれば継ぐのは寺子屋だけではない。これまで井上が築き上げてきた一切合切を、金太郎に譲ることに

なるのだから、並大抵の決意ではなかったはずだ。

服部家が井上の申し出を断った理由を知り、ならば浪子を嫁に出してもいいとまで粂吉はいってくれる……。

金太郎は深い感謝と感動で、目に熱いものが込み上げてくるのを覚えた。

しかし……である。

実のところ、金太郎は年季が明けた後に進む道を密(ひそ)かに決めていた。

それは、己の足で立つこと。事業を起こし、実業家としての道を歩むことだ。

この二年の間に商売人には何が必要なのか、どうあるべきか、辻屋で学んだことは数知れない。同時に、東京の洋品問屋の中で成長を続ける辻屋にしても、その業態ゆえに自助努力では解決できない問題があることを金太郎は見つけていた。

もちろん、まだ十五歳。しかも働き始めて二年足らずの丁稚の考えである。経験を積んだ人間に話そうものなら、「お前が考えつくことなど、誰かが先にやっている」「やっていないのは、できない理由があるからだ」とか、「思った通りに万事がうまくいくのなら、誰も苦労はしない」といった言葉が返ってくるに決まっている。

金太郎自身も自分の考えが絶対だとは思っていなかったし、進もうとしている道は洋品業とは全く違った道だ。学び、身につけなければならない知識や技術は山ほどある。時間もかかれば、資金も貯めなければならない。しかし、それでもやると決意していたところに、こんな話が持ち出されたのだ。

「あの……」

金太郎はいった。「突然ですし、身に余るお話で、何とおこたえしていいものか、考えがまとまりません。少し時間をいただけませんでしょうか」

「旦那さまがここまでおっしゃって下さっているのに、何を考えるというんだね」

「ここまでおっしゃって下さるからこそ、熟慮しておこたえしなければならないと思うのです」

金太郎は蒲池の視線を捉え、きっぱりといった。「続けて働けとおっしゃるだけなら、この場でただちにお返事できますが、お嬢さまとのことを聞いてしまったからには、私個人の問題ではありませんので……」

蒲池は金太郎の視線を受けとめたまま、微動だにしない。

金太郎は続けた。

「私は、まだ十五歳です。結婚なんて考えたこともありませんし、相手が誰であるにせよ、結婚には覚悟がいると思うのです。だってそうじゃありませんか。結婚は妻になる人、その家族、いずれ生まれてくるであろう子供も含めて、全員に義務、責任を負うことになるんですよ」

蒲池は射るような視線で金太郎を見つめる。

二人の間に、暫し(しば)の沈黙があった。

「金太郎らしいな」

ふっと笑いを浮かべ、蒲池がいった。「確かに、君のいう通りだ。まだ時間はある。返事は急かさん。よく考えた上で結論を出せばいい」

＊

以来、今に至るまで蒲池は一度もこの話を持ち出すことはなかった。しかし、年季明けの日は目前に迫っている。

気がつくと、いつの間にか長唄が止んでいる。

程なくして、玄関の引き戸が開くと、

「それでは師匠、失礼いたします」

浪子が現れ、家の中に向かって頭を下げた。

すでに日は傾き、空の碧は濃くなって周囲は薄闇に包まれている。

「金太郎さん、お待たせしました」

教本を包んだ風呂敷を小脇に抱えた浪子がいった。

「今日は、一段と稽古に熱が入りましたね」

金太郎は、浪子と肩を並べながら歩き始めた。

二人の履いた下駄の音が、夕闇に包まれた路地に鳴り響く。

緩やかな風が吹き抜け、桃割れに結った頭髪から、鬢付け油の甘い香りが漂ってきた。

「お師匠さんが、上達したって褒めて下さるのが嬉しくて、ついお稽古の時間が長くなってしまって……。ごめんなさいね」

「そんな……これも仕事のうちなので……」

「金太郎さん、もうすぐ年季が明けるんでしょう？」

浪子は、唐突にいった。

「ええ……、来月……」

「どうなさるの？　お店、辞めるの？」

結論はすでに出ていたが、金太郎はいい出せずにいた。粂吉、蒲池の申し出を断ると決めていたからだが、いくら浪子とはいえ、先んじて話すわけにはいかない。

金太郎は、何とこたえたものか、言葉に詰まり沈黙した。

「お兄さま、金太郎さんがこのまま店にいてくれればいいのにってしきりにいうの」

「はい……」

まさか、粂吉は将来、浪子を自分に嫁がせるつもりであることを話したのだろうか……。

そう思うと胸の鼓動が速くなり、背中が汗ばんでくるのを金太郎は覚えた。

「そのことは、蒲池さんから聞かされてるんでしょう？」

浪子の次の言葉を聞くのが怖くなった。

鼓動がますます速くなる。

金太郎は地面を見つめ、無言のままこくりと頷いた。

もし、嫁いでもいいと浪子にいわれてしまえば、断るわけにはいかない。そこで自分の生涯が決まってしまうように思えたのだ。

「でもね、お兄さまの気持ちは分かるけど、私はどうかと思うなあ」

「えっ？」

金太郎は思わず足を止めた。

年長者の意向に異を唱えるどころか意見することすら、憚られる時代である。

もっとも、浪子は粂吉が目に入れても痛くないほど可愛がっている妹だ。粂吉は外遊で諸外国の事情にも通じているし、常に勉強を怠らない、進取の気性にも富んでいる。浪子も粂吉同様書物をよく読み、勉学に熱心に励んでいるし、時には諸事に関して兄から教えを受けることもあると聞く。

たぶん、そのせいもあっての発言なのだろうが、それにしてもだ。

浪子も足を止める。

「お兄さまがそういうのも、金太郎さんに人並み外れた才があると見込んだからだと思うの。だって、お母さまがいっていたけど、お兄さまが残って欲しいなんていった丁稚さんは金太郎さんが初めてだって」

「は、はあ……」

「だから、私思うのね。お兄さまが、そこまでいうほどの才があるのなら、金太郎さんは、とっくに将来の夢を見つけているはずだって」

金太郎は浪子の洞察の鋭さに、内心で舌を巻いた。

このお嬢さま然とした浪子のどこに……。

まじまじと見つめるしかない金太郎に向かって、浪子は微笑むと、

「大当たりぃ」

今度は無邪気な笑い声を上げた。

「まあ……それは……」

「私も、辻家の娘ですから、丁稚さんはたくさん見てきたわ」

浪子は再び歩き始める。「だから分かるの。お兄さまがそういうのも無理はないって。だって、金太郎さん、他の誰とも違うんだもの」

「違う……とおっしゃいますと？」

「何もかも」

浪子は、クスリと笑うと天を仰いだ。「それが何かはうまく説明できないけれど、私ね、金太郎さんは、きっと大きなことをして、大きな成功を収める人だと思うの」

そこで、浪子はまた足を止め、

「お兄さま、感心してたわよ」

金太郎を見つめた。「青雲堂に通っていただけあって読み書きは達者だし、書物をよく読み、実に勉強熱心だ。それに、算盤や帳面つけも群を抜く速さで上達してる。しか

も正確だって」

「そんな……」

金太郎は、気恥ずかしくなって、まともに浪子の顔を見ることができない。

「お兄さまはお見通しよ」

そんな金太郎の様子に気づくでもなく、浪子はどこか嬉しげにいう。「算盤は毎日稽古しなければ、上達しないものだ。あの上達ぶりは、日々の稽古を怠らない証拠だって」

「でも、旦那さまは横浜に頻繁にお出かけになって、あまり店にはお出にならないんですよ。そんなこと、分からないでしょう」

「たまに出るから、金太郎さんの成長ぶりがよく分かるんじゃなくて？」

「えっ……」

「金太郎さんは、私のお稽古に毎回ついてくるから分からないだろうけど、私もお兄さまに請われてたまに長唄を披露することがあるの。で、その度に浪子、うまくなったなあって、驚かれるもの。それと同じよ」

なるほど、それはいえているかもしれない。

浪子の稽古は週に二度。毎回、確実に浪子が上達していくのを感ずるのだ。もっと間を置けば、その間の進歩はより一層明確に分かろうというものだ。

そこに思いが至ると、〝見ている人は見ているものだし、聞こえてくるものは聞こえてくる〟といった蒲池の言葉の意味の一端が分かったような気がした。

「金太郎さん」

浪子は改めて名を呼ぶと、続けていった。「辻屋にとって、金太郎さんは大切な人なのは確かだけど、ここで足を止めたら駄目よ。だって、私は金太郎さんが夢を叶える姿を見たいんだもの」

浪子は、歌うようにいい、ぷいと前を向いて再び歩き始め、

「あ～あ、金太郎さんがいなくなったら、私の送り迎え、誰になるのかなあ」

いかにも大店のお嬢さまらしい口調でいった。

2

「蒲池さんから店を辞めると聞いたが、君はこれから何をやるつもりなんだね？」

正面の席に座った粂吉が、穏やかな声で問うてきた。

ところは辻家の応接間である。

洋品問屋を経営しているだけに、家具も装飾品も全て外国からの輸入品で、床に敷かれた絨毯（じゅうたん）の上には座面に刺繍（ししゅう）が施された布張りの椅子が置かれ、飾り棚には、一旦海外に輸出された後、買い戻された薩摩焼（さつまやき）の壺（つぼ）が、壁には油彩の絵画が飾られている。

現場の一切を取り仕切っているのは蒲池だ。それに、辻屋に残るようにいって来たのも

蒲池である。だから、蒲池を通じて返事をした時点で、この件には決着がついたと思っていたのだったが、まさかの粂吉からの呼び出しだ。

店で働き始めて二年。粂吉と二人きりで話すのは、これが初めてのことだ。

「はい……」

緊張の余り言葉が続かなくなった金太郎に、

「いや、君の出した結論に、どうこういうつもりはないんだ。君の人生だ。他人がとやかく口出しするものではないからね」

粂吉は冷静な口調でいう。

「身に余るお言葉を頂戴したのに、申し訳ございません……」

金太郎は椅子の上で深く上体を折った。「どうしても進みたい道がありまして……」

「ほう？　それはどんな？」

鼻の下に髭を蓄えた粂吉は二十三歳。平均寿命が四十三といわれる時代にあっては最も脂が乗り切った年頃だ。仕立てのいい背広に蝶ネクタイを着用した姿は、いかにも東京の洋品問屋の壮年経営者だ。その粂吉が、興味津々といった体で、金太郎の視線を捉え問うてくる。

「時計商です」

金太郎はこたえた。

「時計商？」

粂吉はふむと小首を傾げ、短い間を置くと、「どうして時計商に興味を持ったんだね」重ねて訊ねてきた。

「時計は高価で、誰もが持てるものではありませんが、これから先の社会では、正確な時間を知ることが必要になると考えたからです」

粂吉は髭の先を指先で摘まみながら、黙って話に聞き入っている。

「一昨年、鉄道を見物に行って気がついたのです」

金太郎は続けた。「鉄道は時刻表通り、正確に運行されます。だから、駅員も機関士も必ず時計を持っています。旦那さまも、横浜の商館に出向く際には、鉄道を利用なさいますが、出発時刻に合わせて店をお出になりますでしょう?」

「いかにも……」

粂吉はチョッキのポケットに入っている懐中時計に手を当てる。

「鉄道は大変便利なものです。いずれ日本各地の都市が鉄道によって結ばれる時代がやってくるでしょう。当然、利用者も正確な時間を知る必要に迫られる。そこに大きな市場が生まれますし、時計を持つ人が増えれば、商談や会合はもちろん、生活の全てが時間を基準にして行われるようになると考えたのです」

粂吉は口髭を摘まむ手を止めると、

「金太郎……君は、一人でそこに気がついたのかね?」

驚いたように目を見開いた。

「きっかけは、旦那さまのお話でした」

「私の話？」

それは、金太郎が辻屋で働き始めた最初の年のことである。

五ヶ月間、欧州に視察旅行に出かけた粂吉が帰国して間もなく、全従業員を集めた講話の場を設けたのだ。

「洋行から帰国なさった直後に、欧州で見聞したことを私たちにお話しになった中で、旦那さまはおっしゃったではありませんか。英国の鉄道のことを……」

粂吉は、「あっ」というように、口を小さく開いた。

「鉄道は人の移動手段を変えるだけでなく、物の流れも変える。移動時間が短縮されれば、商業活動は活発になり、商圏もそれによって拡大していくと……」

その言葉に刺激され、金太郎は開業したばかりの鉄道を見物しに新橋に足を運んだ。

停車場は大変な人だかりで、機関車が到着すると歓声が上がり、出発するとまた歓声が上がる興奮の坩堝(るつぼ)と化していた。もうもうと立ち上る黒煙。重量感溢(あふ)れる車体。重々しさの中にも、精密な機器が奏でる駆動音。周囲に充満する石炭の匂(にお)い。人々の視線を一身に集める機関士の何と誇らしげなことか。

見物人が興奮するのも無理からぬことではあるのだが、それよりも金太郎が注目したのは、機関車の到着前に駅員が懐から取り出す懐中時計だった。

駅員の掌中で銀色に輝くそれを見た瞬間、「これだ！」と金太郎は直感したのだ。

「そして洋行中にお買い求めになった懐中時計を見せて下さいましたでしょう?」

「ああ、そうだったね」

粂吉はチョッキのポケットから懐中時計を取り出し、「確か、これを皆で回し見たのだったね」

掌(てのひら)の上に載せ、金太郎の目の前に差し出した。

金めっきが施されたフレームが、照明の光を反射し、柔らかな光を放つ。

それだけでも目を奪われてしまうのだが、金太郎が魅せられてしまったのは裏側である。

金と銀を巧みに使い、これほど小さな面に精緻(せいち)に彫り込まれた数輪の薔薇(ばら)の何と見事なことか。掌の中で角度を変えると刻線が際立つ一方で、金と銀の光が入り混じり、柔らかく、神々(こうごう)しい輝きを放つ。

「その時計の裏側の細工を見た瞬間、私は時計に魅せられてしまったんです」

金太郎はいった。「そしてこの中には、もっと精緻に造られた、数多くの歯車やバネが入っていて時を刻んでいる。それも全ての時計が、寸分違(たが)わぬ精度で動いているんです」

粂吉は黙って話に聞き入っている。

「旦那さまの時計が、私には宝石に見えたんです」

金太郎は続けた。「そして、こう思ったんです。宝石は人間には造れないけれど、時計は人間が造れる宝石なんだと……」

「なるほどねえ……。時計は人間が造れる宝石か……」

金太郎の言葉を繰り返す粂吉に向かって、

「すぐ近所に小林時計店があります」

金太郎はいった。「時計商に関心を持って以来、店の様子を注意して見ていたのですが、技術を身につければ、時計商はそれほど開業資金を要しない、かつ安定的に仕事が得られる商売であるように思えてきたんです」

「それは、どうしてだね？」

「時計は売って終わりではありません。機械は必ず故障しますし、手入れを怠れば、正確に時を刻まなくなります。まして時計は高価ですから、そう簡単に買い換えることができません。つまり本体の販売と修理、手入れと三つの商機があるんです。それに……」

金太郎は、そこで言葉を呑んだ。

それは、辻屋のような卸売業、いや小売店の商売の欠点を指摘することになるからだ。

「それに、何だね？」

しかし、促されてしまった以上、こたえなければならない。

「天候に左右されないというのがいいと思ったんです」

金太郎は咄嗟にいった。「来店して下さったお客さまを長い時間お待たせするのは失礼です。だから、大半の店はなるべく早く応対できるだけの店員を雇っているわけです。でも、雨や雪が降ると、途端に客足が落ち、店員は手持ち無沙汰になってしまいます。時計商には、それがありません。時計を買いたいお客さまがおみえになればよし、お客さまがいない時には修理や手入れ。時計商は仕事を効率的に行うことができる。最小限の人手、極端な話、開業当初は一人でもできる。結果的に、さほどの元手がなくとも、独立できると考えまして……」

　粂吉はすぐに言葉を返さなかった。

肘掛けに両腕を載せ、まるで改めて金太郎の能力を探るかのように、じっと見つめる。

　長い沈黙があった。

　やがて、粂吉は口を開くと、

「君は、まだ十五歳だったね」

　念を押すように問うてきた。

「はい……」

「その歳で、そこまで考えたのか」

　粂吉が感に堪えない様子なのは明らかだった。

　そこで金太郎は問うた。

「番頭さんからお聞きしましたが、旦那さまは慶應義塾の福沢先生がお書きになった〝学問のすすめ〟にいたく感銘なされたとか……」

「あれは、素晴らしい本だ」

「写しを番頭さんからお借りして、私も拝読いたしました」

「蒲池さんから？」

「はい……」

金太郎は頷くと、「福沢先生は、あの本の中でこうおっしゃっています。もっぱら勤しむべきは人間普通日用に近き実学なり。たとえば、いろは四十七文字を習い、手紙の文言、帳合いの仕方、算盤の稽古、天秤の取り扱いなどを心得、なおまた進んで学ぶべき箇条ははなはだ多し、と」

〝学問のすすめ〟の一節を諳んじてみせた。

粂吉の驚くまいことか。

「君は青雲堂の先生から跡継ぎにしたいと申し入れられたそうだが、なるほどなあ。先生が、そう思うのも無理はないね」

粂吉は腕組みをしながら唸った。

「そして、実学は人間に普通のものであるとして、こうもお書きになっておられます。人たる者は貴賤上下の区別なく、みなことごとくたしなむべき心得なれば、この心得ありて後に、士農工商おのおのその分を尽くし、銘々の家業を営み、身も独立し、家も独立し、天下国家も独立すべきなり、と」

大きく頷く粂吉に向かって、金太郎はさらに続けた。

「私は青雲堂で多くのことを学びました。そして、ここでは帳合いの仕方、算盤、それに天秤の取り扱い方、まさに福沢先生がおっしゃる実学を学びました。何よりも、旦那さま、番頭さんからは、商売人のあり方、人としてのあり方、真の意味での実学を学ばせていただきました」

粂吉は黙って話に聞き入っている。

金太郎はさらに続けた。

「私も商人のせがれです。士農工商おのおのその分を尽くし、銘々の家業を営み、身も独立し、家も独立し、というのなら、私も一人で立たなければならないと思うのです。〝学問のすすめ〟を読むまでは、自分の考えを言葉ではうまくいい表すことができませんでしたが、一読してはっきりと分かりました。一人で立つべき人生は、一人で切り開かねばならないと……」

それは、紛れもない金太郎の本心だったが、浪子との件については未練がないといえば嘘になる。それに辻屋の仕事は面白いし、まだまだ学ぶことは山ほどある。まして、これだけの繁盛店である。身内に迎え入れられれば、将来は約束されたも同然なのだが、何をするにしても粂吉の承諾が必要になる。

それではいつまで経っても一人で立つことはできない。

粂吉は唇を固く結び、じっと金太郎を見つめると、

「やれやれ、蒲池さんも余計なことをしてくれたもんだ」

ふっと笑った。「まさか〝学問のすすめ〟を君に読ませるとはねえ……」

「はっ……」

金太郎は短くいい、視線を落とした。

「なるほど、福沢先生の考えに、君が共鳴するわけだ」

視線を上げた金太郎に向かって粂吉は続けた。「まさに、独立自尊だね」

「独立自尊……ですか？」

思わず問い返した金太郎に、

「まあ、その意味は自分で勉強してみたらいい」

粂吉は唇の間から白い歯を覗かせて笑みを浮かべた。

しかし、それも一瞬のことで、粂吉は笑みを消し、

「ところで、時計商をやるにも資金がいるが、君はどうやって工面するつもりなんだ？」

唐突に問うてきた。

「それは、おカネを貯めて……」

「これから時計の修理技術を一から学ぶとなれば、一人前になるまで三年やそこらはかかるだろう。その間は、丁稚どころか技術を学ぶ身だ。本来ならば給金を貰うどころか、謝礼を払わなければならんのだ。もちろん奉公先も、そこまで阿漕なことはいわんだろうが、給金なんか知れたものになるんじゃないのかね？」

確かに粂吉のいう通りである。

辻屋では商売のいろはから始まって、学ぶことはたくさんあったが、丁稚だって立派な店の労働力だ。学びの対価を上回る労働を以て、店に貢献していると認められたからこそ給金が貰えたのだ。

しかし、時計修理の技術を一から学ぶとなると話は別だ。職人として独り立ちできる技術を身につけるまで、真の意味で店に貢献することはできない。無給ではないにせよ、給金は辻屋に丁稚に入った時よりも、格段に低くなる可能性はある。

そこまで考えていなかった金太郎は、言葉に窮して沈黙した。

すると粂吉は、新たな提案を持ちかけてきた。

「独立できるだけの資金が貯まるまで、ここで働いたらどうだね」

「えっ？」

思わず顔を上げた金太郎に向かって、

「正式な店員になれば、給金は格段に上がる。その後の働き如何（いかん）では、応分の給金にさせてもらうが？」

「それでは、その間時計修理の技術を身につけることが――」

できません、と続けようとした金太郎を遮って、

「技術がなければ、技術を持つ職人を雇えばいいじゃないか」

粂吉は優しい声でいう。

金太郎を翻意させにかかっているのは明らかだ。

そこまで、自分を買ってくれているのか……。

粂吉の思いが伝わってくるようで、金太郎は何とこたえたものか言葉に詰まった。

「経営には、使う側と使われる側がいる。もちろん、一人仕事は世にたくさんあるし、時計商も一人でやれないわけじゃない。しかしね、君が目指すのは、一人商いの時計商ではないのだろ？　二軒、三軒と店を増やし、一端（いっぱし）の実業家になることを夢見ているんじゃないのかね？」

そんな大それた夢は抱いてはいないが、自分がどこまで上り詰められるか、一歩一歩階段を上っていこうと決めたのは確かである。

金太郎は沈黙した。つまり、認めたのだ。

粂吉は続ける。

「君はここで様々なことを学んだといったが、それは使用人の立場でのこと。まだ、人を使う術（すべ）を学んじゃいない。実業家として成功することを望むのなら、使う術も学ぶべきだし、早道にもなると思うがね」

もっともだと思う。辻屋が嫌で暇を請うているわけじゃない。それどころか、粂吉や蒲池の下で学びたいことは山ほどある。学びの場として、いや、あらゆる面で、これ以上ない環境が辻屋に揃っていることも分かっている。

しかし、ここで粂吉の申し出に乗ってしまえば、辻屋を去るのがますます難しくなるだけだ。早晩、粂吉自ら浪子との縁談をもちかけてくるだろうし、そんなことになろうものなら断ることはできない。

「身に余るお言葉です……。旦那さまが、そこまでおっしゃって下さるのは、有り難い限りなのですが——」

俯いてしまった金太郎に、

「断るというのか」

粂吉の押し殺した声が、頭上から聞こえた。

顔を上げられなかった。粂吉の顔を見るのが怖かった。

金太郎は椅子から尻を外すと、絨毯の上に両手をつき、

「申し訳ございません！」

額を擦りつけ土下座した。

「私が、ここまでいっても、君は断るのか！」

粂吉の浅い呼吸から、怒りの深さが伝わってくる。

「申し訳ございません！　どうかお許し下さい！」

金太郎はさらに強く額を絨毯に擦りつけ、許しを請うた。

「かっ……勝手にしろ！」

吐き捨てるようにいった粂吉が荒々しく席を立ち、部屋を出て行くのが気配で分かった。

止めどもなく流れる涙が手の甲にしたたり落ちる。肩が震えた。

「申し訳ございません……。本当に、申し訳ございません……。金太郎を……服部金太郎を……どうか、どうかお許し下さい……」

粂吉の耳に届いているかどうかは分からない。

金太郎は絨毯に額を押しつけたまま、腹の底から声を絞り出すと、嗚咽を漏らした。

＊

自室に戻り、床に就いても粂吉の怒りに震える声が耳から離れない。

長く続いてきた良好な関係が、一瞬にして壊れてしまった後味の悪さと空しさが胸の中で疼き、重い熱を放つ。

ならば、何といって断れば粂吉の怒りを買うことなく店を辞することができたのか……。いくら思案しても妙案は何一つとして浮かばない。

己の知恵の足りなさ。人間としての未熟さ。主の温情に背いた後ろめたさ。様々な思いが金太郎の胸中で交錯し、眠気が訪れる気配はない。

辻屋で過ごした二年の日々が脳裏に浮かぶと、こんな形で店を去らねばならない無念が込み上げ、涙を吸った枕の中の籾殻が湿り気を増していく。

廊下が軋む音が聞こえてきたのはその時だ。

「金太郎……まだ起きているか？」

音が部屋の前で止まり、襖越しに声が聞こえた。

蒲池である。

「は、はい……」

金太郎は寝床を抜けると寝間着の襟を正し、布団の上で正座した。

「入ってもいいか？」

「はい……」

襖が開き、蒲池が入ってくる。

後ろ手で襖を閉めた蒲池は、前に座ると金太郎の顔を暫し見つめ、

「大分やられたようだな」

ふと目元を緩ませ、唇の間から白い歯を覗かせた。

「そんな……やられただなんて……」

金太郎は、そういいながら目元の涙を手の甲で拭った。「旦那さまがお怒りになるのも当然なんです。丁稚の私に、あそこまでおっしゃって下さったのに、断ってしまったんですから……」

「それほど旦那さまは、君を手元に置いておきたかったんだよ」

蒲池はいった。

「それは……分かっています……。だからこそ余計に申し訳なくて……。旦那さまには、

返し切れない恩があるのに、これじゃあ、後足で砂をかけて去っていくようなものですから……」

「でも、君には捨てきれない夢があるんだろ？」

「それは……そうなのですが……」

「だったらいいじゃないか。君の人生は誰のものでもない。君のものだ。他人に指図される筋合いのものではないからね」

「えっ？」

てっきり蒲池は、自分に翻意を促しにきたのではないかと思っていただけに、意外な言葉を聞いて金太郎は短く声を上げた。

「旦那さまもそうおっしゃったんだろ？」

蒲池は、また笑って続けた。「旦那さま、君を店に置いておきたいばかりに酷いことをいってしまったと、後悔なさっていてね。それで、私をここによこしたんだ」

「旦那さまが？」

「それだけ、君の着眼点や事業計画が、非の打ち所がないほど優れていたということさ。旦那さま、おっしゃっていたよ。危ういところがあれば忠告もできるが、全くないんだ。これを十五歳の少年が考えたと思うと驚愕するしかなかったし、手放すのがますます惜しくなった。そのうち腹が立ってきてなあとおっしゃって……」

「申し訳ございません」

金太郎は項垂れた。

「勘違いするなよ。旦那さまが腹を立てたのは、君に対してではない。辻屋の主たるご自身に対してだ」

「えっ……」

丁稚にも個室が与えられていたが、二畳の広さしかない。顔を上げた金太郎の目前に蒲池の顔がある。

「辻屋で働いて二年しか経っていない君が、時計の将来性に着目し、完璧な事業計画まで立ててしまっているのをまざまざと見せつけられたんだ。しかも、そのきっかけがご自身がなさった講話だ。欧州にまで出かけて、諸外国の事情を実際に見聞きしてきた自分が気がつかなかったことを、君はたった一回の講話の中で見抜いてしまったと」

蒲池は、そこで一旦言葉を切ると、金太郎の顔をまじまじと見つめた。

そこまで賞賛されると、何だか気恥ずかしくなって、金太郎はどう言葉を返していいのか分からなくなった。

蒲池は再び目元を緩め、静かにいった。

「君は、宝石は人間には造れないけれど、時計は人間が造れる宝石なんだといったそうだね」

「はい……」

「旦那さま、苦笑いしていたよ」

蒲池は嬉しそうにいう。「うまいことをいうもんだって」

金太郎はますます恥ずかしくなって、また俯いてしまった。

蒲池は続ける。

「旦那さま、君の時計商としての将来が見たくなったとおっしゃってね。君がこの店で何を学んだか、何を身につけたのかは分からないが、服部金太郎が実業家として歩む第一歩となったのは辻屋だ。実業家として大成するのは並大抵のことではないし、それ以前に一人で立ち、人生を全う（まっと）するのも容易なことではないが、どうやら金太郎には並外れた才があるようだ。辻屋に縛りつけたのでは、うちのためにはなっても、金太郎のためにはならんだろうと……」

「では、旦那さまは私の我（わ）が儘（まま）を許して下さると？」

蒲池は、大きく頷くと、

「だから、私をここによこしたんだ。昨日の今日どころか、さっきの今だ。さすがにご自分が直接話すには、気恥ずかしいんだろうね」

「そこまで、気に掛けて下さっているのに……私は……私は……」

金太郎は目頭が熱くなるのを感じながら、布団の上に手をつき頭を下げた。

「時に、一から時計の修業をするそうだが、奉公先に目星はついているのかな？」

頭上から蒲池の声が聞こえた。

「いいえ……。それは、暇を頂戴してから探すのが筋だと思いまして……」

「やっぱりそうか。何とも義理堅い男だねえ、君は……」

　蒲池はますます目を細めると、「旦那さまに心当たりがあるそうだ。日本橋にある亀(かめ)田(だ)時計店といってね。そこの主と旦那さまは、古くから親しくしているそうなんだ。これから探すというのなら、是非世話をさせて欲しいとおっしゃっているんだが、どうだね？」

　思いもかけぬ提案をしてきた。

「本当ですか？」

　金太郎に断る理由などあろうはずもない。

　粂吉の温情が身に染みた。感謝と感動が胸の中に広がり、温かい熱ではち切れんばかりだ。

　堪(こら)えていた涙が吹き出して、頬(ほお)を伝い始める。

「甘えさせていただいてもよろしいのでしょうか……」

「もちろんさ。旦那さまもお喜びになる」

「是非に……。このご恩、一生……」

　それ以上の言葉が続かなかった。

　今、頬を伝う涙は、先程までのものとは違う。

　安堵(あんど)と歓喜、そして感謝に満ちた涙である。

　金太郎は、布団に額を擦りつけ、大声で泣いた。

3

「しかし、早いもんだねえ……。うちに来てから、もうすぐ二年か……」

湯を浴びた帰り道、半歩先を歩く亀田時計店の主・長治郎が話しかけてきた。

亀田家には内風呂があるが、使えるのは家族だけで、住み込みの従業員四人は銭湯に行く。

仕事を終えた長治郎が、「たまには広い湯船に浸かりてえな。一緒に行くか？」と声をかけてきた時から何か話があるのではと思っていたが、案の定だ。

「光陰矢のごとし、というのは本当ですね。辻屋にも二年お世話になりましたけど、こちらに奉公に上がってからの方が早く感じます」

「歳を重ねる度に、月日が経つのはどんどん早くなるもんさ……」

長治郎は感慨深げにいう。「俺も三十かと思ったら、気がつけば四十に手が届こうかって歳になっちまった」

三月も後半になると、春の兆しを感じられるようになるものの、夜の冷気はまだ厳しい。

長治郎は、首元の襟巻きを直しながら唐突にいった。

「なあ、金太郎……、お前、うちの店から出た方がいいんじゃねえか」

「えっ？」

長治郎が、なぜいきなりこんなことをいい出すのか理解できない。

金太郎は短く漏らすと、続けて問うた。

「どうしてです？　私はまだ修理の技術をそれほど多く学んでいませんが？」

「そこよ……」

下駄の音の間隔が延び、長治郎は小さく息を吐く。「大層見所のある男がいる。手放したくはないんだが、どうしても時計職人になりたいといってきかないんだ。俺に面倒を見てくれないかっていってきた時の辻さんの熱の入れようはそりゃあ大変なもんだった。実際この二年、働きっぷりを間近に見て、辻さんの目に狂いはなかったと俺も思うよ。しっかり修理を教えてやりゃあ、今頃は一人前の職人になっていたに違いねえんだが……」

長治郎は、そこで短い間を置くと、

「お前は、何をやらせても完璧にこなすもんで、つい甘えちまってな……。算盤は飛び抜けてうまいし、帳面つけも完璧だ。仕事の割り振りもすぐに覚えちまうしで、最近じゃ帳場仕事は、お前一人に任せっきりだ。修理を教えるのは二の次になっちまってる……」

心底すまなそうにいった。

長治郎がいう通り、亀田時計店で働くようになって、最初に命じられたのが商品、部品の在庫管理や仕入れの仕事だった。それが十分にこなせると見るや、次に任されたのが、修理代金の計算などの出納管理と職人たちの仕事の割り振り。しかも兼務である。金太郎がいずれ独立開業を目指していることを、粂吉から聞かされていたにもかかわらずだ。

それでも金太郎がそれらの仕事に熱心に取り組んだのは、開業すれば当面の間は、一人でやらなければならない。独立開業を目指すからには、いずれも身につけておかねばならない仕事には違いないと思ったからだ。

もっとも算盤は、辻屋時代に修錬を重ねてきたし、帳面つけもまたしかり。在庫管理にしても商品数は辻屋の方が圧倒的に多かった。それに比べれば、亀田時計店が販売する時計の種類は限られているし、部品の数だって知れたものだ。

だから、この道一筋でやってきた長治郎が、その仕事の早さと正確さに驚くのも無理はないのだが、さらに金太郎は、仕事の割り振りにも工夫を凝らした。

修理代金は基本料金に加えて、部品の交換を伴うもの、調整ですむもの、修理の難易度や仕事の内容によって異なってくる。暫くするうちに、職人の腕の違いで一日にこなせる仕事量に差があることに金太郎は気がついた。そこで、修理台帳に修理内容と一日にこなした件数を書き加えて分析し、難易度によって各職人に振り分けるようにしたところ、作業効率が格段に上がったのだ。

「そんなこと、気にしていませんよ。それに、私は修業中の身です。本来ならば、仕事を教えてもらう対価を払わなければならない身なんです。なのに、給金を頂戴した上に、食事と住まいまで与えていただいているんですから……。帳場仕事だって立派な修業の一つです。感謝こそすれ、不満なんか少しも覚えちゃいませんよ」

正直なところ、いつになったら本格的に修理技術を教えてもらえるのか、一向にその時が訪れる兆しが見えないことに、金太郎が焦りを覚えていなかったといえば嘘になる。しかし、辻屋を辞めるに当たって、「本来、謝礼を払うべき――」といった粂吉の言葉は、全くその通りだと思ったし、帳場仕事の中にも時計商として学ぶべきものが多々あった。

それに、長治郎は金太郎に修理技術を学ぶ機会を与えなかったわけではない。職人頭の江藤(えとう)俊郎に修理技術を教えるよう命じはしたのだ。

ただ、明治に元号が変わってからまだ九年。町の様相、人々の身なり、服装は日々急速に変化してはいるものの、職人の世界は江戸時代以来の徒弟制度が根強く残っていて、江藤の口癖は「技術は盗むもんだ。教わるもんじゃねえ」だし、気に障(さわ)ることがあろうものなら、口より先に手が飛んでくる。

長治郎がこんなことをいい出すのも、金太郎に対する江藤の接し方が目に余るからなのだろうが、そこには徒弟制度の名残(なごり)以外に、もう一つ理由があった。

「すまねえな……」

長治郎は、ふと足を止め、重い声でいった。

「親方、どうして謝るんですか？」

「やっぱり、お前は他所（よそ）の店に移った方がいいよ」

長治郎は、未練を断ち切るかのように首を小さく振る。「そりゃあな、お前にはずうっといて欲しいさ。得がたい人間を得たと思う気持ちは、日を追うごとに強くなる一方だ。だけどなあ、お前が独立開業を目指している以上、いずれ店を出て行く時が来る。その時、すんなりお前を手放すことができるかどうか、俺には自信がねえんだよ。お前抜きじゃ店は回らねえなんていわれたら、お前だって困るだろ？」

「親方……」

長治郎は帯にぶら下げていたたばこ入れを手にすると、

「それに、俊郎のこともある……」

筒の中からキセルを取り出し、葉を詰め終えるとマッチで火を灯（とも）した。

そして、ぷかり、ぷかりと二度ばかり吹かした後、煙を大きく吸い込み、ふう〜っと宙に吐き出すと、苦々しい口調でいった。

「知ってんだよ……。お前、俊郎にカネ回してくんねえかって、何度もいわれてんだろ？」

図星である。

明かりは街路に灯るガス灯だけだ。薄暗い中でも、長治郎の眉間（みけん）には深い皺（しわ）が刻まれているのが見て取れた。

金太郎は沈黙した。

「ったく……困った野郎だぜ……」

長治郎は舌を鳴らすと、「いい歳をして博打に酒、そして女だ。あんな生活をしてるから、いつまで経ったって所帯も持てねえんだ。いい加減、てめえのバカさ加減に気づきゃいいものを、やっぱり持って生まれた性分ってのは、簡単には変わらねえものなんだなあ」

嘆くようにいい、深い溜息を吐く。

そういわれても、何とこたえたものか、言葉が見つからない。

思わず俯いた金太郎に長治郎は顔を向け、

「で、お前、俊郎にカネ回したのか」

と問うてきた。

「いいえ……」

「だろうな」

長治郎は頷く。「お前への当たりようを見りゃ、そうだと思ったよ。カネを回してくれりゃよし、回してくれねえやつにはとことん辛く当たる。それがあいつの常だからな」

そこまで分かっているのなら、江藤に暇を出せばよさそうなものだが、そうはいかない理由があるのは金太郎も承知している。

「丁稚に辛く当たる人は、どこの店にもいると思いますよ。商人や職人は、みんなそれを乗り越えて一人前になるんじゃありませんか。それが修業ってもんじゃ――」

そうこたえた金太郎を遮り、長治郎はいう。

「自分もそうして一人前になった。だから弟子にも同じ苦労をなんて、そんなもん、修業でも何でもねえよ」

「えっ？」

「あいつもな、最初の店では散々苦労したんだよ」

長治郎はしみじみとした口調でいう。「兄弟子ってのが悪いやつでな。丁稚で入ってきたあいつに、早々修理技術を教え込んだはいいんだが、それには理由があったのさ」

「理由といいますと」

「時計は精密機械だ。手入れは欠かせねえし、故障は付きものだ。それでいて値の張る代物だから、そう簡単に買い換えるわけにもいかねえわな」

「はい……」

「だから、手入れ、修理依頼は引きも切らず。腕の立つ職人は、どこの店でも喉（のど）から手が出るほど欲しい。職に困ることはねえ」

長治郎のいうことに間違いはない。

辻屋で働いていた頃から気がついていたことだが、亀田時計店に入って改めて分かったのが、時計の手入れ、修理依頼の多さである。

全国的とはいえないまでも、東京や名古屋、大阪といった経済はもちろん、社会機能が集中する都市では、万事が時間を基準として動く風潮は高まるばかりだ。つまり、正確な時刻を知る必要に迫られる人々は激増する一方なのだが、いかんせん新品は値が張るので、なかなか手が出せない。

そこで、人気を博しているのが中古時計である。

もちろん中古といっても状態は様々だ。安い値で売買されるものには、やはり理由があって、部品の劣化が進んだものや、故障する頻度が高いと目されるものばかり。それがまたよく売れるのだから、手入れや修理の依頼は尽きることがない。

それが時計商が数多く存在する理由なのだが、腕の立つ職人はどこでも欲しい。それゆえに、どの店主も数をこなせ、かつ腕の立つ職人をいかにして居着かせるかに頭を痛めている。

「あいつは器用だし、飲み込みも早くてな。たちまち一人前の職人になったはいいんだが、兄弟子はその時を待っていやがったのさ」

「その時を待っていたって……どういうことです？」

「給金が上がったところを見計らって、あいつに悪い遊びを教えやがったのさ」

長治郎は苦々しくいう。「それがまた、手が込んでてなぁ――」

それから長治郎は、暫しの時間をかけて、事の経緯を話して聞かせてくれたのだったが、こういうことらしい。

徒弟制度が色濃く残る仕事場において、兄弟子、親方は絶対的存在だ。

最初のうちは江藤も誘いに応じなかったそうだが、途端に兄弟子の接し方が一変した。仕事に難癖をつけるわ、暴力を振るうわで、江藤に辛く当たるようになった。耐えきれなくなった江藤は、兄弟子に誘われるまま、酒、たばこ、博打を覚え、ついには呑み屋の女将（おかみ）と懇（ねんご）ろになった。

ところが、それが兄弟子の仕組んだ罠（わな）だったというのだ。

「美人局（つつもたせ）ってやつよ」

長治郎は金太郎が初めて聞く言葉を口にした。

「つつもたせ？」

「早い話が女を使った脅しよ。その女将ってのが、兄弟子の女だったんだ。そんなもんに手をつけりゃ、どうなるよ」

男女の機微など知るよしもないが、兄弟子の女に手をつけたとなれば、大変なことになるに決まっている。

人間の中に存在する悪意の深淵（しんえん）を初めて垣間見た気がして、金太郎は生唾を飲み込み、絶句した。

「給金の大半を兄弟子にむしり取られ、逃げるように店を辞め、転々とした挙げ句、うちで働くようになったんだが、悪い遊びってもんは、一度覚えちまうと止められねえもんでな。それにやつの場合、兄弟子に巻き上げられたカネを取り戻さなけりゃって思いもあったんだろうなあ。賭場に入り浸るようになって、大分借金をこさえちまっているらしいんだ」

長治郎は悲しげな、それでいて忌々しそうな口調で漏らす。

ここまで聞けば、なぜ長治郎が、店を出た方がいいというのか、その理由が、はっきりと分かった。

「本当はな、暇を出すなら、お前じゃない。俊郎なんだ」

果たして長治郎はいう。「だけどな、あいつは腕が立つ。うちの職人の中じゃ飛び抜けているし、この界隈でもあいつ以上の職人は数えるほどしかいねえ。だから、今あいつに辞められちゃ困るんだ。俺には、強くいえねえ弱みがあんだよ」

「はい……分かります……」

金太郎は頷いた。

「それに、さっきもいったが、お前を預かるに当たっては、辻さんから立派な職人に育ててやってくれって頭を下げられたしな……。だけどよ、このままじゃあ、あいつが改心しねえ限り、お前に修理の技術を教えるのはまだ先になる。そんなの待ってたら、いつになるか分かったもんじゃねえだろ?」

これも、長治郎のいう通りである。

「はい……」

「なあ、金太郎……」

長治郎は改めて呼ぶと、「あんな理不尽な仕打ちに二年もの間よく耐えたよ。これ以上、うちにいるのは時間の無駄ってもんだ」

確信の籠もった声で金太郎を見た。

「時間の無駄だなんて……」

「辻さんが、せっかく俺に預けてくれたのに、うちでは修理のことを何も教えてやれなかったけどよ。お前はこれから先、様々な人間と交わることになる。中には、お前を利用しようとか、騙そうとか、下心を持って近づいてくる人間もいるだろう。お前が、大きくなればなるほど、必ずその手の人間が近づいてくる。世の中は善意の人間だけじゃねえってことを学んだだけで十分だろう」

そういわれても、亀田時計店を辞めても、次の仕事先の当てはない。

第一、亀田時計店にしても、粂吉が世話してくれたのだ。東京に時計商はたくさんあるが、また丁稚から始めるのかと思うと、この二年間は、こと時計修理の技術を身につけるということに関しては、全く無駄だったことになってしまう。

「もちろん、次の店は世話させてもらうよ」

長治郎はいった。

「本当ですか？」

「ああ……」

長治郎は、初めて唇の間から白い歯を覗かせ頷くと、「修理のことは教えてやれなかったが、お前、自分の部屋で、時計をバラしては組み立てるってことを、夜な夜な繰り返していたんだろ？」

優しい眼差しを金太郎に向け、目元を緩ませた。

どうして、それを……？

そんな心情が顔に出たのか、

「知ってたさ。ずっと前からな……」

長治郎は頷く。「技術は教わるもんじゃねえ。盗むもんだって俊郎にいわれりゃ、そうするしかねえもんな」

その時、金太郎の脳裏に浮かんだのは、かつて辻屋の番頭・蒲池が語った言葉だ。

「日頃の生活ぶりが、どうして分かるのかと君は思うだろうが、見ている人は見ているものだし、聞こえてくるものは聞こえてくるのが世の常というものでね」

修理技術を教えてもらえないのなら、教えてもらえるその日に備えて、せめて時計の構造ぐらいは頭に叩き込んでおくべきだ。それが一人前の職人になる、早道に繋がる。

そう考えた金太郎は質屋で最も安い値で売られていた置き時計を購入し、毎晩夜遅くまで、分解しては組み立てるという作業を己に課したのだ。

長治郎は続ける。

「黒門町にある、坂田時計店といってな。店主の坂田さんは、俺の兄弟子に当たる人だ。優しいいし、真面目な人でさ、お前のことを話したら、ふたつ返事で引き受けてくれたよ。すぐに時計の修理を教えてやるって……」

「親方……」

長治郎の厚情が身に染みた。

また恩義ある人ができた……。

そう思うと同時に、いよいよ時計修理の技術を学べる、夢に向かって、また一歩踏み出せる喜びが、胸の中に込み上げてきた。

「是非、お世話になりたいと思います」

「よお～し。話は決まった」

長治郎は、威勢のいい声を上げると、「いけねえ、湯冷めしちまうぜ。蕎麦(そば)でも食って帰ろうか。今夜はお前の壮行会だ。何でも好きなものをおごってやる。俺は熱いのを引っかけるが、お前は、そうはいかねえのが残念だがな」

呵々(かか)と笑い声を上げると、金太郎の肩をぽんと叩いた。

4

「ありがとうございました」

漢籍を教える中村塾(なかむらじゆく)は、日本橋の元大工町にある。

坂田時計店の勤務時間は、午前八時半から午後五時まで。住み込みの丁稚は、六時に夕食を終えると、以降自由となる。

金太郎は、その時間を漢籍を学ぶのに当てることにした。

もちろん漢籍を学ぶことにしたのには理由があった。

〝学問のすすめ〟で福沢諭吉の思想に触れ、徳川幕藩体制下における儒教主義の時代は終焉を迎え、異なる思想や価値観に基づく社会が到来すると確信したからだ。

もちろん、日本人の中に刷り込まれた儒教の教えが、なくなるというわけではないし、儒教、徳教を否定する気もさらさらない。ただ、これまでの君臣父子夫婦長幼の二者間の依存主義から、一身独立すれば、目を転じて他人に独立を勧め、結果的に同国人と共に一国の独立を図ることも自然の流れとなる。父母に仕えることも、夫婦の倫も、長幼の序も、朋友の信も、ここから適切な秩序を整えることができるという、これもまた福沢諭吉の教えに感銘を受け、ならば、これまでの長い時間の中で、日本人に刷り込まれた儒の教えを学び、何を残し、何を捨てるのか、自分で考える必要があると金太郎は思い立ったのだ。

中村塾の塾主・中村直は、漢籍の大家として名の通った人物で、塾生は昼間三十人、夜間十人を数える。

授業時間は、夜七時から九時まで。雨が降ろうと、雪が降ろうと、金太郎は毎夜中村塾に通っては、漢籍の勉強に励んだ。

すでに、中村塾に通うようになって一年近く。

中村は公平無私、謹厳実直を絵に描いたような学者だが、やはり熱心な生徒は可愛いと見えて、休日には自宅に金太郎を招き、昼を挟んで語り合うこともしばしばとなっていた。

「服部君、明日はどうかね。夕方に江戸前の大きな鱸（すずき）をいただいてね。家内が君を誘ったらといってるのだが」

授業を終えた中村が、教室を去る塾生を目で追いながら、金太郎に歩み寄ってくると耳元で囁（ささや）いた。

「ありがとうございます。お邪魔したいのは山々なのですが、明日のうちに仕上げなければならない仕事がありまして……」

金太郎は、こたえながら丁重に頭を下げた。

「仕事？　明日は休みじゃないのかね？」

怪訝そうにいう中村に、

「急ぎの仕事がありまして……。明後日までに修理を済ませてお渡ししなければならないのです」

金太郎は嘘をいった。

長治郎がいったように、坂田時計店の主・久光は、稀（まれ）に見る好人物で、入店した翌日から金太郎に修理技術を教えはじめた。

時計の基本構造は、頭に叩き込んであったし、雑用の傍ら、職人たちの手技を熱心に観察してもいた。部品の名前も、道具の使い方も完全に頭に入っていた。それに加えて、久光は腕が立つと、黒門町界隈では評判の人物だ。その久光が一から懇切丁寧、かつ熱心に修理の技術やコツを教えてくれるのだ。

　初めて本格的に時計修理を学ぶ機会を得た喜びもある。久光の熱意にこたえなければならないという思いもあった。

　金太郎は早朝五時に起床すると、二階の自室から一階の作業場に下り、七時の朝食まで、ひたすら仕事に没頭する日々を送るようになった。

　その甲斐(かい)あって、腕は瞬く間に上がり、その上達ぶりには久光も驚くばかり。今では久光の教えを請うこともなく、一人で修理をこなせるようになっていた。

　まさに、充実した日々を送っていたのだが、ここひと月ばかり、どうも店の雰囲気がおかしい。いや、店というより坂田家の、といった方が当たっているかもしれない。

　見るからに風体が良くない男たちが頻繁に店に現れ、その度に久光は作業場を離れ、奥にある坂田家の住まいへと消えて行く。中村塾から帰宅すると、夜遅くにもかかわらず、居間から明かりが漏れ、坂田夫妻が何やら話し込む気配があるのだ。

　声の潜めぶり、漂って来る雰囲気からして、なにやら坂田家が深刻な事態に直面しているのは間違いない。

　いったい、親方の身に何が起きているのか……。

「親方、借金をこさえたらしいぜ」

店一番の古株が、金太郎に耳打ちしたのは三日前のことだった。

「借金?」

「商売をやってた親戚の、借金の請人になってたらしくてな。それが、焦げついちまったんだとよ」

カネを借りたことはないが、借金の怖さは知っている。親から「借金の請人にだけはなるな」と、事あるごとにいわれていたこともある。

長く商売を続けてきた久光が、なぜ請人にと思う反面、彼ならばあり得るかもしれないと金太郎は思った。

なにしろ優しいいし、情に厚いし、正直だしと、無類の好人物なのだ。

窮地に陥った親戚を見捨てておけるわけがないし、請人を頼まれれば、断り切れるわけがない。

真面目で、かつ誠実な人間が苦境に陥った様を目の当たりにするのは、かくも辛く切ないことを金太郎は初めて知った。少しでも久光の役に立ちたいと思った。

もちろん、久光が払えぬほどの大金を金太郎が用立てるのは不可能だ。自分にできることといえば、一つでも多く時計修理をこなすこと。店の売上げを増やし、借金の返済の足しにしてやることだ。

金太郎が中村の申し出を断った本当の理由は、そこにあった。

＊

翌朝、朝食前に金太郎はいつものように作業場に下りた。

腕がいいという評判に加え、久光の人柄もあって、修理依頼は引きも切らず。仕事は山ほどある。

早々に修理に取りかかって二時間。そろそろ朝食の時間になろうかという頃、突然店の引き戸が開いた。

「ご免よ」

低い男の声が店舗から聞こえた。

今日は休日である。しかも、朝七時とまだ早い時刻である。

それでも金太郎は「はい」と返事をすると、帳場に出た。

「あの……今日は――」

そこに立っていた三人の男たちの姿を見て、金太郎は言葉を呑んだ。

目つきの悪さ、無表情な顔、妙に清潔感が漂う身なり。どう見ても堅気ではない。

「今日は休みですが、修理でしたらお受けいたします。もちろんご購入も――」

「旦那、いるかい」

三人の中の頭格(かしらかく)と思しき男が金太郎を遮り、低い声で問うてきた。

落ち着き払った低い声から、男の中に潜む残忍な感情が伝わってくる。

「親方は――」

「小僧に用はねえ。旦那を呼んでくれよ。坂田久光さんをよ」

男は有無をいわさぬ、ドスの利いた声でいう。

いったい何が始まるのか……。

何が起こるにせよ、修羅場になることは間違いなさそうだ。

どうしたらいいのか……。金太郎は判断がつかず、その場に固まった。

「呼んでくれっていってんだ」

さらに低い声で、男は命じる。

奥から久光が帳場に現れたのはその時だ。

「ああ、坂田さん、おはようございます」

急に男の声が明るくなった。

薄ら笑いを浮かべ、薄い唇の間から歯を覗かせると、

「どうですか、カネ、できましたか？　今日はお約束の日ですが？」

どこか嬉しそうに訊ねる。

久光の顔は、すでに真っ白だ。

焦点の定まらぬ目で足下を見つめ、その場に立ち尽くす。

肩が震えている。小刻みに繰り返す呼吸の音が聞こえてくる。

そんな久光の姿を見ているうちに、金太郎の呼吸も速くなり、心臓が重い拍動を刻み始める。

「そ……それが……」

久光のか細い声を遮って、

「おできにならない？」

男は静かにいった。

「山城さん！　もう一週間だけ。いや、三日。時間を下さい！」

もはや悲鳴だ。

久光は、その場に両手をつくと土下座した。

「お願いします！」

「今日までにできなかったもんが、三日待てばできるとは思えねえなぁ」

山城は、冷え冷えとした声でいった。「第一、当てがあんのかよ。あるってんならいってみな」

「横浜で商売やってる友人がいます。元々、日本橋の生まれで、幼馴染みなんです。あいつに頼めば――」

「用立ててくれるってのかい？」

山城は、再び久光の言葉を遮る。

「はい……きっと……」

声の様子から、久光に確信がないことは明らかだ。

暫しの沈黙があった。

山城は、畳に手をついたまま必死の形相で言葉を待つ久光を、蛇のような冷たい眼差しで見つめると、

「坂田さん」

どこかつまらなそうにいった。「そりゃあ駄目だよ」

「そんなことはありません。今いったように、あいつと俺は――」

「そうじゃなくて、あんた、幼馴染みっていったよな？　ってことはさ、大切なダチなんだろ？」

山城は久光の言葉が終わらぬうちにいった。

「は……はい……」

「返せる当てもねえ借金を、大事なダチにこさえられんのか？　返せなかったら、あんたダチを裏切ることになるんだぜ。それを承知で、借金申し込めんのか？」

「そ……それは……」

「あのさあ、坂田さん……」

山城は、その場にしゃがみ込むと、久光の顔を覗き込む。「一つ、教えといてやる。借金するやつってのはな、借りやすい相手のところへ真っ先に行くんだ。借りやすい相手って、どんなやつか分かるか？」

久光は、視線を落とし沈黙する。

山城は続けた。

「約束通り返せなきゃ、どんなにいい人間関係でもあっという間に崩れちまう。それが借金だ。だから借金をするやつは、返せなくなって縁が切れても構わねえ、要は、どうなってても構わねえってやつのところへ行くんだよ。だから、身内でも親、兄弟のような、何があっても縁が切れねえところは後回し。親しい仲でも、本当に大切に思っている人間のところへは、行かねえもんなのさ」

「いや、山城さん、それは――」

「じゃあ、行けるのか？　その、大切なダチに、大金を貸してくれって頼めんのか？返せる当てがあんのなら、昨日、一昨日、とっとと行きゃあよかったじゃねえか」

畳みかける山城を目の当たりにして、恐怖は増すばかりなのだが、その一方で彼の言には妙に腑に落ちる点があった。

亀田時計店にいた頃は、江藤から何度も借金の依頼を受けた。

彼にしてみれば、借金相手は弟子である。徒弟制度が残る中にあって、師匠である江藤に弟子は逆らえない。返せなくなったところでどうということはない。つまり、江藤にとって、金太郎は〝大切な人〟ではなかったのだ。

「あんたは、篠崎にとって、大切な人じゃなかったんだよ」

山城は、久光が請人になったと思しき人物の名前を口にすると続けた。

「実際、あんたは篠崎の借金を肩代わりしなきゃならなくなったんだ。困るよな？　篠崎を恨むだろ？　怒りも覚えているだろうし、あんなやつとは二度と関わりたくはねえ。縁を切る。そう思ってもいるだろさ」

　久光は返事をしなかった。

　認めたのだ。

　山城は口元を歪(ゆが)ませ、さらに容赦ない言葉を投げかける。

「請人になってくれたら、大金を上乗せして返すといわれでもしたんだろうが、鉱山投資なんてもんはな、当たりゃでかいが外れる方が遥(はる)かに多い、いや、外れるのが当たり前の大博打なんだぜ」

　久光は、がっくりと落とした肩に、頭がめり込むのではないかと思うほど深く項垂れる。山城に対する恐怖か、篠崎に対する怒りか、あるいは自分の愚かさに対する情けなさか。握りしめた久光の拳(こぶし)が畳の上で震えている。

「勉強代にしては高くついちまったが、請人なんてなるもんじゃねえんだよ。商売やってりゃ分かんだろうが、吹くのは追い風ばかりじゃねえ。一旦、向かい風が吹き始めると、どうあがいたところで二進(にっち)も三進(さっち)も行きゃしねえってことになるもんだ。そこからが、船頭の腕の見せどころってもんなんだが、貧すれば鈍するとはよくいったもんでな。向かい風に逆らった挙げ句、沈没させちまうやつが圧倒的に多いのさ」

　山城は、そういい放つと背後に控える二人の男に目配せした。

待ってましたとばかりに二人の男たちが動き出し、手にしていた鞄を広げ、店頭に陳列されていた時計に向かって歩み寄る。

「ま、待って下さい！」

久光の妻・房江の悲鳴が店内に響いた。

帳場に出てきた房江は、もの凄い勢いで山城に向かって突進すると、

「時計を持っていかれたら、商売ができなくなります！　もう生きて行けなくなってしまいます！　仕入れの支払いが、まだ済んでいない時計もあるんです！　どうか、どうか、時計だけは……」

彼の両腕にすがりつき、泣き叫ぶ。

ところが、山城は平然とした面持ちで、

「おかみさぁ〜ん。あんた、何も分かっちゃいないねえ。ここにある時計だけじゃ大して返済の足しにはならねえんだよ。この家も差し出してもらうことになるんだ。店がなくなっちまうんだぜ？　商売ができなくなるも何もあったもんじゃねえだろう？」

残酷な言葉を吐いた。

「店って……。それじゃ私たち、どこで暮らせば――」

「俺に訊かれてもなあ。どうするかなんて、亭主が考えることだろ？」

「売り物を持ってかれて、店も取り上げられちまったら、私ら、路頭に迷うんだよ。あんた、私らに死ねっていうのかい！」

「だから亭主に訊けって」

山城はうんざりした口調でいいながら、それでいて房江の反応を楽しむかのように目元を緩める。

「鬼！　あんたら鬼だ！」

「あんたから見りゃ鬼かもしれんが、借りたカネは返すもんだろ？　返せねえなら、カネになるもので返してもらう。それが世の決まりってもんじゃねえか。第一、俺を恨むのは筋違いだぜ。何もカネを借りてくれって頼んだわけじゃなし、貸してくれっていってきたのは篠崎だぜ？　請人を引き受けて証文に判を押したのは、あんたの亭主なんだぜ？　恨むのは、篠崎か亭主だろうさ」

山城は冷酷にいい放つと、房江の手を振りほどき、

「さっさと、持ってけ！」

二人の男に命じると、放心した様子でその場に座り込む久光に向かっていった。「坂田さん、これから家の中を見せてもらうよ。金目のものは、全部持っていくが、まず地券を差し出してもらおうか」

5

思った通り、その日は修羅場になった。

坂田時計店の従業員は六人。住み込みの丁稚は金太郎一人で、他の五人は通いである。その五人が相次いで店に現れたのは、店頭の商品を全て奪った山城たちが、久光の住まいで金目のものを漁っている最中のことだった。

一変した店の様相を目にして、彼らは皆一様に驚愕し、ただ呆然と佇んだのだったが、それも無理からぬことである。

陳列棚は空っぽだし、帳場は少しでもカネになるものをと山城たちが探し回ったお陰で、帳面や筆記用具が散乱しているあり様だ。

しかし、それも一瞬のことで、直後から彼らが交わしはじめた会話を聞いて、金太郎は耳を疑った。

「人が好過ぎんだよ」「疑うってのを知らねえ人だからな」「あの歳で、財産の一切合切をなくしちまって、どうすんだろ」は、まだいい。「明日から、いや今日から仕事先を探さなきゃなんねえのかよ」も分からないではない。

だが、「今月の給金はどうなるんだろう。金目のものを全部持っていかれちまったら、ただ働きってことになっちまう」「少しでも、貰わねえことには」などと、絶体絶命の窮地に立たされた久光を案ずるどころか、カネの話題に終始するばかりになったのだ。

そのカネが尽きて、久光が地獄に陥っているにもかかわらずである。

山城たちが引き上げると、今度は五人の職人たちが久光を責め立てはじめた。

金太郎が知る限り、久光は給金を一度たりとも遅滞することなく、きちんと支払ってきた。盆暮れには、ささやかだが氷代と餅代が配られた。年末には、房江の手料理がずらりと並ぶ食卓を囲み、和気藹々と語り合ったものだった。だから、主従関係は極めて良好で、日頃は久光を慕っていたはずの彼らの豹変ぶりが、金太郎には信じられなかった。

労働には対価が発生する。給金を要求するのは、彼らの権利だ。理が彼らにあるのを久光も承知しているのは明らかだ。

それが証拠に久光は反論、いい訳を一切口にすることもなく、悄然と項垂れ、ついには土下座して畳に額を擦りつける。房江に至っては、もはや何の反応も示さない。床にぺたんと座ったまま、従業員たちの罵声を浴びる夫の姿に、焦点の定まらぬ目を向けるだけだ。

財産の一切合切を失った主を前にして、給金を要求する。

その心情が金太郎には理解できなかった。そして人間の奥底に潜む、冷酷さ、醜さをまざまざと見せつけられた気になった。

いたたまれなくなった金太郎は、早々に二階の自室に引き籠もったのだったが、従業員たちの罵声はそれからも暫く聞こえ、やがて静寂が訪れた。

階下からは、物音一つ聞こえてこない。不気味なほどの静けさに、金太郎は急に怖くなった。

借金の形に全財産を取り上げられれば、次に待っているのは生活苦。絶望の果てにあるものは……。頭に浮かぶのは、ただ一つだ。

まさか、早まったことを……。

金太郎は、いても立ってもいられなくなった。

久光が抱えた借金がどれほどのものかは分からぬが、商品や金目のものだけでなく、地券まで持ち去られたところからして、かなりの額になるのは間違いない。どうあがいたところで、金銭面では支えることはできないが、少しでも久光の力になれれば。いや、力になりたいと金太郎は思った。

渇望していた時計修理の技術を教えてくれたのは久光である。彼の善意、熱意なくして、たった一年の間に一人前の職人になれるはずがなかったのだ。

何ができるのかではない。何かをせねばならない。それが恩に報いるということだ。

考えがまとまるよりも先に、体が動いた。

金太郎は小机の引き出しの中から、蓄えておいた給金を摑み取った。次に道具箱を手にすると部屋を飛び出した。

階下に下りると、居間の障子越しに房江の啜り泣く声が聞こえた。

低く、そしてか細い泣き声……。深い悲しみと絶望に打ちひしがれている様を感じて、金太郎は思わずその場に立ち尽くした。

目が自然と、握りしめた拳に向いた。

僅か七円。大工仕事の二十日分にも満たない額だ。食住には一切カネがかからぬとはいえ、給金は月額二円。その中から中村塾の月謝を払い、節約に励みして、爪(つめ)に火を灯す思いで貯めたカネである。金太郎にとっては大金だし、いずれ独立して店を持ち、実業家への道を歩む礎となるカネでもあった。

こんな僅かなカネが何の役に立つというのだろう。借金返済の足しになるわけでもないし、生活費に充てるにも少な過ぎる……。

一瞬、躊躇(ちゅうちょ)した金太郎だったが、すぐにこう思い直した。

今の久光に必要なのは、カネばかりではない。落ちぶれてもなお、受けた恩に些(いささ)かでも報いようとする人間がいることを知らしめ、失意のどん底にいる久光に、小さくとも希望の灯火(ともしび)を与えてやることではないのか。たかが七円、されど七円だ。金額の多寡(たか)なんか問題じゃない。ここに案ずる人間がいることを、この困難を乗り越えて前に進んで欲しいと心底願う人間がいることを知ってもらうことなのだ。

金太郎は、手にしていた札を懐にしまうと、

「親方……服部です。よろしいでしょうか……」

障子の前に膝(ひざ)をつき、居間の中に向かって声をかけた。

中で微(かす)かに人が動く気配がした。

しかし、返事はない。

「入ります……」

金太郎は障子を静かに引き開けた。

卓袱台を挟んで座る久光と房江の視線が金太郎に向く。

おそらく他の職人たちと同様に、金太郎も給金を催促するためにやってきたと思ったに違いない。蒼白になった二人はすっかり怯えた様子で身を硬くする。

「親方……。短い間でしたが、大変お世話になりました……」

金太郎は、その場に手をつき、丁重に頭を下げた。

これからカネの話になると思ったのか、久光は警戒した様子で金太郎を凝視し、無言を貫く。

「あの……」

金太郎は懐から札を取り出すと、「これ……本当に僅かですが……」

久光の前に置いた。

久光は訳が分からないとばかりに怪訝な表情を浮かべ、房江を見る。

房江の反応も同じだ。小首を傾げ、久光から視線を転じ、金太郎が次に発する言葉を待っているようだった。

「七円あります……」

金太郎はいった。「この一年、頂戴した給金を貯めたおカネです。謝礼だと思し召して、受け取って下さい……」

「謝礼？」

久光は、ますます訳が分からないとばかりに問い返してくる。

「私、亀田時計店に奉公に上がる前、辻屋で働いておりまして」

「ああ……知ってるよ」

「辻屋を辞するに当たって、時計商になりたいといった時、旦那さまにいわれたんです。時計職人として一人前になるまでは、修業中の身だ。教えを請う立場なのだから、本来は給金を貰うどころか、謝礼を払わなければならないのだと……」

久光は何かをいいかけた様子だったが、それより早く、

「その通りだと思います」

金太郎は続けた。

「私は親方から修理技術を教えていただきました。しかも給金を頂戴しながらです。もちろん、一人前の職人になった暁には、頂戴した給金を補って余りある働き手になる。つまり、先払いと考えることもできるでしょう。でも、店を畳まなくてはならなくなったとあっては、それも叶わなくなってしまいました。ですから、頂戴した給金はお返しすべきだと思うのです」

「いや、そんなことは……。だって、君――」

「お教えいただいた技術の価値は、これまで頂戴した給金を全額お返ししても足りるものではありませんが、この七円が私の持っているおカネの全てです。本当に申し訳ないのですが、どうかこれで、お許しいただきたく……」

金太郎は再び手をつくと、深々と頭を下げた。

「しかしねえ、君はたった一年もたたないうちに、一人前の職人といえるだけの腕を身につけたんだよ。本来ならば、給金を上げてやらなければならなかったのに、私は丁稚の給金のまま、君を使い続けてきたんだよ」

ここに至っても、久光の人柄の好さは相変わらずだ。

それが、今回の悲劇を生んだのだと思うと、金太郎は何だかやるせなくなった。そして、やはり些かでも、この人から受けた恩にこたえなければならないという思いを強くした。

「受けたご恩に値はつけられませんが、今、申し上げたように、これが私の持てるおカネの全てです。私は親方の弟子です。弟子が独立し、別の道を歩むことになったとしても、一度結んだ師弟関係は生涯続くもの。私は親方の弟子として、全ての財産を失われた親方と同じように、裸一貫となって新たな道を歩みたいのです。ですから、どうか親方。私の意を汲んで、このおカネをお納め下さい」

金太郎が、そういい終えた瞬間、房江は顔を歪ませ、嗚咽を漏らしはじめた。

「金太郎さん……。あんたって人は……」

もはや、言葉が続かない。

房江は両手で顔を覆うと、わんわんと大声を上げ泣き出した。

「将来の独立のために貯めてきたカネだろうに……。そんな大切なカネを……」

久光の顔が歪んだかと思うとがっくりと項垂れ、肩が震え出す。

「親方……」

金太郎はそんな久光に呼びかけた。「若輩者がいっても説得力に欠けますが、何をやろうと、どんな目に遭おうと、中途半端ってのが一等悪いと思うんです。だってそうじゃありませんか。墜ちるところまで墜ちれば、それ以上墜ちる心配はしなくていいんです。少しずつでも、這い上がっていけば、それだけ物事は好転していくんです。そんな日々を送り続けて行けば、振り返って見たら、こんなところまで昇って来たかと思える日が、きっと来るんじゃないでしょうか」

「服部君……」

久光は膝立ちでにじり寄ると、金太郎の手を両手で握りしめ、

「ありがとう……。ありがとう……。君のような弟子を持てて……私は……私は……」

滂沱たる涙を流しながら、声を詰まらせた。

「それから、これ……」

金太郎は、道具箱を畳の上に置いた。「親方からお借りしていた道具をお返しいたします」

「君……」

久光は目を丸くして絶句する。

血も涙もない取り立てを行う山城だったが、場数を踏んでいるだけあって、家捜しをするに当たって、「こいつは?」と金太郎に目をやりながら久光に問うた。

「住み込みの職工です」と久光がこたえると、「小僧の持ち物には手をつけんじゃねえぞ」と山城は手下に命じた。

だから今、この道具箱が家の中に残っている唯一の金目の品である。

「再起を図るには、道具が必要でしょうから……」

金太郎は畳の上の道具箱を、ついと久光の方に押しやった。

久光は、それをじっと見つめると、

「いや……これは君が持っているべきだ……」

震える声でいった。

「でも、親方……」

「今月の給金も払っていないのに、君は大切に貯めてきたおカネを私たちにくれたんだ……。道具まで貰うわけには……」

「そうだよ……その通りだよ、金太郎さん」

房江が手の甲で目元を拭い、洟を啜り上げる。「そこまでしてもらったらバチがあたるよぉ」

「それに、やり直すにしても、店を持つのはもう無理だ。仲間に頼んで、職人として雇ってもらうしか道はない。だから、もう、自分の道具なんか必要ないんだよ」

久光は道具箱を押し返してくると、「君は時計商としての道のとば口についたばかりだ。独立できるだけの腕はあるし、この道具は、その時のために使ってくれ。それこそ生きた道具の使い道ってもんじゃないか」

感謝の籠もった眼差しで金太郎を見つめると、「服部君、ありがとう……本当に、ありがとう……」その場で手をつき深々と頭を下げた。

第二章

1

坂田時計店で学んだのは、時計の修理技術ばかりではなかった。

金太郎は借金の怖さ、カネの前では豹変する、人の奥底に潜む本性を思い知った。〝詩経〟の中に「他山の石以て玉を攻むべし」とあったが、まさにそれである。師匠が犯した過ちからも、学ぶものは大いにあったのだ。

だから金太郎は元手をかけず、背伸びせず、まずは自分の腕だけで新たな道を歩むと決めた。

折しも父親が体を悪くし、商いを続けることが難しくなったこともあって、明治十年（一八七七年）、采女町の実家に時計修繕所を開業した。

敢えて店名を〝修繕所〟としたのは、貯めたカネの全てを坂田久光に渡した直後で、文字通りの一文無しに等しい状態であったからだ。

時計も販売するものの、商品は古物商を営んでいた父の伝手で格安で仕入れた中古品。それも動かなくなった代物を、金太郎が自ら修理したものばかりである。しかも仕入れ代金が乏しいこともあって、種類も台数も僅かしかなく、〝時計店〟と名乗るには、余りにもおこがましいと思ったのだ。

もっとも、そのお陰で商品の陳列場所を考えずに済んだし、他に必要なのは机とランプ、道具ぐらいのもの。仕事場だって、三畳もあれば十分だ。

道具は久光から譲り受けたもので事足りる。机とランプは、実家にあったものを使うことにした。開業するに当たって必要だったのは店の看板ぐらいのもので、こちらは近所の材木屋から端材をもらい、金太郎自ら毛筆で店名を記し、部品は仕入れ先を亀田長治郎に世話してもらい、ツケで仕入れることができた。

かくして、ほとんどカネを使うことなく開業には漕ぎ着けることができたのだったが、繁盛するか否かは評判次第。店を開けば千客万来、大繁盛とは行かないのが商売だ。しかも、京橋界隈には時計店が何軒もあるときている。

果たして、看板を掲げたものの客足はさっぱりで、金太郎もさすがに焦りを覚えはじめたのだったが、そこに思いがけぬ幸運が齎された。

日本橋と京橋の間、南伝馬町にある桜井時計店の店主・桜井清次郎から「うちで働かないか」と誘いを受けたのだ。

正直、これには驚いた。

　というのも、桜井時計店の主・清次郎は、名人と称されるほどの腕の持ち主であると同時に、気難しい職人気質（かたぎ）で、弟子も一切取らず、一人で店を切り盛りしていることでも有名な人物であったからだ。

　清次郎との出会いは、奇妙なものだった。

　客足がさっぱりで、どうしたものかと思案している最中に、「修理を頼みたい」と一人の男が店に現れた。

　見れば最新式で、金太郎もこれまで修理した経験がなかった時計である。

　しかし、ここで客を逃すわけにはいかない。

　依頼を受けた金太郎だったが、いざ修理に取りかかってみると構造は複雑で、どこから手をつけていいのかさっぱり分からない。それでも、必死の思いで修理に取り組み、完璧な状態に仕上げることができたのだったが、その三日後、再びその男が店に現れたのだ。

「修理に何か、不手際がございましたでしょうか」

　不安な気持ちを抱きながら、そう問うた金太郎に、

「いや、今日は修理を頼みに来たんじゃねえんだ。服部さん、あんたに頼みがあってね」

　と男は妙なことをいう。

「頼みとおっしゃいますと？」

「俺は、南伝馬町で時計店をやっている桜井という」

「南伝馬町というと……あの桜井時計店の？」

「その桜井だ」

名人が駆け出しの職人に頼みがあるだって？

どんな話が持ち出されるのか、皆目見当がつかない。

そんな金太郎に向かって、清次郎はいった。

「息子の富次郎に時計の修理を教えてやってくれねえかな」

「私が？　息子さんに？」

驚きのあまり金太郎の声が裏返った。「いや……しかし……、桜井さんは、名人と称される方じゃないですか。そんな方の息子さんに、時計修理の何を教えろとおっしゃるんですか？　職人といっても、私は駆け出しですよ」

「どうにもならなくてなあ……」

清次郎は声のトーンを落とし、憂鬱な息を吐く。「眼病なんだよ……。最近じゃ、目が霞んじまって、大きな部品がやっと見える程度で、細かいもんになると、焦点を合わせんのに一苦労でなあ。それも悪くなる一方で、仕事がなかなか捗らねえんだ……」

時計職人に最も重要なのは技術力だが、それ以前に健康でなければならない。特に視力と指先の感覚は、極小の部品を扱う仕事だけに職人の命である。眼病に冒され、視力が衰える一方となれば、まさに職人生命の危機である。

「息子は、二十歳でなあ……」

「二十歳って、私より年上じゃありませんか」

　年齢を聞いて驚愕する金太郎に、

「息子には、いずれと思っていたんだが、仕事を教えるに当たっては少々考えがあったんだ」

　清次郎は続ける。

「それに修理依頼が引きも切らずで、教えるどころの話じゃないってこともあったんだが、気がつけば日に六件こなせてた仕事が、四件、三件と減っちまって、今じゃやっとこさ二件こなせるかどうかだ……。息子を他所の店で修業させることも考えたんだが、この様子だと、間違いなくあいつが一人前になる前に店を畳むことになっちまう。一度離れた客は帰っちゃこねえ。だから店を畳む前に、何とか一人前になってもらわねえと思ってなあ……」

　なるほど、清次郎の懸念はもっともだ。

　しかし、問題は息子・富次郎が職人として、どの段階にあるかである。

　金太郎が本格的に時計修理の技術を教わったのは、坂田時計店に移ってからだ。僅か一年の間に独立できるだけの技術を身につけられたのは、亀田時計店にいた二年間、江藤の仕事を間近で観察しながら、毎日時計を分解しては組み立てるという修錬を欠かさなかったからだ。

富次郎が一人前になるまで、どれほどの時間を要するかが分からない今、引き受けるとはいえるわけがないし、それ以前に清次郎が、なぜ駆け出しの身にこんな話を持ちかけてきたのか、金太郎には理解できなかった。

「でしたら、他に適任者はたくさんいるでしょう？　なぜ私なんですか？」

「あんたが、確かな腕を持っているってことが分かったからさ」

清次郎は確信の籠もった声でこたえる。

「えっ？」

「この前の修理で分かったよ」

清次郎は職人の目で金太郎を見る。「あの時計は、日本に入ってきてまだ二年と経っちゃいねえイギリスの最新型だ。あれを修理した職人は、東京にもほとんどいねえはずだし、俺自身も初めてお目にかかった代物だ。そいつをたった二日で、あんたは完璧に仕上げた。たった一年の修業で、これだけの技術を身につけるのは簡単なことじゃねえよ」

名人と称される清次郎に、こうも褒められてしまうと、嬉しい反面、気恥ずかしくなって、

「それは……どうも……」

金太郎は曖昧にこたえ、ぺこりと頭を下げた。

しかし、すぐに清次郎が発した〝一年〟という修業期間に気づき、

「桜井さん。私、時計修理の修業は一年ではありませんよ。三年ほど――」

「亀田時計店では、大したことを教わっちゃいねえだろ？」

「どうしてそれを？」

清次郎は金太郎の問いかけにこたえることなくいった。

「たった一年の間に、あれだけの技術を身につけるのは容易なことじゃねえ。時間ってのは、万人に等しく同じ長さが与えられるもんだが、職人の世界では、それをどう使うかで腕に差がつくもんでな」

清次郎は、そこで一旦言葉を切ると、黙って話に聞き入っていた金太郎に唐突に問うてきた。

「あんた、腕のいい職人になるためにはどんな修業が必要だと思う？」

「えっ……？」

そんなことは、考えたこともなかった。

短く声を上げた金太郎は、返す言葉に詰まってしまった。

「職人の腕は最初の修業で決まる、と俺は思ってんだ」

清次郎はいう。「まず、本人の修理を身につけようという意志と熱意。次に熟練の技を持った職人の修理をどれほど見るか。その上で、基本技術を徹底的に繰り返し、指先が自然に動くまで体に叩き込む。そして、修理する時計がどこを、どう直してほしいのか、時計の声を聞く。つまり、想像力と勘を鍛えることだ」

まさに、名人ならではの言葉だ。

考えてみれば、最初の師匠は亀田時計店時代の江藤である。

性格や素行こそ最低の人間だったが、時計修理の腕は確かに一流だった。

「技術は盗むもんだ。教わるもんじゃねえ」

徒弟制度時代そのままの言葉に理不尽さを覚えながらも、江藤の修理作業を一瞬でも見逃すまいと、手順を、指先を、二年もの間凝視し続け、この目に焼き付けた。そして毎夜時計を分解しては組み立てて、基本手技を徹底的に体に叩き込んだのだ。

僅か一年の久光の指導で、金太郎が一人前の職人になれたのは、亀田時計店で過ごした二年があればこそ。決して無駄な時間を過ごしたわけではなかったのだ。

先程清次郎が「仕事を教えるに当たっては少々考えがある」といった言葉の意味が理解できた。同時に、もしや実経験からいっているような気がして、金太郎は問うた。

「桜井さんも、そうだったのですか?」

「俺はあんたよりも、ずっと覚えが悪かったがね」

清次郎は薄く笑うと、「苦労したよ……。なんたってご維新より前のことだからな。口より早く拳固(げんこ)が飛んでくるわ、時計に触らせてすらもらえねえわで、そりゃあ酷いもんだったよ……。でもなあ、師匠の腕は確かだったよ。あの人の仕事を毎日、毎日、間近に目にすることができたのは、本当に幸運だったと思ってる」

遠い目をして宙に視線を向けた。

自分と同じような修業時代を清次郎も経験したことに、急に親近感を覚えて、金太郎は重ねて問うた。

「桜井さんは、弟子を取らないと聞いておりますが、なぜなんですか？」

「俺には人に教える才、器がねえからさ」

清次郎はいう。「一人、時計と向かい合うのが好きなんだよ。それ以外のこととなると、どうも短気でな。弟子なんか持とうものなら、師匠以上に口より先に手が出ちまうのが分かってるからさ……」

清次郎は、そこで一旦言葉を切ると、金太郎に改めて目を向け、真顔でいった。

「それに、人に教えるってのは、案外難しいもんでな。一つのことを教えるにしても、どう表現するか、どんな言葉を使うかで、相手の分かりが早くもなれば遅くもなる。実際、一人で仕事をするようになってから、ああ、師匠は、あの時こういうことをいいたかったのかって、後になって腑に落ちることが山ほどあったからな。だから、教わる方にも才が必要だが、教える方にはもっと才がいると思うのさ」

「私に、その才があるかどうかは分かりませんが？」

「そうかもしれねえが、技術もさることながら、息子にはもう一つ、あんたから学んで欲しいことがあるんだ」

「それはどんな？」

「人としてのあり方だ」

「人としてのあり方？」

「聞いたよ」

清次郎は、真摯（しんし）な眼差しを向けてくる。「あんた、全財産を失って、途方に暮れている坂田さんに、有り金全部差し出したんだってな」

「えっ……」

そのことは、坂田夫妻と自分だけしか知らないはずだ。

なのに、どうして……。

金太郎は驚き、言葉を失った。

「人の口に戸は立てられねえっていうだろ？」

清次郎は、どこか嬉しそうに目を細める。「この業界は広いようで狭いんだ。悪い噂（うわさ）があっという間に広まる一方で、いい話はなかなか広まらねえが、今回は別だ。坂田さん、あんたの気持ちがよっぽど嬉しかったんだろうなあ。心配して駆けつけた仕事仲間に、真っ先に話したのが、あんたのことだったそうだぜ」

「いや……有り金全部といっても、ほんの僅かで……」

「金額の多寡じゃねえんだよ。世の中ってのは世知辛いもんでな。特に自分の利害が絡むと、人の道に外れるようなことも平気でやるやつが滅法多いんだ。坂田さんにしてみりゃ、あんたが仏に見えただろうし、世の中、まだまだ捨てたもんじゃねえと、希望と生きる勇気をもらったと思うよ」

久光は家を取られた直後から、一切音信を絶った。

あれからどうなったのか、どうしているのか、気になってはいたが、今日に至るまで消息は全く聞こえてこない。

「親方は、どうなさっているのでしょう……」

「心配することぁねえさ。坂田さんの腕は確かだ。腕のいい職人は、どこの店だって喉から手がでるほど欲しがってんだ。その気になりゃ、職探しには苦労しねえよ」

「そうならいいのですが……」

「そうなるさ」

清次郎は、唇の間から白い歯を覗かせた。「今いったろ？　あんたが差し出したカネは、額としては小さなもんかもしれねえが、坂田さんにとっては、何十倍、何百倍、いや何千倍にもなる価値があるものだっただろうさ。生きる希望をもらっただろうし、あんたの気持ちにこたえるためにも生きなきゃならねえと思ったに違いねえよ」

清次郎は、そこで改めて金太郎に向き直ると、

「なかなかできることじゃねえよ。俺は、あんたの人柄に惚れたんだ。うちの息子には、修理の技術だけでなく、人としてのあり方をあんたから学んで欲しいと思ってんだ。だから俺の願いを叶えてくれねえか。この通りだ」

姿勢を正し、深々と頭を下げた。

2

「服部時計店」と記された真新しい看板が、冬の朝日を浴びて燦然と輝く様を、金太郎は万感の思いで見上げた。

服部時計修繕所を開業してから四年経った明治十四年（一八八一年）十二月。金太郎は、この間に貯めた百五十円を元手に新店舗の開店に漕ぎ着けた。

店名を〝修繕所〟から〝時計店〟へと改めたのは、新店舗の開店を機に、中古時計の販売を本格的に行うことにしたからだ。

新店舗を近辺に移転した理由もそこにあって、商品の陳列場所も広く持たなければならなかったし、新たに帳場も必要だった。

清次郎からは修理技術はもちろん、多くのことを学んだが、その中の一つに、他人への信は、己の信に繋がるというのがあった。

名人と称される清次郎が、これまで弟子を一人も取らず、独りで仕事を行ってきたのは同業者の間では広く知られていたことだった。だから金太郎が桜井時計店に頻繁に出入りするようになると、「あの桜井が弟子を取ったらしい」と噂になった。やがて桜井に代わって修理を行い、富次郎に仕事を教えているのであり、しかも依頼したのは清次郎だと知れると、金太郎は同業者の注目の的になった。

坂田時計店を離れるに当たって、金太郎が主の久光に蓄財の全てを渡したことが、当時業界内で美談として評判になったこともある。

「坂田にいた、あの服部か」「桜井ほどの名人が仕事を任せるのなら……」と、通い始めてひと月もすると、「是非うちの店でも」と依頼が殺到するようになったのだ。

その中から金太郎は、やはり腕が立つと評判の本郷五丁目にある時計商・中山(なかやま)直正の依頼を受け、仲間修理を行うことになったのだったが、この二つの店での仕事が開業資金を貯める大きな助けとなった。

両店ともに、修理依頼は引きも切らず。しかも、金太郎の取り分は修理代金の四割である。

もっとも清次郎は、「修理以外に、息子が教えてもらっているんだから」といって、自分の取り分は四割と申し出てきたのだったが、金太郎はそれを断った。

服部時計修繕所の看板を掲げたものの、客足は思いのほか低調で、不安に駆られていたところへの依頼である。これほど多くの仕事を貰えたのは、客が桜井の看板に寄せる信頼があればこそ、自分の力によるものではないと考えたからだ。

それでも、桜井時計店から得られる収入だけでも月額二十円前後になった。

その中で父母を養いながら質素倹約に励み、ようやく百五十円の資金を手にしたのだった。

しかし、この程度のカネでは店舗を借り、店の体裁を整えるのが精一杯で、商品を仕入れることができない。もっとも、仕入れ代金の支払いは、盆暮れの二度というのが業界の慣習である。理屈の上では開業するに当たって元手はいらないのだが、それも商品が順調に売れればの話だし、前の店で知れたこと、看板を掲げれば客が来るというわけでもない。何よりも、ツケ同様の条件で時計を卸してくれるのは、支払いに間違いはないという信頼があればこそ。焦げつこうものなら信頼を失い、商売を続けるのが困難になることだってあり得る。となると、現金で仕入れるしかないのだが、肝心のカネがない。

そんな事情もあって、新店舗でも販売する時計は中古に特化したのだったが、金太郎に勝算がないわけではなかった。

というのも、新品時計はまだまだ高額で、中古でも質屋に持ち込めばそれなりの値で引き取ってくれたし、格段に安い値しかつかないとはいえ、壊れていても質入れ可能であったからだ。

実際、開店当初こそさっぱりだった修繕所の客足も、「中古の分だけ安く買える」という評判が口づてで広まったと見えて、日が経つにつれ徐々に増えていた。なのに売上げが向上しないでいるのは、金太郎が二つの店の仕事を引き受けた結果、店を留守にする日が多くなってしまったこと。仕入れた時計の修理に費やす時間が確保できず、肝心の商品が品薄になってしまったからだ、と金太郎は考えていた。

だから、販売する商品を中古時計に特化しても、ある程度の成功は収められるという自信があったのだが、せっかく新店舗を構え、〝時計店〟に名を改めたのだ。従来のやり方を踏襲するだけでは芸がない。

そこで、金太郎は販売する時計の全てに、一年間の保証期間を設け、その間の故障は修理無料とすることにした。

果たして、この売り方に客がどんな反応を示すだろうか……。

金太郎は希望と不安、そしてささやかな興奮を覚えながら軒先に掲げた看板を見上げた。

そして、午前八時半。店の引き戸が音を立てて開いた。

「いらっしゃ……」

客の姿を見て、金太郎は思わず言葉を呑んだ。

何と辻粂吉ではないか。

「おはよう」

戸口に立った粂吉は満面の笑みを浮かべる。

「あっ、旦那さま！」

帳場から下りた金太郎は、慌てて草履を履くと粂吉に歩み寄った。「こんな早い時間からお越しいただき、恐縮でございます」

「服部君。開店おめでとう」

粂吉は心底嬉しそうに目を細め、店内を見渡すと、「酒をやらん君にはどうかと思ったんだが、縁起物だからね」

　熨斗のついた角樽を二本差し出してきた。

「これは……。お心遣い、有り難く頂戴いたします」

　金太郎は丁重に頭を下げ、酒を受け取った。「新しい店を開くのは、まだ早いかとも思ったのですが、今までの仕事に目処がついたこともありまして……」

「聞いているよ」

　粂吉は頷くと続けていった。

「桜井時計店の息子さんも、一人前の職人に育ったそうだね」

「血というのは争えないものですね。熱心だし、名人の修理を長いこと見ていただけあって飲み込みも早いし、もう一人で立派にやっていけますよ」

「服部君の腕にも、ますます磨きがかかったろうしね」

　粂吉はニヤリと笑う。「じゃなかったら保証一年、その間の故障は修理無料を売り文句にできやしないだろうからねえ」

　入り口のガラス戸に貼った、「ご購入後一年間修理無料」と記した大きな紙に目をやった。

「いやあ……」

　金太郎は思わず頭に手を置いた。「これくらいのことを謳いでもしないと、お客さまの関心を惹くことはできないと思ったんです。修繕所の看板を掲げた当初は、お客さまがなかなか来てはくれませんでしたので……。正直いって、桜井さんから声をかけていただけなかったら、今頃どうなっていたか……」

　金太郎は正直にいった。

「やはり、服部君は運を持っているんだな」

　粂吉は、感慨深げにいう。「君が辞めた直後に亀田さんが訪ねてきてね、服部君には本当に申し訳ないことをしてしまったと詫びたんだ。何をやらせても、ずば抜けてできるもので、つい君に甘えてしまったし、修理を教えるのも全く不向きな人間に付かせてしまったといってね」

「いえ、そんなことはありません」

　金太郎は慌てて首を振った。「実際、桜井さんからは、こういわれたんです。職人の腕は、最初の修業で、どれほどうまい修理を見るかで決まると……。確かに、最初の師匠には、技術を教えてはもらえませんでしたが、腕は間違いなく一流でした。そんな人の仕事を毎日間近で見ることができたんです。私、亀田さんにも、師匠にも、本当に感謝してるんです」

　そういった金太郎を粂吉は愛おしげな眼差しで見ると、

「天は自ら助くる者を助くというが、君を見ていると本当のことなんだと思えてくるねえ……」

　しみじみとした口調で漏らした。

「そんな、旦那さま、止めて下さい。開業はしたものの、先はどうなるか分かったもんじゃないんです。時計の販売を本格的に始めてしまった以上、仲間修理にすら出向くことはできませんし、私にしてみれば、それこそ背水の陣というもので――」

「腕に自信がついたんだろ？」

粂吉は金太郎を遮り、真顔でいった。「新品だって当たり外れがあるってのに、中古を一年持たせるのは大変なことだよ。保証期間を謳って客の目を惹くのは簡単だが、故障が頻発すれば評判は落ちる。それすなわち、商売が立ちゆかなくなるということだ。君ほどの人間が、そこに気がつかないわけがない」

その通りである。

名人・桜井と、やはり一流の職人・中山、両名の指導を受けながら腕に磨きをかけてきたのだ。それに、評判の職人の下には最新式の時計が集まる。時計の製造技術も日進月歩。精度が向上するに従って、構造は複雑になるばかりだ。そうした時計の修理でも難なくこなせる腕を身につけたのだから、質流れや道具屋から仕入れた中古時計を修理するのは簡単なものである。

しかし、それを口にするのは、傲慢に過ぎる。

そんな金太郎の心中は見透かしているとばかりに、粂吉はふっと笑い、

「それから、私を旦那さまと呼ぶのは止めにしないか？」

唐突にいった。

「えっ？」

「君は、もう一国一城の主なんだ。私の手を離れて久しいし、主従関係にはないんだからね」

「いや、しかし……そういわれましても……。ならば、何とお呼びしたらよろしいのか……」

　今でも粂吉は生涯の師の一人だと思っているだけに、金太郎は困惑し、語尾を濁した。

「辻さんでも、粂吉さんでもいい。とにかく、もう旦那さまは止めにしよう」

　粂吉は、優しい眼差しで金太郎を見つめ、「いいね」と念を押した。

　そういえば、いつもは自分を「金太郎」と呼んでいた粂吉が、今日は最初から「服部君」といっていたことに、金太郎は今更ながらに気がついた。

　粂吉は続ける。

「これからは事業をやる者同士、対等な関係だ。君に相談することもあるだろうし、知恵を請うこともあるだろうからね」

「そんな、私ごときが旦那さまに――」

「ほうら、もういった」

　目元を緩ませる粂吉だったが、「そうなってもらわなければ困るし、そうなると私は信じているんだ」

　一転して真顔でいった。

粂吉の温情が伝わってくる。

本当に、俺は人に恵まれた。恩人であり、師と仰ぐ粂吉が、ここまでいってくれるからには、何としてもこの時計店を軌道に乗せ、大きくなって見せなければ。

金太郎は、胸の中で固く誓った。

そうした心情が表情に表れたのか、粂吉は、うんうんと頷くと、

「それから、君に伝えておかなければならないことがある」

粂吉は、ふと視線を逸らした。

瞳の中に、どこか寂しげな色が浮かんだように金太郎には思えた。

「浪子が嫁に行くことが決まってね……」

果たして粂吉はいう。「あれも、もう二十二歳だ。そろそろ嫁に出さねばと考えていたんだが、軍医をなさっている店のお客さんに見初められてね。浪子を是非にといって下さったんだ……」

浪子とは辻屋を辞めて以来、直接言葉を交わしたことはない。

仕事に追われていたこともある。技術を身につけ、さらに磨きをかけることに没頭していたこともあった。しかし、浪子のことは常に頭の片隅にあったし、長唄の師匠の家の前を通りかかった際には、家の中から漏れてくる彼女の唄声を何度か耳にしたこともあった。

それは、かつて金太郎が浪子の稽古が終わるのを待つ間に耳にしていたのとは全くの

別物で、上達ぶりに加えて声に艶が籠もり、少女から女性へと成長を遂げていることを窺わせるものだった。

あの浪子が、今はどんな姿になっているのか……。

ふと立ち止まり、思いを馳せると胸が熱くなり、そして切なくなったものだった。

かつて、粂吉が自分を浪子の婿にと考えていたことは知っている。それを蹴ってしまったことに未練がないといえば嘘になる。

しかし、実業家として大成する夢は、何物にも代え難いものだし、自分はまだそのとば口に立ったばかりなのだ。

「君が所帯を持とうというその月に、浪子の結婚が決まるなんてさ。何ともめでたい限りだが、こんな偶然もあるものなんだねえ……」

慶事続きでめでたい限りといわんばかりに粂吉はいうが、どこか寂しげに感ずるのは気のせいではあるまい。

亀田長治郎が突然金太郎の自宅を訪ねて来たのは、この店の開業を決意して物件探しをはじめた直後のことだった。

どこから聞きつけたのか、新たな店をはじめることを知って、力になりたいといってきたのだ。以来、足繁くやって来ては、何かと気に掛けてくれていたのだが、なんと縁談、しかも長女のはま子を嫁に貰ってくれないかと申し出てきたのには驚いた。

亀田時計店では住み込みで働いていたので、はま子のことは金太郎もよく知っているが、もちろん恋心を抱いたことはない。だから、記憶の中のはま子の印象といえば、裕福な商家に生まれ育っただけに、お嬢さま然としたところはあるものの、よく母を助け、贅沢(ぜいたく)するでもない、なかなかのしっかり者という程度でしかない。

考えてみれば、金太郎も二十二歳。年齢的には身を固めてもいい頃なのかもしれないが、新たに店を構えようという時である。うまくいくかどうかはやってみるまで分からないのが商売だ。まして、結婚は生涯の大事だ。即答を避けた金太郎だったが、母のはる子は俄然(がぜん)乗り気になった。

「亀田さんの娘さんなら、時計商売のことはよく知っているだろうさ。願ってもない縁談じゃないか」と結婚を強く勧めたのだった。

縁談が当人同士の意思よりも、家同士の合意で決まる時代である。当人同士が一度も顔をあわせることなく、婚礼の場ではじめて会うことも珍しい話ではない。

かくして、縁談はトントン拍子に進み、一週間後に祝言(しゅうげん)を挙げることになっていたのだ。

「そうですか……浪子さんは軍医殿に嫁ぐんですか……。それはおめでとうございます」

心からいったつもりだが、やはり感情の揺らぎは抑えきれない。

おそらく粂吉も、そんな金太郎の心中を察したのだろう。

金太郎から視線を逸らすと、

「人生というのは、なかなか思い通りにはいかないものでね……」

諦観（ていかん）しているかのようにいう。「懸命にやったつもりでも、願い叶わず、事が思いも寄らぬ方へ向かってしまう……。人との出会いもまたしかりでね。信じていたのに裏切られ、苦境に立たされ、解決のために多大な労力を払わされたこともある」

金太郎が辻屋で働いた二年間、店の経営は順調に見えた。丁稚の目からすれば粂吉は、紛れもない成功者であり、順風満帆、恵まれた人生を送っているように思えたものだが、そこに至るまでには、やはり幾多の失敗や挫折（ざせつ）を経験したであろうし、経営者としての苦しみも味わったに違いない。

粂吉の言葉には、そう思わせるだけの重みがあった。

「だがね、服部君」

粂吉は話を続ける。

「失敗や挫折の結果、あらぬ方向に事が進んでしまっても、落胆したり、悲観したりしてはいけないよ。後で振り返ってみると、その全てに意味があったと思える日が、必ずやって来るものだからね」

粂吉がいわんとするところが俄（にわか）には理解できないが、まだ先があるはずだ。

金太郎は黙って耳を傾けることにした。

果たして粂吉はいう。

「亀田時計店にいた当時、君は修理技術を教えてもらえないことに不満を覚えたはずだ。

坂田時計店に移るに当たっては、無駄な時間を過ごしてしまったとも思っただろう。ならば、あのまま亀田時計店に居続けたなら、あの店で手取り足取り修理技術を教えてもらっていたならば、独立の日を迎えたにしても、今とは少し違った形になっていたんじゃないのかな」

その通りかもしれない……。

こくりと頷いた金太郎に、粂吉はさらに続ける。

「思い通りにならないのは、何ともどかしく感ずるものだし、不幸な目に遭えば己の運を、神様を呪(のろ)いたくもなるものだ。でもね、今があるのは、あの時の失敗や挫折があればこそ。あの時、思い通りに事が進んでいたならば、今の成功はなかった。後で振り返ってみると、そう思えることが多々あるものなんだよ。だから人生は面白いんだ」

間違いなく粂吉の経験からくる言葉だ、と金太郎は思った。

「確かに、万事が思い通りに運んだら、人生は味気ないものになってしまうかもしれませんね」

「もっとも、そう思える人間は幸せな人生を歩んでいるといえるのだがね」

粂吉は、そこで正面から金太郎を見つめると、「だから服部君にも浪子にも、そう思える日がやってくる人生を歩んで欲しいと私は心から願っているんだ」

まるで父親のようにいい、「禍福はあざなえる縄のごとし。君はこれから先、様々な出来事に直面するだろう。たくさんの人にも出会うはずだ。時には絶体絶命の窮地に立たされることもあるだろう。そこにつけこみ悪意を持って寄ってくる人間も現れるかもしれない。成功してもまた同じで、余得、恩恵に与ろうという下心を持った人間が必ず寄って来るものだ。だがね、どんな出来事に直面しようと、どんな人間に巡り合おうと、そのことごとくが、君の人生に何らかの意味を持つことになるんだよ」

金太郎を愛おしげな、しかしどこか寂しそうな眼差しで見据えた。

「はい……」

金太郎は粂吉の視線を捉え、深く頷いた。

「浪子もまた同じだ。結婚し、やがて子供を産み、人生を全うするまでには、山あり谷あり。傍目には幸せに見えても、波風立たぬ家庭はないものだ。どんな出来事に直面しようとも、それを乗り越え、後で振り返った時、あの時の出来事があったからこそ、今が幸せなのだと思える人生を歩んで欲しい。兄としては、そうした縁を浪子が持ったと願うばかりだ……」

粂吉が浪子に寄せる兄としての愛情の深さは、重々承知している。その浪子と並べて自分の将来を案ずる言葉に、粂吉の自分へ寄せる思いの深さを知った気がして、金太郎は、ただただ頭を垂れるしかなかった。

3

「禍福はあざなえる縄のごとし」

条吉の言葉が現実となったのは、服部時計店を開業して二年目に入った三月のことだった。

店は開店直後から大繁盛した。

開店したのが一昨年の十二月。大半の店では従業員に餅代が支払われる季節である。時計の需要は高まる一方なのに新品は高額で、一般庶民にはなかなか手が出ない。そんなところに中古時計の販売に特化した店が現れたのだ。しかも、商品は質流れや道具屋から仕入れたものを、金太郎が手入れし、修繕を施したものばかりである。

従業員を抱えていれば給金が発生するが、店は金太郎一人で切り盛りしているのだから、人件費はゼロ。その分だけ値段は安くつけられる。それでいて、一年間の保証付きときているのだから、売れないわけがない。

最初は安かろう悪かろうを覚悟して購入した客が大半であったろうが、使ってみると全く故障しない。

「服部の時計は中古でもよく動く」「本当に故障しねえんだ」

悪評はあっという間に広まり、好評はなかなか広まらないといわれるが、今回ばかりは別である。日が経つにつれ陳列する傍から商品が捌けていく大盛況が連日続くようになった。「飛ぶように売れる」という表現があるが、まさにそれである。

商売の繁盛は商人には何よりの薬だ。まして、金太郎と父母の三人にとって、時計店の商いが生活の糧を得る唯一の手段である。長く体調が思わしくなかった父親の喜三郎も元気を取り戻し、古物商を営んでいた時代の伝手を頼って、中古時計の仕入れに忙しい日々を送るようになった。

仕入れの大半は父親が担い、金太郎は手入れ、修理に専念し、店番は母親とはま子がと、一家総出で商売に励む日々が続き、そこにさらなる慶事があった。

はま子が身籠もったのだ。

商売は大繁盛。嫁を娶り、子供もできる。何もかもが順風満帆、そろそろ店を拡大し、中古に加え新品時計の販売に乗り出そうと考えていたところに、想像だにしなかった災難が金太郎を襲った。

明治十六年（一八八三年）三月十六日。床に入り、眠りに落ちようかというその時、突然甲高い半鐘の音が鳴り響き、金太郎は飛び起きた。

火事だ。

三月に入ってからの東京は晴天が続き、空気が乾燥している中での火災である。しかも、半鐘の音源は近い。火元の場所によっては、もらい火をしてしまうかもしれない。

「あなた……！」

隣で寝ていたはま子が闇の中で身を起こし、不安げに鋭く叫んだ。

「ちょっと様子を見てくる。お前の腹の中には子供がいるんだ。いつでも逃げられるように、身の回りの品を纏めておいてくれ」

そう命じながら、金太郎が身支度を整えにかかったその時、

「火事だっ、火事だぁ！　火元は近えぞ！」

いち早く外に出た、近所の住人たちの叫び声が聞こえてきた。

金太郎は寝間着姿のまま、慌てて表に飛び出した。

そして、夜空を見上げるまでもなく、ぎょっとなってその場に立ち尽くした。

辺り一帯が朱の明かりで染まっていて、密集する家々の屋根越しに炎の先端が見えたからだ。

路上は家々から飛び出してきた近隣の住人で一杯だ。

「火元は『三定』だってよ！」

「ええっ！　そりゃてえへんだ！　風向きからすると、こっちに来んぞ！」

口伝えの情報が正確かどうかは二の次だ。『三定』は薪炭を商っており、煮炊きに用いる薪や炭を一年を通して扱っている。しかも、まだ寒さが残るこの時期は、大量の在庫で店内は満杯だ。そこに火がつけば、簡単に消すことはできない。

「はま子！　はま子！」

まずは身重のはま子の安全確保だ。「火元は三原橋の三定だ！　こっちは風下！　す

ぐに火が回ってくるぞ！」

はま子を一刻も早く安全な場所に避難させなければならない焦り。開店したばかりの店を商品もろとも失ってしまうかもしれない恐怖。

冷静さを保とうとするのだが、大声で叫ぶ金太郎の声は震えてしまう。

「支度はできています。私、どうしたら……」

身の回りの品を包んだ風呂敷を前に、はま子は必死の形相で問うてきた。

「お義父さんのところへ。日本橋は風上で火が回らないから！」

「あなたは、一緒に行かないの？」

まだ結婚して一年と少ししか経っていないのだ。

はま子は、恐怖の中にも、夫の身を案ずる目で金太郎を見る。

「商品を放って行けるわけないだろ！　少しでも持ち出さないと！」

金太郎は店まで走り土足のまま帳場に駆け上がった。

鞄でも袋でもいい。とにかく一つでも多く時計を詰め込めるものを……。

しかし、帳場には適当なものが見当たらない。

「私も、手伝います！」

背後からはま子の声が聞こえた。

「お前はいい！　早く行け！」

「でも……」

「身重のお前と一緒じゃ全力で走れない！　下手したら二人一緒に焼け死んじまうぞ！　ここは俺に任せて早く行け！」

「あなた、無理しないで！　店の中にいたんじゃ、外の様子なんか分かんないんだから！　あなたが死んでしまったら、お腹の子が――」

「そんなこたあ、分かってるよ！　火の回り具合には気をつけろ！　とにかく、火から離れて実家に行け！」

金太郎の一喝に、ようやく心が決まったとみえて、はま子は風呂敷包みを手にすると、店を出て行く。

その姿を確認したところで、金太郎は家の台所に駆け込んだ。

二階の押し入れの中には鞄があるが、とにかく時間がない。

台所の片隅に置かれた米櫃（こめびつ）が目に入った。

考えている暇はなかった。

金太郎は米櫃を持ち上げ、ひっくり返した。

中に入っていた米が、床一面に散乱する。空になった米櫃を抱え、金太郎は店に戻った。

商品は懐中時計、置き時計、掛け時計の三種類だ。

中でも値が張るのは懐中時計だ。もちろん値段は様々だが、そんなことに構っている余裕はない。

金太郎は陳列されていた懐中時計を片っ端から米櫃の中に入れ始めた。

「金太郎！」

名を呼ばれて戸口を見ると、なんと母親のはる子である。

「母さん……」

なぜ、はる子が？

訊ねるより早く、

「はま子さんは？」

はる子が問うてきた。

「実家に行くようにいった。身重だから先に逃がさないと」

はる子もはま子を案じていた様子で、安堵の表情を浮かべ、

「ならよかった。それで金太郎、お前は？」

と重ねて問うてきた。

「見ての通りさ。時計を持ち出してんだよ。時計が燃えちまったら商売できないだろ」

「私も手伝うよ」

はる子は、そういうなり金太郎に歩み寄った。

「母さんはいいから！　ここは俺に任せて早く逃げてくれ！　俺と母さんとじゃ、足の速さが段違いだ。火が回ったら――」

「なにいってんだよ！　一人よりも二人の方が早いに決まってんだろ！　口きいてる暇

があったら手を動かしな！」

はる子は、金太郎の勧めを撥ね付けると、懐中時計を米櫃の中に放り込みはじめた。

陳列していた懐中時計が残り少なくなった頃、突然男の怒鳴り声が聞こえた。

「なにやってやがんだよぉ！　もうそこまで火が来てんだぞ！　さっさと逃げろ！　おい！」

見ると頭には捩り鉢巻き、法被を纏った消防組の男が、戸口で仁王立ちになっている。

「あと少しですので！」

「馬鹿野郎！　売り物抱えて死んじまってどうすんだよ！　元も子もねえだろが！」

男は罵声を浴びせるが早いか、店内に駆け込み、はる子の腕を摑んで引きずり出しにかかりながら、

「てめえ、息子か？」

と嚙みつかんばかりの勢いで金太郎に問うてきた。

「は、はい！」

「こんな時に、親を危ない目に遭わせる息子がどこにいるよ！　女子供、年寄りを先に逃がすのは男の務めだろ！　おっかさんが死んじまって、てめえが生き延びちまったら、一生後悔すんぞ！　この馬鹿息子！」

火事と喧嘩は江戸の華。消防組と名称は変わっても、実態は火消しそのままといっていい。火消しの人間は、男気に溢れ、血の気が多いものだが、燃えさかる炎を目前にし

て興奮状態にあるらしい。しかし、男の言葉が正鵠を射ていることに疑いの余地はない。

「この子は逃げろっていったのに、私が残ったんだよ！」

一人息子の金太郎は、はる子にとって命そのものだ。そして、若くして一国一城の主となった自慢の息子でもある。それが罵倒されたとあっては、我慢できないのだろう。

「んなこたあ、どうでもいいんだよ！　死んじまうのは勝手だが、焼けちまった死体を始末するのは誰だと思ってやがんだ！　こっちの身にもなってみやがれ！」

男は怒鳴り声を上げながら、はる子を外に引きずり出した。

どうやら、事態は相当切迫しているらしい。

金太郎は、米櫃を胸に抱きかかえると、二人の後に続いて外に出た。

いつもはガス灯の明かりだけで薄暗い通りが、真昼のように明るい。

揺らぐ炎の明かりの中に、無数の火の粉が飛び交っている。

「こっちだ！　早く！」

男に急かされるまま、金太郎は二人の後を追って通りを駆けた。

程なくして、周囲の明度が落ちてくる。

金太郎は足を止め、いま駆け抜けてきた通りを振り返った。

風に乗った無数の火の粉が、服部時計店に降り注いでいる。

そして、次の瞬間、屋根から幾筋もの煙が立ち上り始めたかと思うと火の手が上がった。

炎はおりからの強風に煽られ、たちまちのうちに広がり、そして高さを増していく。

俺の城が……。

まさに、落城の瞬間である。

天を衝くような炎を見ながら、金太郎は呆然とその場に立ち尽くした。

4

火事は翌日の朝になってようやく消えた。

昨日までの営みが、まるで嘘のように消え失せ、そこに家があったことを窺わせるのは、炭化した柱や焼け焦げた瓦ぐらいのもので、店はもちろん、辺り一帯は文字通りの焼け野原だ。焦げた木材、熱でゆだった糞尿、様々な臭いが混じり合い、火事の現場には酷い異臭が漂うことを金太郎は初めて知った。

「ひでえもんだな……。たった一晩でこんなことになっちまうなんて……」

同行していた長治郎が、焼け跡に目をやりながらぽつりといった。

夢であった開業を果たし、想像以上に商売もうまくいき、さらに嫁を娶り、子供まで授かった。そろそろ新品時計の販売に乗り出そうかと考えていた矢先に降りかかった災難だ。

人生一寸先は闇とはいうが、開業以来万事順調にいっていただけに、落胆どころの話ではない。金太郎は言葉を発する気力も湧かず、ただ呆然と焼け跡を見つめた。

　火事と喧嘩は……とはいうものの、東京は広い。火事に見舞われた経験を持つ人間の絶対数は多くはない。いや、大半の人間が生涯、ただの一度も火事を経験することなく、人生を終えるのだ。なのに、よりによって、なぜこの俺が、こんな災難に……。

　人はそれを、運命、あるいは運という言葉で片づけようとする。しかし、その運に見放されて、奈落の底に突き落とされ、這い上がれずに失意のまま生涯を終える人間だっているのだ。

　そこに思いが至ると、金太郎はこれから先に待ち受けている己の運命が怖くなった。自分の至らなさで店が潰れたのならまだ納得がいくが、災害ばかりは防ぎようがないからだ。

「なあ、金太郎……」

　不意に長治郎が呼びかけてきた。「店を失っちまったばかりだってのに、こんなことをいうのもなんだが、お前さん、うちを手伝わねえか」

「えっ？」

　金太郎は、思わず短い声を上げた。

　手伝うもなにも、先のことなどまだ何も考えつかない。

「ここでまた店を開くにしても、瓦礫を片づけ、家屋を建てしていたら、いつのことになるか分かりゃしねえし、建て直すったって家主次第だ。仮に、建て直すことになっても今度は新築だ。家賃だって今まで通りとはいかねえだろうさ。家賃が上がりゃ、その分儲けも減る。そんなことをするくらいだったら、うちの店に売り場を作ればいいじゃないか。そうすりゃ明日からでも、今まで通りの商売ができんだろ」

　確かにその手はあるかもしれない。

　亀田時計店は大店だし、修理に加えて新品時計の販売も行っている。そこに中古時計の販売が加われば、亀田時計店の商売にも弾みがつこうというものだ。

　嫁の実家に世話になるだけなら肩身が狭いが、長治郎にも利点があるのだから悪い話ではないかもしれない。

「そうですね……」

　気弱になっていたせいもある。

　金太郎は曖昧ながらも肯定的に聞こえる返事を口にした。

「それに、はま子のこともあるしなあ」

　長治郎は続けた。

「あとふた月もすりゃあ、あいつは母親、お前さんは父親になる。他所に店を構えるにしたって、はま子は助けにゃならねえし、生まれりゃ今度は子育てが始まんだ。赤子の世話ってえのは大変なもんでな。家事をやり、子供を育てながら、店の手伝いなんて、はま子には無理だよ。あいつが体を壊して床に就くようにでもなってみろ。お前さんだって困るだろう」

その通りかもしれない……。

健康にこれといった問題があるわけではないが、はま子は悪阻(つわり)が酷く、妊娠が分かってから暫くの間、床に伏せっていた時期がある。そこで、見るに見かねたはる子がさらに店を手伝うようになったのだが、それを機に嫁、姑(しゅうとめ)、二人の間に、微妙な空気が漂い始めたのを金太郎は察していた。

金太郎は服部家の長男、ただ一人の跡取りである。それだけに、はる子は金太郎に深い愛情を注ぎ、大切に育ててきた。

その一人息子の嫁が、悪阻とはいえ長く床に伏せ、店の手伝いどころか、家事すらも満足にこなせぬとあっては面白かろうはずがない。

実際、はる子は何かの拍子に、こう漏らしたことがあった。

「妊娠は病気じゃないんだよ。やっぱり、大店のお嬢さまは弱いねえ……」

能登(のと)の農家に生まれたはる子は、十七歳の時に江戸に出た。他家で働いていた頃の話はあまり語らないが、それは苦労があったからと金太郎は考えていた。

それに、はる子は情に厚く陽気な反面、意志が強く勝ち気なところがある。

父と結婚してからは、昼は喜三郎が営んでいた古物商店「尾張屋(おわりや)」を支え、夕刻以降は銀座に露店を開き、文字通り二人三脚で商売に励んできた。

屋号にある通り、喜三郎は尾張の出であったから、はる子同様、江戸に頼れる者はほとんどいなかったはずである。だから、はる子には金太郎を身籠もり、子育てを終えるるまで、家事、育児、そして商いまでも一切手を抜くことなく行ってきたという自負があるのだろう。

はる子は頑丈で、金太郎が知る限り病に伏せったことはないから、悪阻もそれほど酷くはなかったのかもしれない。そして、嫁とはいえ、はる子にとってはま子は最も近しい他人なのだ。

して考えると、確かに長治郎の勧めに応じ、せめてはま子が家事や子育てを自力で行える目処が立つまで、実家の世話になるのも悪くはないように思えてくる。

だが、はま子はいいとしても、一旦亀田時計店に入ってしまえば、店の再建が難しくなるのではないかと金太郎はふと思った。

これまで新品の時計しか販売してこなかった店内に、中古時計の売り場ができれば、亀田時計店の客層は間違いなく拡大する。客の入りが売上げの向上に繋がれば、長治郎だって商売人だ。「このまま一緒に商売をやっていこう」といい出すに決まっている。

その時、長治郎の申し出を断れるのか……。

断れば角が立つ。受ければ、店の主は長治郎だ。しかも亀田時計店は、長男が跡を継ぐことが決まっている。それでは、亀田時計店に就職するようなものだ。

しかし、はま子のことを思うと……。

俄には判断がつかなかった。

「有り難いお話ですが、少し考えさせて下さい……」

金太郎は、そうこたえながら頭を下げるしかなかった。

5

長治郎は日本橋の店に戻り、独りになった金太郎は片づけに取りかかった。

まだ熱が残る焼け焦げた材木や家財を路上へと運び出す。焼け残った商品があればと思うのだが、そんな物は一つもない。文字通りの全焼である。

その間に、店が焼失したことを知った、これまで世話になった人たちが次々と駆けつけてきた。

もちろん、粂吉もその中の一人である。

夕刻になって現れた粂吉は、「横浜で商談の約束があって遅くなってしまった」と詫び、焼け跡を眺めながら続けていった。

「服部君。開店の日に私がいったこと、覚えているか？」

示唆に富んだ言葉ばかりだったので、どれを指しているのか俄には思いつかなかったが、金太郎はこたえた。

「禍福はあざなえる縄のごとし……でしょうか？」

「それもあるが、思い通りにならず、全く考えてもみなかった方に事が運んでしまう。しかし、後で振り返ってみると、そのことごとくに意味があったと思える日が来ると……」

金太郎は黙って粂吉の話に耳を傾けた。

粂吉は続ける。

「今、君は大変な失意の中にいるだろう。なぜこんな災難が、我が身に降りかかったのか。天の采配を恨んでもいるだろう」

その通りである。

金太郎は頷いた。

「でもね、本当にそうなのかどうかは分からんよ。これが、君にとっては災いどころか、福とでるかもしれんのだからね」

この惨状を目の当たりにして〝福〟だって？

「福……ですか？」

金太郎は、思わず問い返した。

「禍を転じて福と為すというやつさ」

元気づけるつもりでいったのだろうが、正直なところとてもそんな気持ちになれるものではない。第一、「禍を転じて――」というが、「三度目の正直」には「二度あることは三度ある」、「七転び八起き」には「七転八倒」と、正反対の言葉があるのが諺だ。

そんな内心が顔に表れてしまったのか、粂吉は金太郎を見るとニヤリと笑い、

「君は、いずれ新品時計の販売に乗り出すつもりだったんだろ？」

念を押すように問うてきた。

「もちろんです。新店を持つに当たって中古時計の販売に特化したのは、元手がなかったからです。資金ができたら、新品の時計販売も始めるつもりでした」

粂吉は、先刻お見通しとばかりに頷く。

「店が繁盛していたのは知っている。服部時計店の時計は中古でもよく動く。しかも安いと巷(ちまた)でも大評判だ。でもね、中古時計に高値はつけられない。安く仕入れても、それなりの値段しかつけられない。いわゆる薄利多売の商売ということになるわけだが、このやり方が通用するのも、安く仕入れられる時計があればこそだ」

「えっ？」

「中古時計はどこから仕入れている？」

「主に質屋と道具屋からです」

「そこに目をつけたのはさすがだし、使用人は一人もいない。君が修理をして完品に仕上げて販売するんだから、利益は全て手にできる。実によくできた、というより商いとしては理想的な仕組みだよ」

「はあ……」

褒め言葉には、どう反応していいのか分からない。金太郎は短く漏らし、軽く頭を下げた。

「さて、そうなると、今度は需要に供給が追いつくかだ」

粂吉はいう。「まして、君一人で手入れや修理をやるんじゃ、こなせる量にも限度がある。職人を雇えば、売れようが売れまいが、今度は毎月決まった額の給金を支払わなければならない。そこで、仕入れが思うようにいかなくなったらどうなるかな？」

まさに「いわれてみれば」というやつだ。

喜三郎のお陰で、道具屋からの仕入れに困ることはなかったし、質流れ品もまた同じであった。しかし、どちらから仕入れようと状態は様々だし、修理にどれほどの時間を要するかはやってみないことには分からない。販売数に修理が追いつかなくなる可能性もあるし、肝心の中古時計を今後も安定的に仕入れられるのかと問われれば、間違いなくこたえは否だ。

果たして粂吉はいう。

「それに、服部時計店の評判、繁盛ぶりは、すでに同業者の耳に入っている。早晩、中古時計の販売に乗り出してくる店も少なからず出てくるはずだ。そうなったら、今度は壊れた時計の争奪戦が始まるんじゃないのかね」

その先は、いわれずとも分かる。

質屋、道具屋に持ち込まれる壊れた時計の数は限られている。しかも、数は常に不安定だ。同業者間で仕入れ合戦が始まれば、間違いなく仕入れ価格は高騰する。それすなわち、中古時計の販売価格が高騰するということだ。

黙ってしまった金太郎に向かって、粂吉は続ける。

「もちろん、そうなる前に、君は新品時計の販売に乗り出すつもりだったのだろうが、さて、そうなると今度は店の立地と規模だ。私が思うに新品時計を販売するなら、ここはあまりいい立地とはいえない。新品時計を購入する客層は、中古時計とは全く違う。たかが立地と思うかもしれんが、高いカネを払う客は、やはりそれなりの場所で、それなりの構えを持つ店に行くものだ」

もはや時計は必需品だが、正確な時刻を知るというだけでなく、装飾品であり、所持する人間の財力を暗に知らしめる見栄の道具でもある。

粂吉のいうように、焼失した服部時計店の客層は、必需品となった時計を新品では購入できない一般庶民が大半だ。仮に新品時計の販売に乗り出したとしても、財力に恵まれた人間が一般庶民と交じって高価な時計を買う気になるかといえば、そうはならないだろう。

「だから、今回のことは災難には違いないが、君に福を齎すことになるんじゃないかと思うんだ」

粂吉はいう。「こんなことがなかったら、ここでの商いを維持しつつ、どうしたら新品の時計販売をうまくやれるかに、君は頭を痛めることになったに違いないからね」

「確かに、そうかもしれませんね……」

金太郎は、小さな声でこたえた。

「さて、そうなると次に問題になるのは資金だが、君のことだ。それなりの元手はあるんだろ?」

「ええ……まあ……」

「だったらこの際、そのカネを次の段階に進むことに使ったらどうかね」

この地に服部時計店を開業した時の元手は百五十円であったが、二年に満たない間に貯めた資金は千五百円にもなっていた。

これを元手にすれば、一等地に新店舗を構え、いよいよ新品の時計販売に乗り出すのも可能かもしれない。

しかしだ……。

「辻さん……」

金太郎は、声を落とした。「実は、亀田のお義父さんが、店を手伝わないかとおっしゃって下さいまして……」

それから金太郎は、暫くの時間をかけて長治郎からの誘い、そしてはま子とはる子との間に漂う微妙な雰囲気、そして、出産後の二人の関係への懸念を順を追って話して聞かせた。

その間、一言も言葉を発することなく、黙って金太郎の話に耳を傾けていた粂吉は、

「それで、君の結論は?」

小さな溜息を漏らしながら問うてきた。「君のことだ。もう決めてるんだろ?」

「それが……」

「それが、どうした？」

「さすがに今回ばかりは、お義父さんのお申し出を考えざるを得ないと思いまして……」

「なぜ？」

　気のせいか、粂吉の声が硬くなったように思えて、

「なぜって……このままでは、二人の関係がますます険悪になっていくんじゃないかと……」

　金太郎は語尾を濁した。

「君は、辻屋を辞めるに際して、私に何といったか覚えているかね？」

　粂吉は長い沈黙の後、鋭い眼差しを向けてくると、金太郎がこたえる間もなくいった。

「宝石は人間には造れないが、時計は人間が造れる宝石なんだと君はいったね」

「はい……」

　確かにいった……。

「人間に造れる宝石というからには、君はいずれ自分の手で、時計を造りたいと考えているんだろ。だから、私の申し出を断ったんじゃないのかね」

　はっとした。

　そうだったかもしれない……。

　金太郎は、思わず俯いてしまった。

時計商として、どこまで上り詰められるか。一刻も早く、商売を軌道に乗せ、事業を拡張することばかりを考えてきたが、上り詰めるというからには、単に時計の販売では終わらない。粂吉が欧州から持ち帰った懐中時計に優る時計を自らの手で造る。そして、服部時計店の名前を記した時計を世界に広めていくのが最終目的になるはずだ。

「それともう一つ。あの時、君は口にはしなかったが、私の申し出を断った理由は他にもあったはずだ」

「えっ?」

顔を上げた金太郎に、粂吉はいった。

「身内になろうとも、私がいる限り、思うがままに事業ができない。君は、それを嫌ったのではないのかね?」

図星を指され、金太郎はぐうの音も出ない。

再び俯いた金太郎の頭の上から、粂吉の声が聞こえた。

「亀田さんにもご子息がいる。今ここで、亀田さんの世話になってしまえば、私の申し出を断った意味がなくなってしまうじゃないか。それじゃあ……」

声がふと途切れ、粂吉は沈黙する。

金太郎は頭を僅かに上げ、上目遣いで粂吉を見た。

顔を背けた粂吉の目に、うっすらと涙が浮かんでいる。

粂吉が次に発しようとした言葉は想像がつく。

浪子を娶らせ、辻家の一員に迎えようと熱望したのに、これでは金太郎の夢に理解を示し、辻屋を辞することを認めた意味がない。

おそらく粂吉は、「余りにも無念だ」といいたかったに違いない。

「辻さん……」

金太郎は決心した。

大恩ある粂吉のためにも、初志を貫くべきだと思った。はま子とはる子のことにしても、商いが大きくなれば、人を雇わざるを得なくなる。そうすれば、はる子が店を手伝う必要もなくなるし、はま子と間もなく生まれてくる子供、そして両親の面倒も手厚く見てやれるようにもなるだろう。

要は、己の夢に向かって一つ一つ階段を上って行けば、家庭内の問題も自然と解決されるに違いないのだ。

「私……間違っていました……。夢を見失いかけていました……」

「無理はないさ。こんな災難が我が身に降りかかるなんて、滅多にあることじゃないからね」

粂吉は、潤んだ眼差しを向けてくると、「でもね服部君。さっきいった、福とできるかもしれないというのは、私の本音だよ。人間誰しも不幸に見舞われると、神も仏もあるものかというけど、そんなことはない。神さまも仏さまも案外優しいものだし、どんな災難が降りかかろうと、これも天命。全てのことに意味があると、神、仏を信じて努力すれば、決して悪い結果にはならないものだ。天は自ら助くる者を助く。まさにその通りなんだよ」

　金太郎に向かって、大きく頷いた。

6

やる！　と決めたからには一日たりとも無駄にはできない。

　金太郎は服部時計店再建に向けて動きはじめた。

　手元にあるのは千五百円の現金と、持ち出すことができた僅かな時計のみだ。それ以外の財産は全て失ってしまったが、新たな目標ができると失望も希望へと変わる。

　それに、時計商売については、もはや素人にあらず。この一年数ヶ月の経験で十分学んだ。

　新店舗は焼失した店があった采女町に近い銀座と決めた。

　明治六年（一八七三年）に不燃建築の店舗が完成して以来、同様の建築物の建設が相次ぎ、専門店や高級店が軒をつらねるようになるにつれ、銀座は東京一の繁華街に成長した。

　通り沿いには柳の木とガス灯が立ち並び、夜遅くまで人通りが絶えることはない。乗合馬車や鉄道馬車が通りを行き交う様は、まさに文明開化を象徴する光景で、高級品である時計を販売するには理想的な場所だ。

しかし、土地の購入となると、手元の資金だけでは到底足りはしない。そこで、前の店と同様、賃貸に狙いを絞って探したところ、地名こそ違うものの銀座の近く、木挽町五丁目に手頃な物件が見つかった。

内装業者を選定し、図面を広げて詳細を詰め、備品を選定する。前の店よりも格段に広くなったので、従業員も雇わなければならない。その募集に採用面接、さらに、仕入れ先の時計製造会社との価格交渉と、いずれも多大な労力と時間を要する仕事を金太郎は一人で、しかも並行して進めた。

全財産をつぎ込んでの再起である。妥協、手抜きは一切できない。

まさに不眠不休とはこのことで、昼間は商談と打ち合わせ、仮住まいに帰ってもなお、深夜まで仕事に忙殺される日々が続いた。

そんな中に、慶事もあった。

開店に目処がつきはじめた五月三日、はま子が長女を出産したのだ。

「お嬢さまが、産気づきました」

長治郎からの使いの知らせを聞いて、金太郎はただちに亀田時計店に駆けつけた。

出産は亀田家の一室で行うと事前に決まっていたが、もちろん男が立ち入ることはできない。

産婆の指示で湯を沸かすのも義母や女中なら、運ぶのもまた同じだ。金太郎ができることといえば、障子越しに聞こえてくるはま子の産みの苦しみの声を聞きながら、母子の安全を願うことだけである。遅れて喜三郎と共に駆けつけて来たはる子が、部屋に入ると、産みの苦しみの声に混じって、はま子を励ます声が障子越しに聞こえはじめた。

そして数時間……。突然、部屋の中から元気な赤子の泣き声が聞こえてきた。

「生まれた！」

傍に座り、その瞬間を待っていた長治郎が立ち上がり、「元気な泣き声じゃねえか。金太郎！　お前さん、父親になったぞ！　俺は、祖父ちゃんだ！」もはや絶叫としかいいようのない大声を上げ満面に笑みを浮かべた。

長治郎、喜三郎にとっては、初孫の誕生である。

早くも喜びを露わにする長治郎だったが、元来控えめな性格の喜三郎は穏やかな笑みを浮かべ、感極まった眼差しを金太郎に向けてきた。

程なくして障子が開き、はる子が顔を覗かせると、

「元気な女の子だよ。はま子さんも、本当によく頑張った」

やはり初孫の誕生が嬉しくて仕方ないらしく、目元を緩ませながら優しい声でいい、

「さあ、早く見てあげなさい」

金太郎を促した。

産みの苦しみがどれほどのものであるのか、男には知るよしもないのだが、布団に横になっているはま子の額には汗が浮かび、乱れた髪がそこにへばりついている。しかし、

彼女の顔に浮かんでいるのは疲労の色ばかりではない。この世に新たな命を誕生させる大事を成し遂げた安堵と達成感である。

はま子は金太郎に向かって微笑を浮かべ、こくりと頷く。そして、「これが、あなたの子供よ」といわんばかりに、産着にくるまれた赤子に目をやった。

純白の産着から顔を覗かせる赤子のなんと小さなことか。

「金太郎さん、抱いてあげなさい」

枕元に座る義母の鶴がいった。

「だ、大丈夫でしょうか。だって、こんなに小さいんですよ」

「心配いらないから」

鶴は赤子を抱き上げ、金太郎に手渡してくる。

腕の中に収まった赤子はとても小さく、そして軽い。

何かを探すかのように虚空を見つめる目。半開きになった口から、繰り返す呼吸の音が微かに聞こえる。

それでも自分が父親になった実感はすぐに湧くものではない。正直なところ、嬉しさよりも、戸惑いを覚えた。だが、これから先ははま子と共に、この子を立派に育て上げなければならないのだと思うと、まずは新店舗の経営を軌道に乗せ、事業を拡大して行くのが己の義務だ、と金太郎は奮い立った。

「金太郎、俺にも抱かせてくれよ」

赤子の顔を覗き込んでいた長治郎が、もう我慢できないとばかりに手を伸ばす。

「あなた、抱くのは服部さんが先でしょう。服部家の初孫なんだから」

鶴が咎める傍らから、

「いいんですよ」

はる子が口を挟んだ。「私らは、この子と一緒に暮らすんですもの。いつでも抱けますし、金太郎も新しい店の開店準備でてんてこ舞い。はま子さんが手伝えるようになったら、この子の面倒を誰が見るかっていえば、私らじゃないですか」

「じゃあ、お言葉に甘えて……」

長治郎は、いても立ってもいられぬとばかりに、金太郎から赤子を取り上げると、腕の中に収め、

「ああ……ああ……よく無事に生まれて来てくれたねえ……」

うっすらと涙を浮かべ、感極まった様子で言葉を呑んだ。

孫は目に入れても痛くないほど可愛いものだと聞くが、早くも爺馬鹿ぶり全開だ。

亀田、服部両家に新しい家族が誕生した喜びが頂点に達し、部屋が和やかな雰囲気に包まれる中、ふとはま子に視線を転じた金太郎は、「おやっ？」と思った。

はま子が一人、浮かぬ顔をしているような気がしたからだ。

しかし、それも一瞬のことで、金太郎の視線に気がついたらしく、はま子はすぐに口元に笑みを宿した。それがまた、いかにも作ったようにぎこちなく、金太郎には思えた。

その理由が分かったのは、その夜のことだった。

金太郎は亀田の家に泊まることにし、親子三人、川の字になって床に就いた。

明かりを消した部屋で、金太郎ははま子に声をかけた。

「まだ、起きてるか？」

「はい……」

「本当にご苦労だったね。難儀しただろうに、立派な子を産んでくれてありがとう」

金太郎は、何度も繰り返した労い（ねぎらい）の言葉を改めて口にし、「それで、名前なんだが、女の子なら信子にしようと考えていたんだ。信は、人があるべき姿として最も大切なことだ。信ずるに値する人、信を重んじる人。この子には、そういう人間になって欲しいと思ってね」

「服部信子……。いい名前だわ」

「お義父さん、賛成してくれるかな」

はま子はクスリと笑った。

「賛成するも何も、私は服部家に嫁いだのですよ。あなたは服部家の長男、この子の父親じゃないですか。子供の名前は親が決めるものですよ。私の名前だって、お父さんが付けたんだもの」

「そうか、じゃあ決まりだ」

金太郎はいい、声には出さず、胸の中で『服部信子』と我が子の名前を繰り返してみた。

「ねえ、あなた……」

不意にはま子が声をかけてきた。「私、暫く実家にいさせてもらおうかと思って……」

「暫くって?」

「子育てに慣れるまで……」

それが、どれほどの期間を要するのか、金太郎には皆目見当がつかない。

「そうだな……」

「あなたが新しい店の開店準備で大変なのはよく分かっています。大変な時に何も助けになれないことは本当に申し訳ないのですが、これから暫くは昼夜を問わず、頻繁にお乳をあげなければなりません。その度に眠りを妨げたら、あなたの健康を害することになるのではと心配なんです」

「お乳って、どれくらいの間隔であげるものなんだ?」

「産婆さんがいうには、一日八回から十回。赤ちゃんはほとんど寝てるけど、お腹が空けば目を覚ますから、それくらいの回数になるんですって……」

「ってことは、三時間ごとか……そりゃあ大変だ……」

はま子が信子に乳を与える姿は、すでに目にしていた。

誰が教えたわけでもないのに、母親の乳首を口に含み、信子はヒクヒクと口元を動かし乳を飲んだ。その姿を目を細めて見つめるはま子のなんと幸せそうなことか。

しかし、母親としての仕事は今日始まったばかりだ。信子が言葉を覚え、意思の疎通が図れるようになるまで先は長い。それまでの間は、表情や泣き声から信子の望みや体調を察し、臨機応変に対応してやるのがはま子の務めとなる。精神的にも肉体的にも大変な労力を要するのは想像に難くない。

「ここにはお母さんがいるし、女中もいますので……。せめて世話の要領を覚えるまでは、こちらにいさせてもらいたいの」

「そうだね……」

金太郎が、快諾とはいい難い口調で返してしまったのには理由がある。

酷い悪阻の最中にあっても、嫁としてのはま子のあり方に不満を示し、非難めいた言葉さえ口にしたはる子が、どんな反応を示すかが気になったからだ。

まして、金太郎は服部時計店再建に向けて、忙殺されている最中だ。本来ならば金太郎のみならず、生涯を共にするはま子にとっても、人生を決することになる正念場なのだ。

はま子の申し出はもっともだと思うが、問題ははる子がこれにどんな反応を示すかだ。理解してくれればよし、そうでなければ嫁、姑の間に決定的な亀裂を生みかねない。闇の中では、相手の気持ちは気配で察するしかない。そして、気配はよく伝わるものである。

果たして、二人の間に重苦しい沈黙が流れた。

「お父さんも、そう勧めてくれているの……」

口を開いたのは、はま子だった。

「お義父さんが？」

「外孫でも、初孫ですもの。目と鼻の先に住んでいるとはいえ、短い間でも傍に置いておきたいんでしょうね。それに……」

「それに？」

「火事に遭ってから、お義父さま、すっかり体調を崩されてしまったでしょう？　今日は初孫が生まれたから、こちらに足を運んで下さったけど、お義母さまもお義父さまのお世話があるし、そんなところに私が乳飲み子を抱えて戻ったら、負担が重くなるだけだと思うの」

なるほど。それを理由にする手はあるか……。

服部時計店を開業して以来、道具屋からの時計の仕入れを手伝う仕事で、生き甲斐ができたのだろう。しかも店は大繁盛。商売人にとって、繁盛は何よりの薬である。喜三郎の体調も劇的に回復していたのだが、一夜にして店が灰燼に帰してしまったことがよほどこたえたらしく、以来再び、床に就く日がめっきり多くなっていた。

「よし、分かった」

今度は躊躇しなかった。「父さんの今後の体調次第では、母さんも信子の世話どころじゃなくなるからね。向こうに戻ったはいいが、すぐにまたこちらの世話になるようなことになったら、かえって亀田の家に迷惑をかけてしまう。お言葉に甘えて、暫くお世話になることにしよう」

金太郎は、努めて明るい声で返し、続けていった。

「俺は事業に、お前は育児に専念する。それをこれからの服部家の決まりにしよう」

7

木挽町五丁目に『服部時計店』の看板が掲げられたのは、火災から僅か三ヶ月、六月のことだった。

店の体裁も整えた。従業員も四名雇った。販売する時計も中古時計に国産の新品が加わった。新開店に際しては、値が張る分だけ利幅が大きい舶来品を販売しようかとも考えたが、まずは国産のみを扱うことにした。

前の店が繁盛したのは、「服部時計店の時計は中古でもよく動く。しかも安い」と評判になったからだ。客層は新品時計には手が出ないが、それでも時計が欲しい、あるいは持たねばならぬ人たち、つまり、懐具合にあまり余裕がない、一般庶民だったのだ。商品単価が上がってしまえば、せっかく手にした客を逃しかねない。それに中古時計の販売は、新たに雇った従業員に修理技術を教える上でも有益だと考えたのだ。

同時に、こうも考えた。

人間誰しも、欲もあれば見栄もある。舶来物は無理だとしても、「少し奮発すれば……」という気持ちを抱く。中古時計を買いにきたつもりが、つい国産の新品に手が出てしまうことも少なからずあるのではないかと。

この狙いが物の見事に的中し、服部時計店の経営は新開店当初から順調に推移した。

しかし、一難去ってまた一難、「好事魔多し」とはよくいったものである。

店が繁盛する一方で、金太郎は新たな問題に直面していた。

はま子とはる子との間に燻(くすぶ)っていた嫁姑問題が顕在化し、いよいよ深刻な局面を迎えつつあったのだ。

「社長、辻屋の社長さんが、お見えです」

新開店後に金太郎が採用した従業員の一人、中川豊吉が声をかけてきたのは、年が明けた明治十七年（一八八四年）三月のある日のことだった。

新開店時には前店と同様、熨斗をかけた角樽二本を携え、いち早く祝いに駆けつけてくれた粂吉だったが、社長業は傍(はた)で考えるほど楽なものではない。社員の中で最も激務を強いられるのが社長なのだ。まして、日本は一昨年以来、通貨収縮(デフレーション)による不況の最中にある。

辻屋の顧客は富裕層が大半だが、舶来品は高額だから、売れ行きは景気に大きく左右される。辻屋の経営も楽ではあるまいし、外国商館との商談もある。

金太郎もまた、店の経営に忙殺されていたこともあって、粂吉と会うのは九ヶ月ぶりのことだった。

「やあ、元気でやっているかね」

　金太郎の姿を見るなり粂吉が、笑みを浮かべた。

「お陰さまで、何とか……。すっかりご無沙汰申し上げてしまって……」

「大層な繁盛ぶりだそうだねえ。不景気の最中に、さすがは服部君だ。立派なもんだ」

「いやあ、これも辻さんのお陰です。焼け跡で辻さんから諭されなければ、今頃どうなっていたことか……」

「はて、なんのことかな？」

　忘れるはずがなかろうに、粂吉は白を切る。「私がなにかいったとしても、どう解釈するか、何を決断するかは君次第だ。今があるのも、君の実力、商才の賜物というものだよ」

　恩着せがましい言葉を一切口にしないのが粂吉である。

　この話を続けるのは、彼も好まないはずだ。

　そこで金太郎は話題を変えにかかった。

「ところで辻さん、今日は？」

「君に話したいことがあるんだ。店の繁盛ぶりは、度々耳にしていたんだが、なんせこの不景気だ。なかなか時間ができなくてね。実は、今日も商談があって、横浜に出かけることになっていたんだが、先様に急な用事ができたとかで、時間が空いてしまってね。

これ幸いとばかりに出かけてきたんだ」

「忙中閑ありというやつですね」

「同じ忙中でも商売繁盛ならいいが、不況下を乗り切る算段に追われての忙中だからね
え。全く意味が違うよ」

粂吉が呵々と笑うところを見ると、不況の影響を受けているにしても、辻屋の経営は
それなりに堅調なのだろう。

「辻さん、お話は部屋でしましょう」

「部屋？」

「商談用の小さな部屋を拵えまして」

金太郎は粂吉を、店の奥にある一室に案内した。

広さは四畳半。テーブルを挟んで、それぞれ二脚、都合四脚の椅子がある。

「修繕所時代とは隔世の感があるねえ。店構えも立派なもんだし、何よりも活気がある
のがいい」

「新品の時計を国産に絞ったのがよかったんです」

金太郎はいった。「本当は、利幅の大きい輸入時計を販売したかったんですが、仕入
れの資金がどうにもならなくて……」

粂吉は、ニヤリと笑うと、

「中古時計を買いにきたつもりが、少し気張れば国産の新品に手が届くとなりゃ、買い

たくなるのが人情ってもんだからね」

先刻、金太郎の狙いはお見通しとばかりに粂吉はいい、本題を切り出した。「実はね、話というのは、その輸入時計のことなんだ。君、輸入時計の販売を手がける気はないかね」

「そりゃあ、扱いたいのは山々ですが、外国商館から仕入れるとなると、商慣習も違いますし、勉強しなければならないことが多々あると思うのです。それに、今のところこの店の経営を軌道に乗せるので精一杯でして、とてもそんな余裕は……」

「コロン商会を知っているね」

粂吉は、金太郎のこたえを無視して横浜にある外国商館の名前を口にした。

「ええ。確か、スイスの会社でしたね」

「そこに尾形(おがた)吉郎という日本人の番頭がいてね。半年ほど前にもなるかな、彼と会う機会があったんだ」

黙って聞き入る金太郎に向かって、粂吉は続ける。

「コロンの番頭を務めるくらいだ、語学にも長けているし、外国の商慣習にも通じている。その時、彼に信頼できる取引先があれば、是非紹介して欲しいといわれたんだ」

「コロンは有名な商館じゃありませんか。取引したいという時計店はいくらでもあるでしょうに」

「実は、この不況の影響は外国商館にも及んでいてね、売上げが急速に低下しているというんだ。確かにコロンと取引をしたいって商売人は山ほどいるが、商売は代金が支払われて初めて成立する。ツケで売る限り問題は代金が確実に回収できるか、つまり相手が信頼できるかどうかだ」

「はい」

「これが、なかなか難儀でね。売上げの減少分を補うためには、取引先を増やすのが一番早いのだが、なんせこの不況下だ。代金を回収する前に、相手の経営が行き詰まってしまうこともあり得るからね」

「なるほど、確かにおっしゃる通りかもしれませんね。この不況で輸入時計の需要も大分落ち込んでいると聞きますからね」

「その時、真っ先に君の名前が浮かんだのだが、とはいえ新店を開店したばかりだ。君が失敗するとは露ほども思っちゃいないが、やってみなけりゃ分からないのが商売だからね。それで、暫く様子を見ることにしたんだよ」

つまり、服部時計店はすでに信頼に足る取引先として紹介するに値すると、粂吉は暗に認めているのだ。

果たして粂吉はいう。

「もし、輸入時計を販売する気があるのなら、君を尾形さんに紹介したいと思うのだが、どうかね？」

「ありがとうございます。いつもながら、私に目をかけて下さって、何と感謝申し上げていいのか……」

粂吉の厚意が身に染みた。願ってもない話だと思った。

深々と頭を垂れ、礼をいった金太郎は、

「こんな有り難いお話を頂戴したのに、心苦しい限りなのですが……」

その先が続かなくなって、口籠もってしまった。

「断るのかね？」

よほど意外だったのだろう。粂吉は驚いた表情を浮かべる。

「お断りするわけではありません。暫く時間を頂戴したいのです」

「どうして？」

粂吉は、金太郎の顔を見据え問うてきた。

二人の間に沈黙が流れた。

金太郎は、小さな溜息を漏らし口を開いた。

「実は、家の中がごたついておりまして……」

その様子から、金太郎がよほど深刻な問題に直面していると察したのだろう。

「何があった」

粂吉の声が硬くなった。

「信子を産んで以来、はま子がこちらに戻ってこなくなりまして……」

「戻ってこない？　信子ちゃんが生まれてからというと――」

「十ヶ月になります」

金太郎は粂吉の言葉を先回りした。

「どうしてまた?」

「以前、母とはま子との間が、あまりうまくいっていないとお話しいたしました」

「ああ……」

それから金太郎は、信子が生まれたその夜、はま子から育児のコツが摑めるまでは亀田の家にいたいといわれたこと、それを金太郎が承諾し、はる子も渋々ながら認めたことを話した。

「信子は亀田家にとっても初孫です。長く世話しているうちに、あちらのご両親もすっかり情が移ってしまったんでしょうね。はま子だって、信子の世話には慣れたはずなのに、あとひと月がさらにあと半月、あと一週間と、帰る予定が先延ばしになる一方で……」

「亀田家には跡取りがいるじゃないか。信子ちゃんは外孫だ。いずれ、亀田家に内孫が生まれれば……」

「たぶん、はま子も戻りたくはないのだと思うんです」

「まさか、離縁するとでも?」

金太郎は、すぐに言葉を返さなかった。

可能性でしかないといえども一旦口にしてしまうと、現実になりそうな気がしたからだ。

「先日、母が亀田の家を訪ねましてね……」

金太郎はいった。「母からすれば、私はたった一人の子供にして、服部家の跡取りです。父も例の火事の一件がよほどこたえたようで、以来床に就くことが増えまして……。私が忙しくしているのに、はま子は支えようという素振りも見せない。父の看病の力になろうともしない。母としては、見るに見かねてのことだったのでしょうが……」

この話をするのは、粂吉がはじめてだ。いや、粂吉だから話したのだが、途中で辛くなって、金太郎は視線を落とし、言葉を呑んだ。

「で？　はま子さんは、なんと？」

「何もいわなかったそうです。ただ……」

「ただ？」

「お義父さんが同席なさっていて、はま子に代わってこうおっしゃったそうです。はま子には商売のことを一切教えたことはない。信子はそろそろ立つ時期だ。自力で動けるようになれば一時も目を離せない。金太郎の力になるどころか、足手まといになるだけだ。信子が落ち着くまでは、こちらでしっかり面倒を見させて欲しいと……」

腕組みをしながら、じっと話に聞き入っていた粂吉は、鼻から深い息を吐くと、暫しの沈黙の後、ようやく口を開いた。

「服部君……」

金太郎の視線をしっかと捉える粂吉の視線と声に、力が籠もったように感ずるのは気のせいではあるまい。

「君の気持ちも分からないではないがね、君は経営者なんだ。従業員を抱えてしまった以上、彼らの生活に、人生に、責任を持つ立場にあるんだ。家庭のことは二の次だといっているんじゃない。従業員のことも家族と同等に考えなければならないといっているんだ」

粂吉の一言一句が胸に突き刺さり、金太郎ははっとなった。

服部時計店開店初日の朝、店を訪ねてきた粂吉は、「君は、もう一国一城の主なんだ。私の手を離れて久しいし、主従関係にはないんだからね」といい、「旦那さま」と呼ぶのは止めにしようといってくれたが、やはりこの人は生涯の師だと金太郎は改めて確信した。

もちろん、はま子との離縁は避けたい。しかし、それはあくまでも公私の私の問題だ。経営者としての服部金太郎に課された使命は、従業員の生活を守り、彼らに実りある人生を送れる環境を整えること。それを可能にする術はただ一つ、服部時計店の事業を拡大していくこと以外にはないのだ。

「辻さん……」

金太郎は椅子から立ち上がり、直立不動の姿勢を取ると、「私、間違っていました。輸入時計の販売をやりたいと思います。何もかも、甘えてばかりで申し訳ありませんが、コロン商会へのご紹介、是非お願いいたします」

深々と頭を下げた。

もはや、今の心情を話すまでもない。粂吉ならば分かるはずだ。

果たして、金太郎が頭を上げると、

「よし！　分かった！」

粂吉は、心底嬉しそうに目を細め、さらに力の籠もった声でいった。「明後日、横浜に行く予定がある。尾形さんには、その旨を伝えておこう。ただし、ここから先は、君とコロンの話し合いだ。私が力を貸せるのはここまでだからね」

「承知しております」

金太郎の声にも、自然と力が籠もる。

粂吉は、うんうんと頷くと、

「コロンと取引できるようになれば、服部時計店の商売に、より一層弾みがつくことは間違いないからね。正念場だぞ。気張れ、金太郎！」

この日はじめて名で呼んだ。

第三章

1

「そうそう、アベンハイムがいたく感心していましたよ。評判に違わず、服部さんは約束を守る。信用できる人だと」

明治二十年（一八八七年）八月。横浜の馬車道にある蕎麦屋で、熱々の蕎麦を吹く息を止め、フランス商館ブルウル兄弟商会横浜店で番頭を務める吉邨（よしむら）英恭がいった。

「ブルウル兄弟商会の者だが、服部社長にお目にかかりたい」と英恭が服部時計店を訪ねて来たのは三月のある日のことだった。

聞けば、ブルウルは二月に横浜に支店を設けた。ついては服部時計店と取引させてくれないかという。

金太郎にしても、願ってもない申し出であったので、その場で快諾したのだったが、今ではこ性が合うとはこのことなのだろう。知り合ってから半年も経っていないのに、今ではこうして昼食を共にする仲だ。

　アベンハイムとは、ブルウル兄弟商会横浜店のリチャード・アベンハイムのことだが、何を指してのことなのか、俄には思い当たらない。

　蕎麦を啜る英恭に、金太郎は問うた。

「約束を守るって、どういうことですか？」

「うちは、多くの時計商と取引がありますが、外国人と商売してるってのに、日本の流儀が通じると思い込んでいる人が大勢いましてね」

「日本の流儀？」

「支払いですよ」

　英恭は顔を上げると、困ったように眉尻を下げる。「日本の時計商が販売している外国製の時計は、全て仕入れ先が居留地にある商館からのもので、支払いは例外なく三十日以内と決まっているんです」

「それが、何か？」

「でもねえ……、日本の商業界には、江戸の時代からの慣習が根強く残っていましてね。ひと月、ふた月遅れはまだいい方で、中には盆暮れ二度で構わないと勝手に思い込んでいる商人が結構いるんですよ」

「勝手にって……。でも吉郁さん、うちがブルウルさんと取引を始めるに当たっては、支払い期限はくれぐれも厳守するようにと、何度も念を押されたじゃありませんか。それは、他所さまだって同じなんでしょう？」

「もちろんです」

頷く英恭だったが、今度は渋面を作り、小さな溜息を漏らした。「でもねえ、時計店はたくさんあっても、輸入時計専門の店はほとんどありません。もれなく国産時計も併売してますでしょう」

「うちの店もかつてはそうでした」

国産時計を併売しているのは、輸入時計は高額で、その分利幅は大きいのだが、数を捌くことができないからだ。つまり、塵も積もればなんとやら。利幅は小さくとも、数を捌ける国産品を置かなければ、経営が成り立たないのだ。

「国産品の支払い期限って、店によって様々なんですよね。中には古い時代の慣習通り、盆暮れ二度ってところもありましてね。つまり、店の側には、支払い条件が異なる取引先が複数存在することになるわけです」

「そうなりますね」

当たり前過ぎて、金太郎もそうとしかいいようがない。

「店の側からすれば、手元の現金はあるに越したことはありません。そうした思いもあるんでしょうが、払わないわけじゃなし、国産品は盆暮れで構わないのに、なんで外国商館は三十日なんだってことになってしまうんです」

「随分勝手ないい草ですね」

他人事ながら、全く呆れた理屈である。「私は、商売で最も大切なのは信用だと考えています。信用は約束を守ることで得られるものです。まして、うちがブルウルさんと取引を始めるに当たって交わした契約書には、支払い期限の条項が明確に記載されておりました。それはどの時計商との契約書にも謳われているはずですし、そもそも支払い期限が曖昧な商取引など、あるわけがないでしょう」

「おっしゃる通りなんですが、中には日本で商売をしているんだから、外国商館も日本の商慣習に倣うべきだといい出す方も少なくありませんでね……」

どうやら、そんな取引先が当たり前にあるらしく、英恭は、頭が痛いとばかりに呻吟すると続けた。

「もっともそんなことをいい出すのは、時計店だけではないんです。外国商館で働いている身からすると、日本の商人は、まだまだ勉強が足りませんね。第一、商品の流れが全く分かっていません。我々商館は製品を作る会社ではありません。外国から商品を買い付け、日本に持ち込み販売する、謂わば卸売業者です。まず、買い付けには資金が必要です。では、その資金をどこから調達するかといえば、その大部分が銀行、つまり借金なんです。当然、一定期間内に返済する義務が生じます。日本の納品先から期限内に代金を支払ってもらえなかったからといっても、期日には銀行に全額を返済する義務を負っているわけです」

英恭はいかにも外国商館で働く人間らしく、顔の前に人差し指を突き立てる。「たかが日本で支払いが遅れたぐらいで、という方も実際いますが、外国商館の資金繰りは、極めて精緻な計算の下で行われています。それも売掛金は、期限内に確実に入金があるという前提で組み立てられるのです。ですから、予定していた入金がないとなると、確実に利益は圧迫されます。それに横浜や神戸に拠点を構える外国商館は、世界の多くの国で商売を展開していますから、影響は、即本国の資金繰りに及びます。それは、他国で展開している事業にも影響が及ぶということなんですが、日本の商人には、いくら説明しても、その点が全く理解できない。いや、理解しようともしない人が本当に多くて……」

辻粂吉の紹介でコロン商会と取引をはじめてから、金太郎は輸入時計の販売に力を入れ、複数の外国商館と取引するようになっていた。

この間、一度たりとも仕入れ代金の支払いに遅れたことがないのは、辻屋で丁稚奉公をしていた時代に粂吉が行った講話の中で語った言葉が記憶にあったからだ。

「日本では商売の中でも情が通用することが多々あるが、外国との取引においては、基本的に情の概念は存在しないと考えるべきだ。約束、つまり契約が全てであって、確実に履行しない限り信は得られない。信なき商売は長く続くものではない。辻屋が今に至るまで、外国との商売を続けてこられたのも、仕入れ先やお客さまと交わした約束を厳に守り、信を得たからこそのことなのだ」

そして粂吉は、こうもいった。

「もちろん約束は厳守しなければならないが、相手の事情次第では情を以て対応することを否定すべきではない。日本には古来『情けは人の為ならず』という言葉があるように、相手の事情を汲み取り、猶予を与える、あるいは許す気持ちを持たねばならない。さすれば相手のためになるだけではなく、いずれよい報いとなって己に返ってくるものなのだ」

もっとも、遅滞なく支払えるのも商売が順調であればこそ。店舗の家賃、従業員の給料等々、毎月発生する経費を支払った上で、仕入れ代金を支払えるだけの利益を上げていたからだ。

再建した服部時計店には、開店当初から客が押しかけてきた。その最大の理由は、前の店で行った、一年間無料修理保証を継続したことにある。

とかく客は、安い物には理由があると考えがちだが、安くとも何ら問題はないと分かれば、購入を躊躇しないことを前の店で学んだ。そこで金太郎は、さらに国産、外国製の新品時計にも、同様の保証を付けることにした。

金太郎にしてみれば、至極当然なことだったのだが、これが評判となり、新品時計の販売に弾みをつけることになったのだった。

「前置きが長くなってしまいましたけど……」

英恭は箸を置き、改まった口調で本題に入る。「実は、服部さんがお望みとあらば、販売枠を増やしてもいいと、アベンハイムがいっておりましてね」

「本当ですか！」

金太郎は箸を持ったまま身を乗り出した。

時計を扱う外国商館は幾つもあるが、輸入台数には限度がある。というのも、時計製造会社の生産能力には限りがあるからだ。

欧州、アメリカと製造会社は多々あれど、国内やその周辺国の時計需要は旺盛で、市場規模は拡大する一方だ。となると次に始まるのが市場占有率（シェア）の争いである。

店頭在庫が切れようものなら、他社に店頭の棚を奪われてしまう。一旦、他社製品が陳列されてしまえば、供給可能になっても自社製品を並べる場所がない。それでは、製造会社が大量の在庫を抱えてしまうことになりかねない。となると増産態勢を整えるしかないのだが、新工場を設けるには多額の資金を要するだけでなく、新たに従業員を雇用しなければならない。しかし、ただ人を増やせばいいとはいかないのが時計の製造である。

極めて高い正確性、耐久性を求められる時計は、精密部品の集合体だ。技術を修得するまでには時間を要するし、熟練工の絶対数には限りがある。

そんな事情もあって、まだまだ小さな市場である日本への輸出台数は絞られてしまうのだ。

実際、日本の時計商は、より多くの輸入時計を確保しようと必死で、中には商館の担当者に袖（そで）の下を渡す輩（やから）もいると聞く。金太郎にとっては正に望外の申し出以外の何物でもない。

「枠は、どの程度増やしていただけるのでしょうか！」

　金太郎は、身を乗り出した勢いのまま問うた。

「お望みとあれば、いくらでも……」

　英恭は目元を緩ませ、あっさりという。

「いくらでもって……」

　それが、どれほど異例のことなのか熟知しているのは、英恭本人である。

　目を丸くし、絶句する金太郎の反応がよほど愉快なのだろう。

　ついに声を押し殺し、肩を震わせる英恭だったが、

「私も長いことアベンハイムに仕えていますが、彼がこんなことをいい出したのは、後にも先にも初めてです」

　一転して、真顔でいった。「文明開化真っ盛りとはいえ、こちらに来ている外国人の目には、日本はまだまだ発展途上の国と映っていますからね。他のアジア諸国と比べれば、群を抜いて近代化は進んでいますが、文化や言語は欧米諸国どころか、アジアと比べても、極めて異色。先に申し上げたように、商慣習も全く違いますのでね」

　実際に外国を訪ねたことはないが、日本が極めて異質な文化や言語、習慣を持つ国なのは、様々な書物を通じて知っている。

　頷いた金太郎に向かって、

「でもね、服部さん。約束を守らなければ信を得られないのは、文化や言語、習慣が違っても、世界のどこへ行っても同じなんですよ」

英恭はしみじみという。「服部さんは、契約を守るのは当然だとおっしゃいますが、日本では分かっていない人が多いんです。そんな日本人にうんざりしているところに、確実に契約を履行する人が出てきたら、外国人にどう映ると思います？　まして、片言ですら日本語を解する外国人は数えるほどしかいないんですよ。言葉を解さなければ相手の人となりは分かりませんが、数字は万国共通です。そして、彼らが最も注意を払っているのが帳簿、つまり数字なんです。数字を介して取引先の経営者の人となりを判断するしかないんですよ」

確かに、英恭のいう通りかもしれない。

金太郎は、辻屋での粂吉の講話を改めて思い出すと同時に、「職人の腕は最初の修業で決まる」といった、桜井清次郎の言葉を脳裏に浮かべた。

そして、こう思った。

最初の修業で決まるのは、時計職人としての腕の良し悪しだけではない。良き商人になれるか否かも、最初の修業で決まるものなのかもしれないと。

「本当に、望む台数を卸していただけるのでしょうか」

念を押してしまった金太郎に、

「服部さんのことです。いくらでもと申し上げても、確実に捌ける台数しか注文しないでしょう。だから、無茶な台数は要求しないはずだと、私は安心していますけどね」

英恭はまたもあっさりいった。

「ありがとうございます！　精一杯売らせていただきます」

金太郎は、両太股（ふともも）に手を置き、卓に額が付かんばかりに頭を下げた。

「そんな、頭なんか下げないで下さいよ。こちらも商売なんですから」

苦笑交じりの言葉が頭上から聞こえ、顔を上げた金太郎に、

「ところで、服部さん。昨年、二人目のお子さんがお生まれになったとか……」

英恭は唐突に問うてきた。

「ええ……」

「事業も順調、子宝にも恵まれて、いや、めでたい限りですなあ」

確かに、慶事には違いないのだが、話題が家庭のことに及ぶと、あれから三年経ったいまでも胸が疼く。

結局、はま子は戻らなかった。

母親に続き、金太郎も自ら亀田家に出向き、これからのことを何度か話し合ったが、最終的になぜ離縁に至ってしまったのか、今になっても金太郎には分からなかった。話の流れの中で、としかいいようがない。

ただ一つだけいえるのは、信子を手放すことになっても離縁を望むほど、はま子の意思が固かったことだ。特別な事情が無い限り、父親が子を引き取るものとされているの

を承知で、生まれて間もない我が子を手放しても構わないというのだから、よほど思うところがあったのだろう。

しかし、理由はどうあれ、一度は生涯を共にすると決めたはま子と離縁してしまったことに慚愧の念は覚えている。

家族の幸せに繋がると固く信じて、店の再建に奔走する日々を送ったのだったが、ならば出産を控えたはま子に夫として十分な思いやりを持って接してきたか。信子が誕生した後はどうであったか。再建に奔走するあまり、家庭をないがしろにしてしまったのではなかったか。

そして、妻の信を得られなかった人間が、一国一城の主として店を率いていけるのか、という思いも抱いた。

様々な要因が積み重なってのことにせよ、間違いなく自分にも瑕疵はあったのだとも思った。

しかし、結論が出てしまった以上、悔いたところで仕方がない。大切なのは、この失敗を以て己を戒め、二度と同じ過ちは犯さないことだと心に誓い、前に進むことにしたのだ。

「実は、いまの妻との間では初めての子供なんです」

蕎麦を口に運ぼうとした箸が止まり、英恭はきょとんとする。

「実は、私、再婚でして……」

仕事相手に身の上話をするのはどうかと思う。それも、決して褒められた話ではないのに、自ら口にしてしまったのは、英恭とは長い付き合いになる。そんな予感を覚えたからかもしれない。

「えっ、そうなんですか？」

英恭は、少し慌てた様子でいった。

「前妻とは三年前に離縁しましてね。幼い子を抱えているのを気の毒に思ったのか、ともすると落ち込んでしまっているのを見かねたのか、群馬の時計商の方が、仲介の労を取って下さいまして……」

「そうですか、同業者の方が……」

英恭はどこか感慨深げな表情になると、「分かるような気がしますね」

金太郎を改めて見つめた。

「分かるって、なにがですか？」

「服部さんに寄せる信頼の深さですよ」

「いや、そんな……」

「服部さん」

ところが、英恭は真顔である。「前の奥さまと、どうして離縁なさったのかは分かりませんが、アベンハイムは商売にはとても厳しい人でしてね。面識すらない人に、こんな取引話を持ち出すことは絶対にないんです。だから、私は不思議でならないんですよ」

「はあ……」

不思議なのはこちらも同じだ。間の抜けた声でこたえた金太郎に英恭はいう。

「どうやら、服部さんは、人の信を得る何かをお持ちのように思うんです。そして、強い運も……」

何とこたえたものか、離縁したことを打ち明けた直後だけに金太郎は言葉に窮し、再び視線を落とした。

英恭は続ける。

「商館に駐在する外国人たちの社会は、本当に狭いものでしてね。競争相手には違いないんですが、そこは外国人同士、言葉が不自由なく通じることもあって、持ちつ持たれつの関係にあるんです。だから、商売上のことでも、悪い評判が立てば、あっという間に広がるし、いい評判もまた同じなんですよ」

英恭は、そこで一旦言葉を切ると、

「だから、服部さん」

さらに続けた。「ご自身の信念を絶対に曲げてはいけませんよ。アベンハイムが服部さんに寄せる信が、さらに深いものになれば、他の商館もまだまだ取引を申し込んできますから」

「えっ？」

思わず短い声を上げた金太郎を、英恭は眩しいものを見るかのようにして目を細めると、

「服部さんのこれからが楽しみです。お手伝いができるのが、私、嬉しいんですよ。そう感じさせる何かが、あなたにはあるんですよねえ」

自ら発した言葉が照れくさくなったのか、おもむろに箸を取り、蕎麦を持ち上げた。

2

二年前に妻となったまんは、信子を実の子供同様に面倒を見る中で次々と福を運んできた。

群馬で生まれ育ったまんは、二十三歳にして初めての東京暮らしである。

東京の豊かさ、きらびやかさは大阪や名古屋の比ではない。

実家の山本家は綿問屋を営む素封家で、何不自由ない生活を送ってきたとはいえ、田舎のことだ。見る物の全てが珍しいに決まっているし、住まいは東京一の繁華街銀座にほど近い。軒を連ねる商店に並ぶ商品は、見たこともない高級品や舶来品ばかりだ。

まんにしてみれば、異境の地に迷い込んだも同然で、興味を覚えて当然なのに、浮かれる様子は微塵もない。

日頃から、質素倹約を旨としてきたのだろう。むしろ、東京の物価の高さに驚き、金

太郎が勧めても観劇はおろか、着物の一つも買おうとしない。料理の腕は確かだし、裁縫も器用にこなせば、掃除洗濯も厭うことなく完璧にこなす。まさに良妻そのものであり、さらに金太郎にとって最も幸運だったのは、まんに商売についての知識が皆目なかったことだ。

いい時もあれば、悪い時もあるのが商売だ。なまじ知識があれば、商売が順調に行っているのか、そうでないのか、亭主の様子からあれこれ思いを巡らし、不安に駆られることもあるだろう。その点まんは、亭主が家庭を憂うることなく仕事に邁進できる環境を整えるのが、妻たる者の役目だと考えているらしく、商売には一切関心を示さない。

母のはる子ははま子との離縁で思うところがあったのだろう。東京暮らしがはじめてのまんを気遣いながらも、つかず離れず、金太郎の家庭内のことに、口を挟むこともない。

かくして再婚翌年には次女直子が生まれ、金太郎の結婚生活の再出発は、極めて順調に運んでいたのだったが、慶事は重なるものである。

英恭の予言は的中。約束を守る金太郎の評判が、横浜の外国商館の間に広まったらしく、ますます引き合いが殺到するようになったのだ。

国内で時計の製造を手がける会社はまだ少なく、販売する時計の大半が外国製品となった今、望外の申し出である。しかも、購入量が増えるに従って、納品価格を割り引くとまでいうのだ。

金太郎は約束を守ること、信用を得ることの大切さを改めて思い知った。同時に、この当たり前に過ぎる行いが、かように高く評価されるのも、約束を違える商人がいかに多いかを物語っていることに気がつき、事業をさらに拡大させるためには、約束を違えず、正直かつ誠実にあらねばならぬと、自らに固く誓った。

しかし、またしても「好事魔多し」である。

国内の時計市場はまだまだ成長過程にあるとはいえ、服部時計店が急激に売上げを伸ばせば、同業者の商売に影響が出ないはずがない。

「では、懐中時計の納品数は、来月から現行の一割増しということでお願いいたします」

商談を終えた英恭が、帳面を閉じたのは、同年十月のある日のことだった。

「毎度ながら、本当によくしていただいて、ブルウルさんには、感謝するばかりです」

頭を下げた金太郎に、英恭はいう。

「何をおっしゃいますか。うちだって商売です。服部さんの店は、本当によく売れますからね。売れる店に、より多くの商品を供給するのは、当たり前のことじゃありませんか。なんでしたら、もっと数を増やしてもいいんですよ」

「いやいや、それは……」

語尾を濁らせた金太郎だったが、英恭は気にする様子もなく、

「服部時計店は、ついにうちの時計卸先の三番目になりましたよ」

嬉しそうに目元を緩めた。

「えっ？」

「つまり、服部さんは文字通り、うちの最重要顧客になったわけです。だから、厚遇を受けて当然なんです。感謝申し上げなきゃならないのは、むしろうちの方なんです」

声を弾ませる英恭に、

「はあ……」

金太郎は、気のない返事、あるいは溜息ともとれる反応を示した。

これにはさすがに英恭も何かあったと勘づいたと見えて、

「どうかなさったんですか？」

眉を顰めながら問うてきた。

「実は……」

金太郎は、英恭に促されるまま、このひと月余りの間に起きた出来事を話し始めた。


「服部さんに、話したいことがあるんだ。少し時間をもらえないかな」

日本橋で時計店を営んでいる石倉太吉が、二人の男を引き連れて、突然店を訪ねて来たのは、六月に入ってすぐのことだった。

閉店間際、そろそろ帳場を閉じる支度に取りかかろうかという時刻である。

売上げ代金を伝票と突き合わせ、棚の在庫状況を確認し、商品の補充を行いと、翌日の開店に備えるのが日々の締め仕事だ。開店中以上に忙しくなるのが常なのに、そこに突然「話したいことがある」といわれても困る。しかし、木挽町と日本橋は目と鼻の先だし、親しいというほどではないにせよ、石倉とは時計商仲間の会合で面識がある。

応じることにしたのだったが、石倉の硬い表情から察するに、いい話ではないようだ。

「分かりました。どうぞこちらへ……」

金太郎は、その場を中川豊吉に任せ、三人を店の奥にある商談室に案内した。

「服部さん、こちらは田村さんと、秀島さん。横浜と笄町（こうがいちょう）で時計店をやっている仕事仲間だ」

部屋に入るとすぐに、石倉は硬い声でいった。「今日は、時計商仲間有志の代表として、服部さんに話があって来た」

努めて平静を装ってはいるが、声のどこかに怒りが潜んでいるように感ずるのは気のせいではあるまい。

「どうぞ、そちらにお掛け下さい。すぐにお茶を――」

用意させますので、と続けようとした金太郎を遮り、

「茶なんか、いいよ！　服部さん、あんた、横紙破りは困るねえ。あんたのお陰で、皆がどれだけ迷惑しているか分かってんのか」

いきなり田村が、怒声を浴びせかけてきた。

そういわれても、何のことか皆目見当がつかない。

「横紙破り？　何のことでしょう？」

　金太郎は問い返した。

「とぼけんじゃねえよ！　あんたは金繰りに困らねえかもしれねえが、同業者の大半は、盆暮れ二度の大商いで、ようやく支払いに充てるカネが工面できてんだ。それを、あんたが――」

「ちょっ、ちょっと待って下さい。すると何ですか、話というのは、仕入れ代金の支払いのことですか？」

　田村の言葉を遮った金太郎に、

「この業界はな、仕入れ代金の支払いは、盆暮れ二度でやってきたんだよ。外国商館も、大店は別として、中小の店の事情を汲んで、今まで煩えことはいわないできたんだ。それをだな、あんたが、きっちり月末に支払うもんで、肝心の時計が十分回ってこなくなってんだよ。こんな状態が続こうもんなら、俺たちは飯の食い上げだ！」

　秀島が凄まじい剣幕でまくし立てる。

　全く、筋違いも甚だしい。もはや、いちゃもんとしかいいようのない、程度の低い話である。「ふざけるな！」と返したい衝動に駆られた金太郎だったが、

「では、一つお訊ねしますが、皆さん、外国商館と取引を始めるに当たって、支払いは三十日以内という条件をお呑みになったんですよね」

冷静に問うた。

「無い袖は振れねえんだからしょうがねえじゃねえか。あんたの店はどうだか知らねえが、俺たちのような小さな店じゃ、新品の時計は季節商品なんだよ。盆の氷代、師走の餅代が出る時期が最大の商機なんだ。時計が売れなくとも、店員、職人の給金は待ったなしだ。三十日以内に支払う余裕なんかありゃしねえんだよ。外国商館だって、それを承知しているからこそ、これまでなんとかやってこられたんだ」

よほど窮地にたたされているのか、秀島の口調は激しさを増すばかりだったが、

「まあまあ、秀島さん、いきなり喧嘩腰はいけませんよ。それじゃあ、聞いてもらえる話も、聞いてもらえなくなりますよ」

石倉は諫めると、金太郎に問うてきた。「服部さんの店は、このところ外国商館の取引先が増えていますよね？」

「ええ……」

「私が知る限りでも、コロン一社だけだった取引が、いまじゃブルウル、アイザック、レッツと大層なご発展ぶりだ」

それだけではない。それ以外に、すでに取引開始の合意に至った商館は三つある。

しかし、そんなことをいおうものなら、火に油を注ぐようなものだ。

金太郎は黙って次の言葉を待つことにした。

「皆さんが、懸念を抱いているのはそこなんですよ」

石倉は続ける。

「外国商館が扱う時計は、数に限りがある。もちろん、今までも卸してもらえる時計の数は店によって偏りはありましたよ。売れる店には多く、商いが小さい店にはそれなりに、つまり店の身の丈に合った数が割り当てられてきたんです。ところがここ最近じゃ、あなたのところが、かなりの量を持って行ってしまうお陰で、中小の店への割り当てが絞られるようになりましてね」

「それが、私のせいだと？」

「盆暮れの二度が、最大の商機だと、さっき秀島さんがいいましたよね。去年の師走には、いままでなら卸してもらえたはずの新商品が、全く入らなくて、閉店に追い込まれた店だってあるんです。あんた、そのことを知っているのかね？」

口調こそ冷静だが、ついに「あんた」呼ばわりしたところからも、石倉の怒りと焦りのほどが分かろうというものだ。

それ以上に、商売人にとっては、耳にしたくもない言葉を聞いて、

「閉店？」

金太郎は思わず問い返した。

「へ～えっ、知らなかったとは驚いたなあ」

石倉は大袈裟(おおげさ)に、目を丸くして驚くと、「当たり前だろ。商品が入ってこなけりゃ、売上げはたたない。カネが回らなくなれば、商売を畳むしかないだろさ」

呆れたようにいう。

「そろそろ、外国商館から盆に向けての割り当てが伝えられる頃だ。皆必死で、商品の確保に動き回ってるんだが、外国商館の反応は、おしなべて悪くてさ」

石倉に続いて、再び話に割って入った田村に向かって金太郎はいった。

「それ、私のせいでしょうか」

「そうじゃなけりゃ、なんだってんだよ！　いままで貰えた数が貰えない。じゃあ、その分の商品はどこへ行ったんだよ！」

再び激高する田村を前にして、金太郎は口を噤んだ。

取引を行う外国商館が増えるに従って、服部時計店の品揃えも変化し、今では新品の輸入時計が主力になっていた。

その最大の理由は完成度の違いと、客の嗜好の変化である。

国内時計の製造は、まだとば口についたばかりで、故障が頻発する上に、掛け時計と置き時計のみ。加えて、ここ最近、需要が急速に伸びている懐中時計は百パーセント輸入品なのだ。

しかも、大量仕入れによる卸価格の値引き分を販売価格に反映したのだから、客が集まらないわけがない。

「あんた、このままだと首を括るやつが出て来るぜ」

秀島が、低い声でドスを利かせる。「そりゃあ、あんたの店は商売繁盛、願ったり叶ったりだろうさ。でもな、自分さえよければいいなんて考えてんなら、そりゃあ、違うんじゃねえのか」

首を括るやつが出て来るとまでいわれると、さすがに穏やかではいられないが、彼らのいい分の全てが、いいがかり以外の何物でもないのは明らかだ。

「では、私にどうしろとおっしゃるのです？」

金太郎は三人の顔を見渡しながら問うた。

「約束通り、カネを払うなとはいわない。外国商館からの買い付け量を控えて、いや、減らして欲しいんだ」

その言葉を待っていたとばかりに、田村は即座にいう。

「うちが取引量を減らしたからといって、その分が皆さんのところへ回るとは限らないのでは？」

「輸入する時計の数は決まってんだ。卸先がねえと商館は在庫を抱えることになる。在庫はカネにならねえもの、売り先を探し回るに決まってんだろ」

「外国商館にしてみれば、支払いが年に二度では、半年間在庫を抱えるのと同じじゃありませんか」

「なに？」

三人の顔色が瞬時にして変わり、顔面が白くなる。

上目遣いで金太郎を睨（にら）みつける三人の視線が鋭さを増すのを感じながら、金太郎はいった。

「私は、外国商館と取引を始めるにあたって交わした契約、つまり約束を忠実に履行しているだけに過ぎません。それが、業界の慣習を乱すというのであれば、改めるべきは私ではありません。業界の慣習の方だと私は思いますが？」

「そうですか、そんなことがあったんですか……」

金太郎の話を聞き終えた英恭は、小さく溜息を吐いた。

「全く、理不尽な話ですが、あの人たちのいい分にも理解できない点がないではないのです」

金太郎は視線を落とし、テーブルの一点を見つめながら続けた。

「いまの場所に店を構えてみて、改めて感じるのは、立地の大切さです。銀座は日本一の繁華街です。足の便もいいし、休日ともなれば、浅草で娯楽を終えた人たちが、銀座に流れてくる。労せずして客が集まって来るんです。東京の時計商は、それぞれの地域に根付いて商売を行っているところが大半ですからね。銀座に店を構えたくとも、簡単な話ではありません。外国商館が売れる店に多くの商品を卸すのは当然なのですが、彼ら時計商たちにも従業員がいれば、家族もいる。十分な商品が入らなくなれば、まさに死活問題そのものですからね……」

英恭は、黙って話に聞き入っている。

「もちろん、あの人たちにいいたいことは山ほどありますよ」

　金太郎は続けた。

「そもそも、卸してもらえる時計の数を減らされたのは、支払い期限を守らなかったからです。大商いが盆暮れ二度しかないというなら、それ以外の時期に、どうやって売上げを確保するか。商売人なら、まずそこに知恵を絞るべきなんです。うちがやっているように、中古時計を修理して安値で販売するとか、客が来ないというならば、多くの従業員を抱える会社に出向いて割引販売会をやるとか、方法はいくらでもあると思うんです。それなら店の立地なんか、問題にならないでしょう」

「それ、どうしていわなかったんです。販売会、いいじゃないですか」

　英恭の言葉に、顔を上げた金太郎だったが、「いや、それ、いま、ふと思いついたことでして……。それに、何をいっても、傲慢と取られるような気がしましてね……」

　苦笑いを浮かべ、ほっと肩で息をした。

「傲慢？」

「あの人たちからすれば、私は勝者です。この先どうなるかは別として、いまのところは、結果を出しているわけですから……。やってみろといわれたも同然ですよ。そんなことといわれたら、誰だって腹が立つに決まってるじゃないですか」

「なるほど……」

　英恭は、テーブルの上に置かれた茶碗を手に取り、上目遣いで金太郎を見ると、「で、服部さんはどうなさるつもりです？　取引量を減らすとでも？」

　茶を啜りながら問うてきた。

「まさか……」

「ですよね。第一、服部さんが減らしたって、その分が彼らの店に回るとは限りませんからね」

　英恭は背凭れに体を預けると、足を高く組み、「それに、服部さんが今の方針を貫くことが、結果的に彼らのためになると、私は思いますがね」

　意外な言葉を口にした。

「彼らのためになるとは、どういうことでしょう」

「確実に支払いを履行する時計商が増えれば増えるほど、日本へより多くの時計が入って来るようになるからです」

　英恭は、そこでぐいと身を乗り出すと、続けていった。

「前にもいいましたが、支払いの遅延は、本国の商館の資金繰り、収益見通し、発注計画に影響を及ぼす大問題なんです。服部さんのような取引先が増えれば、日本の時計商への信頼は増す。当たり前じゃないですか。我々は、商品を納め、その代金をいただく商売をしてるんですよ。代金さえ、きちんと支払っていただけるのなら、そりゃあ、幾らでも商品をご用意して差し上げますよ」

　英恭の言はもっともだ。

しかし、資金繰りというならば、石倉らのような時計商もまた、その資金繰りに苦しんでいるからこそ、支払いに遅延が生じるのも事実なのだ。

考え込んでしまった金太郎だったが、そんな心中を見透かしたかのように英恭はいう。

「服部さん、そんなつまんないこと、気にすることはありませんよ。第一、売る、売らないは商館側が決めることですからね。しかも我々はツケで商品をお納めしているんですよ。店は借金こさえて商品を仕入れているんです。俺がカネを貸してもらえないのは、お前が約束通りに借金を返すからだっていってるのと同じじゃありませんか。そんなやつに、おカネ貸す人間はいませんよ」

英恭は舌鋒鋭く断じたのだったが比喩が腑に落ち過ぎて、金太郎は思わず噴き出してしまった。

それを見た英恭は、少々下品だったとでも思ったのか、決まり悪そうな表情を浮かべ、続けていった。

「まっ、約束を守らない側に非があるのだといってしまえばそれまでですが、もしも……もしもですよ、服部さんが、彼らのような時計商を何とかしてやりたいと思うのなら、手がないわけではありません」

「手とおっしゃいますと?」

身を乗り出した金太郎に向かって、英恭はいった。

「服部さんが、時計を造ることです」

「時計を造る……」

「輸入時計に匹敵する性能と信頼性を持つ国産時計が完成し、量産化が可能になれば、販売価格は格段に下がります。値段が下がり、一般庶民に手が届く価格になれば、一家に一台どころの話ではありません。一人一台の時代になるでしょう。まさに莫大な市場が生まれるわけですが、その時問題になるのは販売網の構築のはず。島国とはいえ、日本は広い。服部時計店が全国に直営店を設けるのは不可能です。となれば、手段は一つしかありません」

そう聞けば、こたえは明らかだ。

「全国の時計店にうちが製造した時計を卸し、販売していただくわけですね」

果たして英恭は、力強く頷くと、

「国産でも性能は、輸入時計に優るとも劣らない。しかも遥かに安いとなれば、そりゃあ客は絶対に国産を買いますよ。そうなれば時計店だって潤うし、支払い条件にしたって、ご自分で決められるじゃないですか。時計商が安定した商売を行える環境を整えたいと考えておられるのなら、自ら時計製造を手がけたらいいじゃありませんか」

力の籠もった声で断言した。

もとより時計の製造は、時計商の道を志した時からの金太郎の夢だ。

独立、開業、再建と、店の経営に忙殺される日々が続いたせいもある。はま子との離縁という問題もあった。時計の製造を手掛ける夢は捨てたわけではないが、どこか漠としたものになっていたのだった。だがいま、これから先、己の目指す道が、改めてはっきりと見えた気がした。

血流がたちまち熱を持ち始める。興奮のあまり、金太郎はなんと返せばいいのか、言葉を探しあぐねた。

おそらく、顔は上気しているのだろう。

英恭は目元を緩ませると、止めの言葉を口にした。

「私はね、服部さんならやれると思いますよ。並の人間ならば、こんな馬鹿げたいちゃもんをつけてくるやつらの境遇なんか、気にしませんからね。それこそ、悔しかったらやってみろの一言で終わらせてますよ。服部さんは、利益を独り占めしようなんて、下卑た考えを持つ人じゃないということを、いまのお話を聞いて、改めて確信しました。それに、商売とは、会社とは、そもそも人を幸せにするためにあるものだと思うんです。それに、輸入品に優る時計を造ることができれば、市場は何も、国内だけとは限りません。世界に広がるんです。それって、素晴らしいことじゃないですか」

世界！　国産、いや、自分が造った時計が世界に……。

なんと壮大な夢か……。

血流がますます熱を持ち、全身を駆け巡っていく。

そのためには何が必要か、何をすべきか……。

金太郎の頭脳が、凄まじい速度で回転を始めた。

3

時計の製造を始めるには、まず資金。そして工場を持たねばならない。建屋、機械、そして職工も雇わなければならないのだから、多額の資金が必要だ。

服部時計店の経営は殊の外順調で、輸入時計の取り扱い量が増えたこともあって、売上げも右肩上がり。従業員に給金を支払い、家族を養っていくだけなら、十分過ぎる収益を上げている。

しかし、大量仕入れによる値引き分を販売価格に反映した結果、集客力が上がり、販売量が増加した反面、販売単価に占める利益率は低くなった。

いまさら輸入時計の販売価格を他店並みにするわけにもいかないし、国産時計の取り扱いを増やすわけにもいかない。

ならば、どうしたら時計製造に乗り出す資金を確保できるか……。

思案した金太郎は、より多くの利益を得るための手段は二つあると考えた。

一つは、店の規模を拡大し販売量を増やすこと。そして、もう一つは高値でも売れる、それも今まで自分の店が扱っていなかった時計を販売することだ。

そこで金太郎は、まず店舗を拡張すべく、新たに物件を探しはじめたのだったが、

「久々に飯でもどうだね」という粂吉の誘いに応じた会食の場で、彼が三つ揃いのスー

ツのチョッキから取り出した懐中時計を目にした瞬間、「これだ!」と閃いた。

かつて辻屋で丁稚奉公をしていた頃に、粂吉が見せてくれた、裏面に薔薇が彫られた懐中時計。「宝石は人間には造れないけれど、時計は人間が造れる宝石なんだ」と感動し、時計商を志すことを決意させた、あの懐中時計である。

そういえば、と金太郎は思った。

ひと月程前に、スイスのコロン商会の番頭・尾形から、「新型の懐中時計なのですが、服部さんのところで扱ってみませんか」と勧められたことがあったのだ。

掛け時計や置き時計は、すでに一家に一つ。いまでは個人で持つ懐中時計が人気の的で、服部時計店でも主力商品である。新型と聞いて俄然乗り気になった金太郎だったが、差し出されたのは、外側が無地の廉価版だ。

ようやく不況を脱した日本は好景気に沸く最中にある。懐中時計を目当てに銀座の店にやって来るのは富裕層。しかも、購入するのは軀体に装飾彫りが施された高額品で、無地物はさっぱり売れない。だから、その時は「うちの店ではちょっと」と断ったのだ。最新型というからには、性能に問題はないはずだ。無地物を大量、かつ安く仕入れて、日本で彫りを施し、付加価値を高め、輸入品以下の価格で販売すれば、間違いなく人気商品になる。

金太郎は、さっそく動き出した。

彫りを施す職人の確保と作業にかかる時間という問題があるにせよ、まずは商品の確保だ。発注を受けてから時計の製造を始めたのでは、部品の調達、組み立て、梱包、輸出手続きを経てのことになるから、製品が日本に到着するまで一年やそこらはかかってしまう。それでは、あまりにも時間が惜しい。

粂吉と会食の場を持った翌日、横浜のコロン商会を訪ねた金太郎は、尾形に向かって、

「前に見せていただいたスイス製の懐中時計を発注したいのです。それも、できるだけ大量に」

と申し出た。

「大量にといわれても、数が分からないと？」

戸惑う尾形に、

「ただちに日本に向けて出荷可能な最大個数を発注いたします」

と金太郎がこたえた時の彼の驚くまいことか。

喜ぶどころか、目を丸くして、

「いくら安くとも無地物はちょっとって、おっしゃったじゃないですか。服部さん、大丈夫なんですか？　後で思い直しても、船が出てしまったら、取り消すことはできないんですよ」

と心配する。

「もちろんです。注文は絶対に取り消すことはありません」

金太郎は断言すると続けた。

「支払いはこれまで通り、商品納入後三十日。一日たりとも遅れることなく、確実に履行することをお約束いたします」

他の時計商が、こんなことをいおうものなら一笑に付されるか、あるいは支払い能力に不安を覚えて、「まずは、妥当な数で」と返されるところだろう。しかし、金太郎には実績がある。

その場で、正式に発注書を提出した金太郎だったが、さてそうなると今度は職人の確保である。それも同一の彫りを、効率よく施すとなれば、機械彫りを行える職人を、早急に探さなければならない。

というのも欧州から日本までの航海期間は約二ヶ月。それ以前に、梱包、輸出手続き、船便を待ちと、多少の時間は要するものの、それにしたってひと月がいいところ。つまり、三ヶ月以内に職人を見つけることができなければ、売れるとは思えない懐中時計を大量に抱え、金太郎の目論見も泡と消えることになってしまうからだ。

それからの日々は、まさに東奔西走。金太郎は緊張と激務の日々を送るようになったのだったが、やはり現実は厳しい。

機械彫りを行える職人を調べ、片っ端から話を持ちかけても、時計のような小さな躯体に彫りを施したことはないと断られる。技術があると、足下を見て高額な手間賃を要求され交渉は頓挫(とんざ)。

そうこうするうちに、コロン商会から「五百個の懐中時計を確保した」と連絡が入った。

このままでは、大量の在庫を抱えてしまう。代金の支払いは待ったなし。しかし、支払えば、業績好調とはいえ、店の経営に甚大な影響が出てしまう。かといって、支払いが遅れれば、瞬時にして信用を失う。

恐怖を覚えた。焦りもした。さすがの金太郎も、これまで交渉を行った中で最も安い手間賃を提示してきた職人に、最小限の仕事を請け負ってもらい急場を凌ごうかとも考えた。

ところが、運は全く意外なところに、それもすぐ近くに転がっていた。

まんである。

「去年まで高崎の結城時計店に、卓越した腕を持つ修理技術者がいらしたそうなんです。今は深川で時計商を営んでおられるそうですが、なんでもその方、ご自分で改良した小型旋盤を使って、ナナコ彫りを精巧迅速に仕上げられるとか……」

連日、早朝から晩遅くまで、職人探しに忙殺されている金太郎を案じていたのだろう。群馬の実家に帰省していたまんが、帰京するなり縁を取り持ってくれた時計商から得た情報を聞かせてくれたのだ。

卓越した腕を持つ時計職人。小型旋盤を使う。ナナコ彫り。精巧迅速。

聞く限り、まさに金太郎が探し求めている人物そのものだ。

名前は吉川鶴彦といい、深川で『吉川時計店』を営んでいるという。

これだ！　この人だ！　この機を逃すわけにはいかない。何がなんでも仕事を受けてもらわなければ。

金太郎は、早々に深川に出向いた。

「ごめん下さい」

引き戸を開け、奥に向かって声をかけながら、金太郎は素早く店内を見渡した。

いかにも下町らしい質素、かつ小さな店である。だが、掃除は行き届いているし、修理場に並ぶ道具も整理整頓され、手入れも完璧になされているのが見て取れた。陳列されている時計は種類こそ豊富ではないものの、丁重に磨かれている。

そんな様子からも、金太郎には鶴彦の人柄、時計への愛情の深さが窺えるような気がした。そして、陳列されている中の一対の時計を見た瞬間、金太郎ははっとして目が釘付けになった。

表と裏、隣り合わせに並べられた一対の懐中時計。一方の裏一面に、びっしりと彫られた鱗状の模様。正面からは全面に型紙を張り付けたかのように均一な模様が、少し見る角度を変えると線が浮き立ち表情が一変する。その精緻を極めるナナコ彫りの出来映えに、金太郎は、ようやく探し求めていた人間に巡り合ったと確信した。

そして、「はい……」とこたえる声と共に、奥の襖が開き、目の前に現れた男の姿を見た瞬間、思わず息を呑んだ。

似ている……。自分とそっくりだ……。

顔もそうなのだが、それ以上に男の醸し出す雰囲気が、まるで姿見に映る自分を見ているように思えたのだ。

おそらく、男も同じ思いを抱いたのだろう。

はっとして動きを止め、暫し金太郎を凝視すると、

「修理でございますか？　それとも、ご購入でしょうか」

と問うてきた。

「突然に申し訳ありませんが、私、木挽町で服部時計店を営んでおります、服部金太郎と申します」

「ああ、お名前はよく存じ上げております。私は、この店をやっております吉川鶴彦です」

鶴彦は改めて名乗ると、丁重に頭を下げ、「今日は、どういった用向きで？」

と訊ねてきた。

「吉川さんは、時計修理に卓越した技術をお持ちで、しかもナナコ彫りの名手でもあるとお聞きしまして」

何か感ずるものがあったのだろう。

鶴彦は、金太郎の視線を捉え、一瞬、間を置いた後、目元を微かに緩ませ、

「あちらで伺いましょう。どうぞお上がり下さい」

奥の部屋に上がるよう勧めた。

「よろしいのですか？　お仕事中なら、改めて出直しますが」

「銀座界隈とは違って、平日の昼間に時計を買いに来るお客さまは、まずいませんので……。ちょうど昼を終えたところですので、ご遠慮なさらずに、どうぞ」

「それでは、お言葉に甘えて……」

靴を脱いだ金太郎は、狭い修理場を抜け、奥の部屋に入った。

そこは四畳半の茶の間で、鶴彦がいった通り昼食を終えたばかりのようで、卓袱台の上には空になった食器が三つ置かれたままになっていた。

「申し訳ありません。すぐに片しますので……」

鶴彦は、食器を積み重ねると、さらに奥にある台所へ入っていく。

確か、鶴彦は自分よりも四歳年下のはずだが、まだ所帯を持っていないのだろうか。

それにしては、こちらも随分と掃除と整理整頓が行き届いている。

生活ぶりを観察するつもりは毛頭なかったが、僅かな時間でも一人でいると、どうしても置いてある品々に目が行ってしまう。

部屋の隅の書棚に目が行った途端、金太郎は、はっとして息を呑んだ。

なんと、そこに並んでいるのは漢籍ではないか。

「申し訳ありません。今日は、家内が出かけておりまして。すぐにお茶を支度しますので……」

台所から、鶴彦の声が聞こえた。

「いえ、お茶は結構です」

嬉しくなった金太郎は、そう伝えるのももどかしく、「吉川さん、漢籍を学ばれたのですか?」

続けて問うた。

「ええ、奉公時代から、ずっと……」

「私も、丁稚の時代から、元大工町の中村塾で漢籍を学びまして」

鶴彦にしても、同好の士の出現は嬉しいに決まっている。

「私は、本所の須藤塾です。最初の徒弟奉公が、林町の藤田時計店だったもので」

果たして、鶴彦は声を弾ませながら、茶の間に戻って来る。

「では、藤田時計店で時計修理の技術を身につけられてから、結城時計店に移られたのですね」

「よくご存じで」

「実は、私の家内は群馬の出なのですが、先日実家の方で吉川さんのことを聞き及びまして。吉川さんは優れた時計修理技術を持つだけでなく、旋盤を使ったナナコ彫りもなされるとか」

「優れているかどうかは、分かりませんが……」

鶴彦は謙遜しながら、照れたような笑いを浮かべる。「ご承知の通り、懐中時計を買い求めるお客さまは増えていますが、無地物は人気がありませんのでね。彫金が施されている輸入品は高額ですし、国内で彫りを施そうにも、手間賃が高すぎて輸入品よりも高くなってしまいます。この辺は材木問屋がたくさんあるし、花街もありますから、裕福な人が多いのですが、旦那衆は粋な方が多いもので、腕の立つ手彫り職人に無地物を渡して特注なさるんです。でも、庶民はそんなことできませんからね。ならば、機械彫りでと考えまして」

「機械を使えば、仕上がりまでの時間が短縮できる。結果、効率が上がり、販売価格も安くなると、お考えになったのですね」

「はい」

自分と同じ考えを持つ人間にようやく巡り合えた。鶴彦と一緒に仕事ができれば、夢にまた一歩近づく。

金太郎は、喜びと興奮を覚えながら問うた。

「店頭に並べられている懐中時計を拝見しましたが、あの時計の裏面のナナコ彫りは、吉川さんが？」

「もちろんです」

「とても機械彫りとは思えない、実に見事な出来映えです。吉川さんは、あの技術をどこで学ばれたのですか？」

鶴彦は、また照れたような笑いを浮かべると、意外な言葉を口にした。

「独学です」

「独学ぅ？」

驚きのあまり、金太郎の声が裏返る。「独学って……機械彫りをですか？」

「私は、元々の出が尾張でしてね。それも和時計造りが盛んな地域でしたので、周りには下請けで製造や彫金仕事に携わっている人間がたくさんいたんです。それに、生来、機械や細工が大好きでして……」

鶴彦は、真摯な眼差しを向け、静かにこたえた。

「驚きました。まさか、あれほどの技術を独学で身につけられたとは……」

「もし、本当にそう思われるのでしたら、最初に奉公に上がった先に恵まれたお陰でしょうね」

鶴彦は、感慨深げな表情を浮かべる。

「とおっしゃいますと？」

「どこの時計店も同じだと思いますが、弟子を取っても、すぐに修理技術は教えません。技は盗むものであって、教えられるものではない。最初に丁稚に上がった藤田時計店もそうでした」

「分かります。私も、最初の奉公先は洋品問屋でしたが、年季が明けて、次に奉公に上がった時計店で、最初に師匠に同じ事をいわれました」

「皆さんよくしてくれて、ゲンコツが飛んで来ることはありませんでしたけど、雑用仕事に追われる日々が続きましてね。嫌気が差すこともあったんですが、藤田時計店には素晴らしい腕を持った職人がいたんです。空いた時間に、そうした兄弟子の仕事を見るのが楽しくて……。門前の小僧習わぬ経を読むというやつですかね。物心ついた頃から、周りに和時計の下請けをしている人たちがたくさんいたもので、洋時計との違いが分かるのも面白くて仕方がなかったんです」

まさに、自分が時計職人の道を歩みはじめた頃の状況と、瓜二つだ。

金太郎は、先ほどはじめて鶴彦を目にした際に、姿見に映る自分を見るような感覚を覚えたのは気のせいではなかったのだと確信した。

「私、以前、南伝馬町の桜井時計店に通っていたことがあるのですが、その仕事を引き受けるに当たって桜井さんにこういわれたことがあります」

そこで金太郎が、清次郎の言葉を話して聞かせると、

「いかにも、名人・桜井さんらしいお言葉ですね」

鶴彦は、感銘した様子で腕組みをする。「その通りだと思います。技は盗むものとは、いい換えれば、見たものを徹底的に頭に叩き込めということです。よほど熱心に見なければ、見て覚えることはできませんし、手取り、足取りの教え方は、他人に頼ることも覚えてしまうと思うんです。それじゃ師匠の技を踏襲するだけになってしまって、工夫しようなんて気は起きないでしょうからね」

なるほど、旋盤技術を独学で身につけられるわけだ。

生来、機械や細工が大好きだったことはもちろんだが、人並み外れた技術を学ぶ熱意

と向上心、そして確かな観察眼と想像力を持っているのだ。

間違いない。この男こそ、自分が探し求めていた人物だ。

「吉川さん」

金太郎は改めて名を呼ぶと、切り出した。「今日伺ったのは、吉川さんに仕事をお願いしたい、いや一緒に仕事をさせていただきたいと思ったからなんです」

「仕事とおっしゃいますと？」

「ナナコ彫りの細工を、輸入する無地の懐中時計に施していただきたいのです」

鶴彦は、まだ話は途中だろうとばかりに、すぐに言葉を返さなかった。

金太郎は続けた。

「年内にスイスから、廉価版の懐中時計が五百個届きます。それの全てに……」

「五百個！……ですか？」

数量を口にした途端、鶴彦は目を丸くして驚愕する。「五百個もの懐中時計を捌く自信が、服部さんにはおありになるんですか？」

「捌きます。いや、捌かなければなりません」

誰にいったのでもない。金太郎、自らに命じたのだ。

「もちろん、工賃は遅れることなく、約束通りにお支払いいたします。吉川さんには、ご迷惑をおかけしないことをお約束いたします」

二人の間に、暫しの沈黙があった。

鶴彦は、卓袱台の一点に視線をやり、何事かを考えている様子だったが、やがて深い息を吐き口を開いた。

「大分前のことですが、時計商仲間が服部さんの外国商館への支払いのことで、ここに来たことがあります」

話の詳細はいわずとも分かるはずだとばかりに鶴彦は続ける。

「ですから、服部さんが約束を守る人なのは重々承知していますし、倒産した坂田時計店を去るに当たっては、持てるおカネの全てを差し出したことも存じております」

それを持ち出されると、言葉に窮してしまう。

身の置き所に困って思わず視線を落とした金太郎に向かって、鶴彦は続ける。

「それに、服部時計店の勢いに目覚ましいものがあることは、深川にも聞こえております。正々堂々、王道を歩みながら商いを大きく育てて行く様を耳にする度に、正直いって非才の身を嘆く気持ちを抱いたこともありました」

「そんな、非才の身だなんて、吉川さんは修理技術に加えて、彫りにも優れた才をお持ちではないですか」

「今の話を伺って、私は自分の身の丈を知った気がしました」

鶴彦は真剣な眼差しで金太郎を捉えると、「商いは技術だけでは大きくできません。商才が必要なんです。そして商才は天賦(てんぷ)のもの。残念ながら、私に欠けているのはそれなんだと……」

「商才があっても、必ずしも商いは大きくできないと思いますが」

「そうですね。商才だけでは大きくできません。特に時計の世界で成功するためには、商才は必要ですが、それだけでは十分とはいえません。商才と技術を持ち合わせて、初めて成功を収める確率が高くなる」

その通りだ。

頷いた金太郎に向かって、鶴彦はさらに続ける。

「私は服部さんのように、商機に敏ではありません。商機と見ても、勝負に出る度胸がありません。だから、服部さんが私の技術を必要とおっしゃって下さるのは、望外のお申し出なのですが……」

鶴彦は、そこで言葉を呑むと、再び思案するように瞼を閉じた。

「何か、理由がおありなのですか？」

「実は私、結城時計店で働いていた頃、酷い脚気（かっけ）を患いまして……」

「かっけ……ですか？」

脚気は元禄時代の頃から、江戸、京都、大坂などの大都市で多発した病で、別名「江戸煩い（わずらい）」とも呼ばれる。悪化すると、浮腫（むくみ）が足だけでなく全身に広がり、さらに進行すると心臓がおかされ、呼吸困難となり生命が危険にさらされることも稀ではない。

「父は、東京の病院で治療を受けることを勧めてくれたのですが、店を転ずると申し上げたら、結城時計店は当時の東京の時計職人の賃金を上回る額を提示して下さいましてね。そんなこともあって、高崎を離れるのが申し訳なくて、伊香保温泉で養生し、なんとか回復はしたのですが……」

「健康に不安を覚えておられるのですね」

「なにせ、三年前のことですので……」

鶴彦は、目を伏せたままいう。「正直なところ、私も所帯を持ったばかりです。こんな大きな仕事を頂戴できるのは、大変有り難いことなのですが、手彫りに比べて、機械彫りは格段に速いとはいえ、五百個もの時計に細工を施すとなると……。万が一にでも、再発しようものなら、回復するまでの間、仕事はできません。だからといって、商館への仕入れ代金の支払いは待ったなし。もちろん、服部さんのことです。何があっても、きちんとお支払いなさるでしょうが、その間、服部さんは、売るに売れない商品を抱えることになってしまいます」

「つまり、私に迷惑をかけてしまうかもしれないことを、懸念なさっているのですね」

「仕事を引き受ければ、服部さんは、お客さまになるわけです。お客さまにご迷惑をかけるわけにはいきませんので……」

何と正直、かつ誠実な男なのだろう。

吉川時計店は、昨年開業したばかり、しかも鶴彦にとっては初めて持つ店だ。

手持ちのカネだって、店舗を借り、体裁を整え、商品を仕入れ、さらに鶴彦の場合、旋盤も購入したはずだから、金銭に余裕があるとは思えない。まして所帯を構えたばかりとなれば、これだけの大仕事が舞い込んでくれば一も二もなく飛びつくのが当たり前なのだ。

ところが鶴彦は、万が一にも、自分の気力ではどうしようもないともいえる、健康に異常をきたした場合に金太郎に迷惑がかかることを恐れ、大仕事を受けることを躊躇する。

金太郎は感動し、鶴彦に巡り合えた幸運を神に感謝しながら痛切に思った。

この男と仕事をしたい。

そして、改めて確信した。

この男こそが、自分が探し求めていた人間だ。それも、この一件だけでは終わらない、生涯を通じて、自分の盟友となる唯一無二の存在だ、と。

「吉川さん」

喜びと興奮に胸が爆発しそうで、金太郎の声は震えた。「私は、あなたと仕事がしたいと、いま心の底から思っています。それも、今回限りではありません。これから先、ずっと、ずうっと……。あなたの力を借りれば、夢が叶うかもしれない、いや、叶う。そう確信しました」

「夢……ですか？」

「申し訳ありません。それを、いまの時点で申し上げるのは無責任に過ぎます。実現できるかどうか分からないのが夢ですので……」

金太郎は居住まいを正すと、「だから、いつまでに全量を仕上げろとは申しません。催促もいたしません。お体と相談しながら、無理なき程度の数量を、随時納めて下さるだけで構いません」

鶴彦に向かって、語りかけた。

「しかし、それでは……」

「構いません。支払いや資金繰りをどうするかは服部時計店が、私が考えることです。ですから吉川さん、この仕事を引き受けていただけませんでしょうか」

そこで、金太郎は座布団を外し、姿勢を正すと、「この通り、お願いいたします！」

畳に両手をつき、頭を下げた。

4

同年十二月末。コロン商会に発注したスイス製の懐中時計が日本に到着した。

ただちに作業に取りかかった鶴彦だったが、機械彫りは手彫りに比べて仕事が捗るとはいえ、精緻な彫りを施さなければならないとなると、やはり時間がかかる。

しかも、鶴彦は仕事に一切妥協しない。まして、廉価版とはいえ輸入時計は立派な高級品だ。間違いを犯せば、その時点で時計は文字通り傷物となり、商品としての価値を失うのだ。慎重、かつ丁寧な作業を強いられることもあって、鶴彦の腕をもってしても一日二個を仕上げるのが精一杯だった。

仕事を引き受けるに当たっては、鶴彦からは一日二個が限界と聞かされていた。その程度の個数なら、納品された懐中時計を随時店頭に並べれば、右から左に捌けたであろう。コロン商会への支払いを考えれば早々に販売を開始し、僅かでも現金に換えるに限るのだが、金太郎は纏まった数量が溜まるまで、敢えて販売を控えることにした。

その理由は二つあって、一つは、かつて英恭がいったように、時計の製造を開始するに当たっては、販売網の構築が極めて重要になるからだ。

自社店舗を増やすという手もあるが、すでに東京には数多くの時計店がある。客を独り占めする気は毛頭ないし、店舗の家賃も発生すれば、あわせて店員も雇わなければならないとなると、店を増やせば増やすほど固定費が膨れ上がっていくことになる。

ならば、自社製の時計を全国の時計店で販売してもらう、つまり卸業としての機能を持った方が、資金は生産設備に集中できるし、自社時計の販売数も一気に増える。鶴彦の細工を施した懐中時計を、その時の足がかりにしようと金太郎は考えたのだ。

ナナコ彫りを施した懐中時計が、しかも輸入品よりも安価となれば、是非販売したいという時計店は数多く現れるはずだ。全量でも五百個しかないのだから、納品数に制限を設けるのは仕方がないとしても、十分な在庫がないうちに、引く手あまたとなれば、客を選ばざるを得なくなる。時計製造を志す限り、正当な理由なくして取引先を選別するようなことをしてはならない、という考えもあった。

二つ目の理由は、鶴彦の健康を案じたからである。

改めて鶴彦の健康には最大の注意を払わなければならないと思ったのは、作業が始まって十日ほど経った頃のことだった。

陣中見舞いの品を手に深川の店を訪ねると、

「いらっしゃいませ……あっ、服部さん」

帳場で店番をしていた鶴彦の新妻ふくが立ち上がった。

はじめて吉川時計店を訪ねた時は外出中だったが、あの日以来、何度か打ち合わせに足を運んだこともあって、いまではふくともすっかり顔馴染み(かおなじみ)だ。まだ十七歳と若いが、旧幕臣・敷山(しきやま)家の長女ということもあって、温厚な性格で、知性にも溢れたしっかり者である。

「やあ、ふくさん。お元気そうですね」

笑顔を浮かべた金太郎に、

「お陰さまで、主人も熱心に仕事に励んでおりまして……」

天井越しに旋盤の回る音と金属が削られる甲高い音が絶え間なく聞こえて来る仕事場に、ふくは目をやる。

「無理なお願いをお聞き届けいただき、ご主人には本当に感謝申し上げているのです。仕事を引き受けていただけなかったら、どうなっていたことか……」

本心からいった金太郎だったが、

「そんな、お礼を申し上げなければならないのは、私共の方です」

ふくは、滅相もないとばかりに真顔になると、「主人も本当に感謝申し上げておりまして……。正直なところ、開業したものの、地縁のない場所でのことでございましたので、なかなかお客さまが来て下さらなくて……。口にこそいたしませんでしたが、主人も先行きに不安を覚えていたと思うんです。そんなところに、これほど大きなお仕事を頂戴できて、主人もまるで別人みたいに、活き活きとして……」

今度は一転、安堵と嬉しさの籠もった笑みを浮かべる。

「それならいいのですが、ご主人は大病をなさってから間もないのです。くれぐれも無理はなさらないよう、お願いいたします」

「その点は、私も少し気にはなっているのですが、主人は本当に細工や、機械いじりが好きなもので、もう夢中で早朝から夜遅くまで、仕事場に籠もりきりで……」

喜ぶべきなのか、案ずるべきなのか、ふくは複雑な表情になる。

「早朝から夜遅くまで、ですか……」

人間、好きなことに熱中すれば、気丈でいられるものだが、体はそうはいかない。気づかぬうちに疲れが溜まり、悲鳴を上げる時が来るのが常である。

「ちょっと、お邪魔します」

勝手知ったる他人の家というやつだ。

金太郎は靴を脱ぎ、帳場に上がると、仕事場がある二階に向かった。

その間にも、旋盤の回る音、金属の削れる音は止むことがない。

「吉川さん、服部です。入りますよ」

声を掛けた金太郎は、襖を開けた。

音が止み、振り向いた鶴彦と目が合った。

「ああ、服部さん、いらしてたんですか」

「体が空いたもので、ちょっと陣中見舞いにと思いましてね」

「どうですか、時計の方は。もう店頭に並べられたんでしょう？」

どうやら、鶴彦は売れ行きが気になって仕方がないらしい。

「上々の滑り出しです。四日前に店頭に並べて以来、一日一個から二個は売れています。評判が広まるのはこれからです。いずれ、品不足になるでしょうが、その時は予約で対応しますので、ご心配はいりませんよ」

金太郎は嘘をついた。

一定の数量に達した時点で、東京、および関東の時計店に案内状を送り、内覧会を開く心づもりで、四日前に鶴彦から受け取った十二個の懐中時計は、店の保管庫に仕舞ったままだ。

「そうですか」

売れ行き好調と聞いて顔を綻(ほころ)ばせる鶴彦は案の定、「私も、もっと頑張らなければなりませんね。予約しても、お渡しが遅くなってしまったのでは、お客さまも他の時計に目が行ってしまうかもしれませんから」

　ますます仕事に熱を入れようとする。

「その点も、ご心配はいりません」

　内心では慌てた金太郎だったが、努めて冷静にいった。「ナナコ彫りを施した舶来品の懐中時計は珍しくありませんが、あの値段でとなると、うちでしか買えませんからね。そりゃあ、出来上がるまで待ちますよ」

「でも、支払いのことを考えれば、服部さんだって、全量が早い内に捌けるに越したことはないでしょう？」

「それはそうですが、吉川さん、最初に申し上げたはずです」

　金太郎は、ぴしゃりといった。「お体と相談しながら、無理なき程度の数量を随時納めて下さるだけで結構ですと。第一、無理がたたって、床に伏されでもしたら、入荷が停まってしまうじゃありませんか。私共にとっても、お客さまにとっても、そちらの方が迷惑ですので」

　金太郎は半ば冗談、半ば本気でいった。

「体のことなら大丈夫です。この仕事が楽しくてしょうがないんです。ほら、病は気からというじゃありませんか。それに、毎日同じ柄を彫っていれば、体が覚えてしまいます。早晩、仕事も捗るようになるでしょうし――」

　腕は立つし、創意工夫に優れた鶴彦のことだ。コツを覚えれば、確かに仕上がる時計の数は増えていくだろう。二個だったものが三個になれば、次は四個、そして五個と、欲を出すのが優れた職人、技術者の性(さが)である。

「吉川さん……」

金太郎は、鶴彦の言葉を遮った。「一日二個、ひと月で六十個。仮に五十個だとしても、全量が仕上がるまでに十ヶ月。その間、確実に時計が捌けていけば、売上げも立つし、利益も得られます。それに、こういっては何ですが、いまの場所に店を移して以来、売上げが格段に伸びましてね。五百個の仕入れ代金を先に支払ったところで、うちはびくともしません。ですから、どうか支払いのことはご心配なさらずに」

金太郎はまた嘘をいった。

正直なところ売上げが一銭も立たない商品を、しかも五百個も抱えてしまうと、さすがに資金繰りには厳しいものがあった。しかもこの間に、店が手狭になったこともあって、銀座四丁目に新店舗を構えた。かなりの資金を費やした上に、開店に際しては、新たに店員を三名雇用した。店舗の月々の家賃、店員への給金は待ったなし。売上げが落ちようものなら、たちまち資金は枯渇する。服部時計店は、まさに綱渡りの状態にあったのだ。

しかし、それもやむを得ないと金太郎は考えていた。

もとよりのるか反るかの大博打を打ったのだ。それに鶴彦が、自分の夢を叶える上で必要不可欠な人物になるという確信は些かも揺らいではいない。

もしここで、思い通りに事が運ばなければ、自分はそれだけの人間なのだ。一介の時計商で終わる人間だったと諦めるしかないと、金太郎は覚悟していた。

「びくともしないって……凄いですね……」

鶴彦の目に、驚きと羨望の色が浮かぶ。

嘘を重ねてしまったことに疚しさを覚えたものの、これも鶴彦の健康を案ずればこそのことだと、金太郎は自らにいい聞かせ、

「だから、くれぐれも無理はなさらないで下さいよ。吉川さんが無理を重ねたあげく、床に伏すようなことにでもなれば、ふくさんに申し訳が立ちません。あなたが、まず第一に考えなければならないのは、健康な日々を送り、ふくさんを幸せにしてあげることです。男が仕事に励めるのも、支えてくれる女房どのがいればこそ、幸せであればこそのことなのですからね」

諭すようにいった。

「服部さん……」

鶴彦の眼差しが、微妙に変化する。

それを見て取った瞬間、鶴彦は嘘を見抜いている、と金太郎は直感した。

小さな店とはいえ鶴彦も経営者、一国一城の主である。商売が回るのも、仕入れ代金を上回る売上げがあればこそ。繁盛しているとはいえ、大量に仕入れた時計の大半が長期に亘って在庫となれば、経営に大きな負担となることを間違いなく承知しているはず

だからだ。

「だから吉川さん。仕上げる時計は一日二個でいいのです。いや、二個にして下さい。増減したり、吉川さんが体調を崩されて作業が停まってしまうよりも、一日二個、週に一日は休んで月に五十個、確実に納品していただける方が、こちらも販売しやすいし、資金繰りの算段もつけられますので」

それでも何かいおうとする鶴彦に向かって、金太郎は続けた。

「これは、経営的見地からお願いしているのです。先に申し上げたように、在庫がない場合は、予約にすればいいだけです。お客さまには、お渡し日をお伝えすることになりますが、その日を一日たりとも違えないことが、店の信用に繋がるのです。商売において、最も大切なのは、お客さまの信頼を得ること。それすなわち、約束を確実に履行することなのですから」

5

鶴彦は、確実に一日二個の時計を完成させた。

百五十個の在庫が確保できた時点で、金太郎は関東の時計商に案内状を送付し、鶴彦が仕上げた懐中時計の内覧会を開催した。

見事なナナコ彫りが施された懐中時計が、輸入された時点では無地の普及品だと見抜く者は皆無で、どうしてスイスの時計製造会社が和風の彫りを、と驚愕することしきりであった。

もちろん、商談は好調で、服部時計店が自店販売用に確保した五十個を除く、百個は即完売。内覧会は大成功を収めた。翌日から店頭販売を始めると、一日、三個、四個と売れ、販売開始から十日もすると在庫も尽きかけ、金太郎は見本の二個を残し、予約販売へと切り替えた。

同業者からの追加注文も相次ぐ盛況ぶりは、金太郎の読み通りの展開となったのだったが、成功を目の当たりにすれば後を追う者が現れるのが商売の常である。

完成品は三日に一度、従業員の豊吉が深川に出向き、受け取ってくるのだったが、同業者の不穏な動きを金太郎に報告してきたのは、販売開始から半月が経った頃のことだった。

「社長、今日吉川さんの店に、浅草の中鉢（ちゅうばち）さんが来ていましたよ」

店に戻った豊吉が、硬い表情で声を潜めた。

「中鉢さんが？」

浅草の中鉢といえば、東京でも五指に数えられる大店だ。

銀座は東京一の繁華街だが、東京一の娯楽街といえば浅草だ。しかも、高級店が軒を連ねる銀座で買い物を楽しむのは主に富裕層だが、浅草は一般庶民がそれに加わるのだから人出は銀座の比ではない。

そんな地域特性と客層の下、大店として東京の時計商の中でも揺るぎない地位を確立しているのが中鉢時計店である。その店主・中鉢が鶴彦を訪ねたとなれば、目的は一つしか思い当たらない。

「まさか、中鉢さん、吉川さんにナナコ彫りの仕事を依頼しようとしてるのでは……」

豊吉は実直な男だし、仕事の飲み込みも早く、勘所を押さえるのにも優れている。木挽町に移転した際の採用だから、入店して四年が経つが、金太郎が留守をする時には、番頭格として店を差配する立場にある。

「まあ、そんなところかもしれないな」

落ち着き払って返したものの、内心では金太郎も穏やかではいられない。

中鉢時計店の資金力は服部時計店の比ではない。政界にも顔が利くという話を耳にしたこともあるし、浅草に店を構えているだけあって、相当な粋人だとも聞く。浅草と深川とは花街という共通点があり、中鉢はそこでも人脈を築いているだろうから、彼に仕事を依頼されれば鶴彦も断ることができないのでは、と不安になったのだ。

「社長、コロン商会には、すでに懐中時計の追加発注は済ませておられるんですよね」

「ああ……取りあえず七百個の発注を済ませたばかりだ」

「それなら、大丈夫ですね。仮に中鉢さんが、吉川さんを引き抜いたとしても、スイスの時計会社がうちの発注分を製造し終えるまでには、一年やそこらはかかりますからね。中鉢さんが、これから発注しても、日本に到着するのは、大分先の――」

「無地物の普及品なんて、懐中時計を製造している会社なら、どこだってすぐに造れるさ」

豊吉の言葉を遮った金太郎だったが、「構造は既存の量産品と同じでいいんだし、側はそれこそ無垢だ。それに、大量に発注すれば、製造会社だって願ったり叶ったり。ふたつ返事で応じるさ。まして、中鉢さんが発注するなら支払いに間違いはないからね。外国商館だって――」

そこで、はたと思いつくことがあって言葉を呑んだ。

普及品の無垢の懐中時計に彫りを施し、付加価値を高めることで、より高い利幅を確保する。

金太郎が考えた、この目の覚めるような発想は、国内の時計商のみならず、外国商館の間でも評判になっているという話を英恭から聞かされていたからだ。

しかも売れ行きは絶好調。客の間でも、評判が評判を呼び、なかなか手に入らないということもあって、質屋でも販売価格よりも高値で取引されているとも聞く。

この商機を外国商館が逃すはずがなく、国内の有力時計商に好条件を提示し、大量受注の獲得に動きはじめていると英恭はいったのだ。

ひょっとすると、国内の有力時計店とは中鉢……。

果たして、豊吉はいう。

「もし、そうだとすれば、機械でナナコを彫れる職人は、東京広しといえども、吉川さんぐらいのものですからね。それに、うちの仕事をしていただいて、作業には慣れていますし……」

もはや豊吉の言葉など耳に入らない。

鶴彦だって商人だ。そして人の子である限り欲もある。金太郎が提示した手間賃よりも、より高い金額を提示されれば心が揺らぐかもしれない。いや、揺らいで当然なのだ。もし、ここで鶴彦を引き抜かれでもしたら……。

金太郎は鶴彦に会って、直接問うてみたい気持ちに駆られた。

しかしすぐに思い直して、今後の動きを見守ることにした。

健康への不安から、大仕事を断ろうとした鶴彦が、高額な手間賃に魅せられ、中鉢の申し出を引き受けるだろうか、と思ったからだ。

まして、唯一無二の生涯の盟友になると確信した人物である。

事の次第を問うということは、鶴彦に抱いた己の確信に疑いを持つということだ。信じたからには最後まで信じるべきなのだ。それほどの度量なくして、大事業を成しとげることなどできるものか。

金太郎は、一瞬でも鶴彦に疑念を抱いてしまったことを恥じ、

「いずれ分かるさ……」

豊吉に短く告げ、話を終わらせた。

6

ふくが服部時計店に金太郎を訪ねてきたのは、最初に仕入れた五百個の時計の細工が、終盤に差し掛かった頃のことだった。

本来なら、豊吉が時計を受け取りに行くのだが、「明日は主人に急な用事が入ったので、店を休むことにしたのです。たまには銀座にでも出かけたらと申すものですから、ついでといっては何ですが、お届けに上がりました」といって、予定の引き渡し日よりも一日早く、届けに来たのだ。

東京は早朝からの雨である。深川から銀座まで歩いて来たふくを、このまま返すのも忍びない。それに、ふくと会ったのは、細工に取りかかった直後、吉川時計店を訪ねて以来のことだから、九ヶ月ぶりになる。

「そうでしたか。雨の中、わざわざ恐れ入ります」

金太郎は、ふくが差し出す風呂敷包みを受け取りながら、「お茶でも飲んでいかれませんか。すぐに支度させますので」

店の奥の商談室に案内した。

机の上に風呂敷包みを置いた金太郎は、

「拝見させていただきます……」

と断りを入れ、仕上がりを検めにかかった。

やはり……。

手渡された時に包みの大きさから察しはついたが、包みの中には六個の箱がある。

「服部さんからは、一日二個を確実にといわれておりましたが、主人もすっかりこの仕事に慣れた様子で、本当は四個でも無理なくこなせるのだと申しまして……。こちらの都合でご迷惑をおかけするわけにはいかないと、約束の個数だけはと……」

鶴彦のことだ。九ヶ月も経てば、一日四個程度なら無理なくこなせるほどに腕を上げたろうが、何とも律儀な男である。

「ご主人は、お変わりありませんか？」

「お陰さまで……。病の方も再発の兆しは全くなくて、最近では、お約束の二個は昼過ぎには仕上がってしまうものですから、残りの時間を旋盤の改良に当てているようでございまして」

「旋盤の改良に？」

「服部さんから、引き続き七百個の注文を頂戴いたしましたでしょう？　旋盤の性能が上がれば仕事は捗る。それなら、ご心配いただくまでもなく、お納めする時計の数も増やせると申しまして……」

……。

「時間に余裕がおありでしたら、他所さまの仕事を引き受けられてもいいでしょうに……。ご主人が細工された時計は、どこの店でも欲しがるはずですが？」

ふくは、少し困惑した様子であったが、

「服部さん、中川さんからお聞きになっていらっしゃいますでしょう？」

上目遣いに金太郎の反応を窺うような眼差しを向けてきた。

白を切るのも面倒だ。

「中鉢さんが、店をお訪ねになったことですね」

金太郎は、正直にこたえた。

「中鉢さんからも、ご依頼をいただいたのです……。無垢の懐中時計を外国商館から仕入れるので、裏面にナナコ彫りの細工を施して欲しいと……」

結果は聞かずとも分かる。

「吉川さんは、お断りになったのですね」

「ええ……」

「なぜです？　中鉢時計店ほどの大店が依頼するなら、うち以上の条件を提示なさったのでは？」

「主人は、おカネの問題ではないと申しまして」

あっさりと返してくるところを見ると、ふくも鶴彦の考えに納得しているのだろう。

果たして、ふくはいう。

「主人が申しますには、服部さんがお考えになった商いだからと……」

「そんなことをいい始めたら、どんな商いだって同じじゃありませんか。懐中時計に彫りを施すのは、洋の東西を問わず広く行われていることですし、私だって、それを真似ただけのこと。まして、中鉢さんが私よりも、高い手間賃を提示してきたのは、それだけご主人の腕を高く評価していればこそのことではありませんか」

「性能は良くとも無垢の普及品では売れないと、誰も見向きもしなかった時計に命を吹き込んだのは、服部さんでございます」

　ふくはきっぱりといい切り、続けた。

「それに、手間賃を上げれば、その分販売価格も高くなる。主人は双方の店にお納めする細工に差をつけるつもりはない。つけるわけにもいかないし、差をつける腕もないと申しまして……」

　ならば、中鉢の仕事を取り、服部時計店の仕事を断ることもできたはずだ。

　金太郎が、ついぞその言葉を口にできなかったのは、鶴彦の人間性に改めて感服し、感動を覚えたからだ。

「そうでしたか……」

　そうこたえるのが精一杯の金太郎に、

「服部さん、前にお店を訪ねていらした時、主人に嘘をつかれましたでしょう？」

　ふくは、柔らかく微笑んだ。

「えっ？」

「自分が細工したとなると、やはり売れ行きが気になるようで、お客さまの様子を見てきてくれないかと主人に命じられて、私、あの翌日にここをお訪ねしたのです。そうしたら、それらしき時計はどこにも見当たらないんですもの」

「いや、それはですね……」

まさか、ふくが様子を見にきていたとは……。

さすがに慌てた金太郎だったが、

「服部さんは、主人の体を本当に案じて下さっていたのですね」

ふくは、しみじみという。「私も商人の妻でございます。売れる商品は少しでも多く、かつ商機を逃すまいと、できるだけ早く入手したいと思うもの。まして、服部さんは、仕入れた五百個分もの時計の支払いをひと月以内に行わなければならなかったのでございましょう？　なのに、主人の体を第一と考え、急がせず、焦らせず、十分な在庫が溜まるまで、じっと待って下さったのですね」

ここまでお見通しならば、もはや隠し立てすることもない。

「ふくさん……。これは、吉川さんには申し上げたのですが、私には夢があります。その夢がなんであるかは、敢えてお話しいたしませんが、夢を実現するためには、ご主人はなくてはならない存在なのです。虫のいい話に聞こえるでしょうが、ご主人と一緒に夢に向かって歩んでいきたい。私は、そう強く、切に願っているのです」

ふくは、黙って金太郎の話に聞き入っている。

金太郎は続けた。

「ご主人と共に歩みたいと決心した限りは、目先の仕入れ代金の支払いなど、大事の前の小事です。乗り越えられなければ、私はそれまでの男だったというだけのことと、腹を括ったのです」

おそらく、ふくは、すでに鶴彦から、金太郎が大志を抱いていることを聞かされていたのだろう。

果たしてふくは、静かに頷くと、

「実は、主人が中鉢さんからのお申し出をお断りしたのは、今、服部さんがおっしゃったことが理由なのです」

心底嬉しそうに微笑んだ。「中鉢さんは単に、旋盤を使ったナナコ彫りを施してくれる職人を求めているだけの、機を見るに敏なだけの商人で、話に夢というものが全く感じられない。でも、服部さんは違う。もっと、ずっと先を見据えた商売、いや事業を考えておられる。服部さんが必要として下さるのなら、自分も同じ夢を追ってみたい。一緒に実現してみたいと申しまして」

「ふくさん……」

感激の余り、次の言葉が続かない。

そんな金太郎に向かって、ふくはいった。

「妻の私から見ても、主人は本当に真面目で、誠実な人です。夫としては、申し分ないのですが、実直過ぎて、少々世渡り下手なところがございます。商人としての大成は難しいと感じておりましたが、服部さんと一緒なら、きっとお役に立てることがある。私は、そう信じているのです」

ふくは、そこで一旦言葉を切ると、椅子の上で姿勢を正し、

「夫としての吉川鶴彦はお渡しすることはできませんが、商人・吉川鶴彦は、服部さんにお渡しいたします。ですから、どうか主人のこと、くれぐれもよろしくお願い申し上げます」

丁重に頭を下げた。

7

明治二十三年（一八九〇年）一月五日。金太郎は、条吉に新年の挨拶をするために辻屋を訪ねた。

元日に条吉を訪ねるのは、年中行事の一つではあったのだが、今や金太郎も一国一城の主である。元日からの三が日は来客が多く、しかもことごとくが、まんが用意したお節を肴（さかな）に酒を呑む。特に、ナナコ彫りの懐中時計の卸を始めてからは来客が増えたこともあって、今年はついに五日になってしまったのだった。

「時に、服部君。新年早々生臭い話をするのも何だが、君を今度発足する東京時計業組合の幹事に推挙する動きがあると聞いたが？」

新年の挨拶が遅れた非礼を詫びた後、お節や酒膳を前にして粂吉が不意に問うてきた。

もちろん、金太郎も先刻承知である。

酒を呑まない金太郎であったが、屠蘇は縁起物である。形ばかりに口を付けた盃を膳に戻し、

「有り難いことですが、私はまだ三十一歳の若輩者です。組合の幹事は、荷が重すぎますし、店の切り盛りで精一杯で……。とても、そんな余裕は……」

金太郎は、正直にこたえた。

「何とも、欲のない男だねえ」

粂吉は、盃を一息に空けると、見事な蒔絵が施された輪島塗の銚子を手に取り、自ら酒を注ぐ。「組合の幹事になりたいやつはごまんといるが、推挙してくれる人間がいなければ、それも叶わない。三十一での幹事就任は異例の若さには違いないが、その歳でそれだけの人望を集めるのは大変なことなんだよ」

「おっしゃることは、ごもっともなのですが……」

金太郎は語尾を濁し、目を伏せた。

というのも、金太郎にはもう一つ、乗り気になれない理由があったからだ。

「どうした？　いつになく、歯切れが悪いじゃないか」

「はあ……」

理由が理由だけに、金太郎はますますこたえに窮した。

「出る杭は打たれるってやつか？」

粂吉は、盃を傾けながらいう。

「えっ？」

まさか、粂吉は知っているのだろうか……。

思わず視線を上げた金太郎に、

「玉屋の宮田さんから聞いたよ。会員の中に、君が幹事になるのを面白くなく思っている連中がいて、妙な動きをしているとね」

粂吉は、苦々しい口調でいった。

「宮田さんから？」

意外な名前を聞いて、金太郎は問い返した。

宮田藤左衛門は、時計輸入商として東京で五指に数えられる玉屋の経営者で業界の大物である。その藤左衛門が、なぜそんな話を粂吉の耳に入れたのか、俄には理解できなかったからだ。

「宮田さんから、動いている中心人物は中鉢さんだと聞かされたが、君、彼と何かあったのかね？」

「中鉢さんとは、業界の会合でお見かけする程度で、直接言葉を交わしたことはないのですが、例のナナコ彫りの時計を自分の店でも販売したいと、うちの彫りを請け負っていただいている吉川さんを、引き抜こうとしたことがありまして……。高額な手間賃を提示したらしいのですが、吉川さんに断られてしまったのです」

今日の粂吉の装いは、正月ということもあって、大島紬の和服である。

その袖に両腕を入れ、胸の前で腕組みをすると、

「なるほどねえ。そういうことか……」

合点がいったように、低い声で独りごちた。

それにもう一つ、中鉢が金太郎の幹事就任阻止に動いていると聞けば、思い当たる理由がないわけではない。

「中鉢さんは幹事になるのを望んでおられるでしょうからね」

金太郎はいった。「年齢的にも五十二歳と頃合いですし、なんといっても中鉢時計店は、浅草の大店です。吉川さんに仕事の依頼を断られて、ただでさえも面白くないところに、こともあろうに私を幹事に推挙する動きがあると知れば、そりゃあ何としても阻止せねばと思うでしょう。私には、中鉢さんの気持ちがよく分かります」

「よく分かる？」

粂吉は呆気にとられたように目を見開く。「いくら中鉢さんが幹事になりたくたって、推挙されなければ幹事にはなれんのだよ」

「ですから尚更幹事になりたいのではないのでしょうか。創立幹事の一人になるのは名誉なことですし、業界の有力者と認められることでもあるわけです。実際、私の就任阻止と同時に、推挙への活動にも熱心に取り組まれていると聞きますが？」

組合の幹事就任には全く興味はないが、人の口に戸は立てられないとはよくいったもので、候補に挙がっていることも含め、様々な話が人伝に聞こえてくる。中鉢が世話人たちに直接、あるいは間接的に、自分を推挙するよう様々な手立てを講じていることもだ。

「中鉢というのは、相当な間抜けだね」

粂吉は唾棄するようにいう。「宮田さんが、このことを私の耳に入れてきたのはね、君がここで働いていたことを知っていたからなんだ」

驚くような話ではない。金太郎の商人としての修業の第一歩が、辻屋であるのは、業界のほとんどの人間が知っていることだ。

粂吉は続ける。

「世話人の中では、君を幹事に推挙するということで一致しているそうでね。坂田時計店を辞するにあたっての善行は、業界じゃ知らない者はいないし、外国商館の信頼を得られたのも、約束は絶対に守るという信念を君が貫き通したが故であることもだ。人品骨柄、才気共に申し分なし。もらい火で店が全焼した時も、すぐに再建したし、今度は舶来品の無地物にナナコ彫りを施すことで、商品価値を高めただけに留まらず、卸業もはじめたしね」

こうも賞賛されると、どんな顔をしていいのか分からない。

身の置き所にすっかり困ってしまった金太郎は、「はあ……」と短く漏らし、俯いてしまった。

「宮田さんはね、改めて君の人品骨柄を私から聞いた上でこういったんだ。日本、いや少なくとも東京の時計商は古い業界の慣習を改め、新時代に備えなければならない。そのためには、新しい風を業界に吹き込む必要がある。その将来を自ら考え、実行し、成功を収め、さらなる躍進を遂げようとしている君は、業界が手本とする人物だ。是非とも幹事になって欲しいとね」

「しかし、辻さん……」

顔を上げ、話を続けようとした金太郎を遮り、粂吉はいった。

「なのに中鉢さんは、裏で動いてまで幹事になろうとする。全くの逆効果さ。宮田さんだけでなく、他の世話人の皆さんも、ほとほと呆れ果てているそうだよ」

「辻さん……。最初に申し上げましたが、やはり組合の幹事は、私には荷が重すぎます。店の経営で手一杯というのも本当のことですし、新しい風をと世話人の皆さんがおっしゃって下さるのは、本当に有り難いのですが、日本は長幼の序を重んじる社会です。若輩者が、業界のご重鎮たちの中に交じって何かを提案しても、耳を傾けて下さる方がどれほどいるか。まして、幹事は――」

「ある意味、名誉職的なものであることは百も承知さ。それでも、君は幹事になるべきだね」

粂吉は、またしても金太郎の言葉を遮った。

「しかし、中鉢さんを推挙しなければ……」

「何も困りはしないし、何も起こらない……」

粂吉は、ふふっと不敵な笑みを宿すと、盃に酒を満たした。

「どうしてです？」

粂吉は、金太郎の問いかけを無視して盃を一気に呑み干し、

「私が東京商工会の会員なのは知ってるね？」

と問うてきた。

「ええ……」

東京商工会は、明治十一年（一八七八年）設立の東京商法会議所を前身として十六年に創立された、東京でも屈指の、つまり日本屈指の財界人、実業家、五十名が会員に名を連ねる資本家団体である。

会員はもれなく大物ばかりで、第一国立銀行頭取の渋沢栄一、三井物産社長の益田孝、粉商の奥三郎兵衛等々、目が眩むような人物が名を連ねている。

「実は、渋沢さんが、君に興味を持っていてね」

その名前を聞いた瞬間、金太郎は茶碗に伸ばしかけた手を止め、

「渋沢さんって……あの渋沢栄一さんですか？」

目を丸くして問い返した。

「他に誰がいる。第一国立銀行の渋沢頭取だよ」

粂吉は苦笑する。

「どうして、渋沢さんほどの人物が私ごときに？」

粂吉は、金太郎を見つめると、一転して真顔でいった。

「私ごときというがね、君は自分で思っている以上に多くの人に注目されているんだよ。時計商業界のみならず、日本の実業界のお歴々にもね」

「私は一介の時計商ですよ」

「渋沢さんは、君の店で時計を購入したことがあったそうでね」

そんな話は初めて聞く。

「渋沢さんが？」

「服部時計店は、日の出の勢いで成長している。それでいて、店員は丁重に客に応対するし、購入後の面倒見もいいという評判を耳にして、興味を持ったというんだな」

粂吉は、嬉しそうに目を細めると自ら銚子を手にし、盃に酒を注ぎながら話を続ける。

「実際に行ってみると評判通り。店員の接客態度、言葉遣いは見事なものだし、店内の清掃も、陳列されている商品の手入れも行き届いている。それも客を値踏みしてのことではない。渋沢さんが見ても、冷やかしとしか思えない客にでも、丁重に応対している。実に、気持ちのいい店だと感心なさってね」

「辻さん、それは——」

酔いが回り始めているのか、いいかけた金太郎をまたしても遮って、粂吉は続ける。

「経営者の人となりは、従業員の仕事ぶりに表れると渋沢さんはおっしゃってね。会社に不満を持っていれば、どれほど徹底した教育を施そうとも、態度や言葉のどこかに、それと分かる兆候が出るものだが、服部時計店の従業員からは一切感じられない。あの店の雰囲気は従業員全員が、会社に誇りを持ち、経営者に絶対的な信を置いていればこそ。それすなわち、服部金太郎の人品骨柄の表れだとおっしゃってね」

「買いかぶりもいいところだと思いますが、もし、渋沢さんがそうお感じになったのだとしたら、それは旦那さまの教えの賜物です」

金太郎は久しぶりに粂吉を旦那さまと呼び、先ほど遮られた言葉の続きを話し始めた。

「辻屋にお世話になっていた当時、店に立つに当たっての心構えを旦那さまはこうおっしゃいました。辻屋の店頭に立つ者は、年齢、性別、身なり、貧富に関わりなく、来店者には最大限の敬意を払い、丁重な接客を行わなければならない。なぜなら、来店して下さるのも、辻屋に、そして辻屋の商品に興味を覚えて下さっているからだ。その中には、今は買えなくとも、いつか買いたいと夢見る人も数多くいるのだ。夢が叶って買える日が来た時に、買うなら辻屋で。そう思って下さる店であらねばならない。いまは冷やかしでも、いずれお客さまになる。そう思えば、冷やかしであろうと貧しかろうと、決して邪険にはできないはずだ、と……」

話を聞く粂吉の視線が、金太郎の瞳（ひとみ）に集中する。

そして、感極まったように、はあっと息を吐くと、

「君って男は……」

ぽつりと漏らした。

金太郎は続けた。

「実際、私も丁稚時代に様々な店を回りました。もちろん、買う当てがあってのことではありません。店の造り、商品の陳列の仕方、商いを学ぶためにです。買う気どころか、買えるわけがないのは、年の頃、身なりを見れば一目瞭然(いちもくりょうぜん)です。相手にしてくれないのはまだしも、中には小僧に買える品はない、眺めるだけは商売の邪魔だといって追い返す店員さえおりました。だから、旦那さまがおっしゃったことは、商人たる者の基本中の基本、旦那さまの教えを実行せずして成功はない。いずれ、開業した暁には、この教えを忠実に守らなければと心に刻んだのです」

粂吉は、すぐに言葉を返さなかった。

銚子を持ち上げ、盃に酒を注ぎ終えると、

「やはり君は、辻屋に留めておくような人間ではなかったんだな……。出して、正解だったよ……」

粂吉はしみじみといい、また小さく息を吐いた。「他人に教えるという行為は難しいものだが、他人から学ぶのもまた難しいものだ。他人が発した言葉を教えと取るのか、説教と取るのか、感じ方は様々だし、馬耳東風、さらりと聞き流して終わらせてしまう人間は実に多い。しかし君は違う。他人の言葉に耳を傾け、さらに己の人生に、事業に大切なものかどうかを見分け、取り入れる能力に長けている……」

　褒め言葉を聞くのは、やはりどうも苦手だ。

　金太郎は、黙って茶碗を手にし、茶を一口飲んだ。

　粂吉は続ける。

「自分で考え、こたえを見出すのは大切なことだし、価値ある行為には違いない。しかしね、先人が考え、見出したこたえには、耳を傾けるべき点があるのもまた事実。人生は長いようで短いものだ。白紙の状態から考えるよりも、先人の教えに従い、さらによりよいこたえを見つけるべく、そこから先を模索する方が、時間を有効に活用できるんだが、これができる人間は、そういないものでね……」

　粂吉は、そこで再び金太郎の視線を捉えると、

「渋沢さんは、君の才を見抜いたんだなあ……」

　感慨深げにいった。

「と、おっしゃいますと？」

「渋沢さんは、君を東京商工会の会員に迎えたいと考えているようでね」

　金太郎は、耳を疑った。

　時計業組合の幹事でさえ、重すぎる役職だと思っているのに、名だたる財界、実業界の重鎮ばかりで構成される商工会の会員なんて、とんでもない。第一、会員になりたいと熱望している財界、実業界の大物はごまんといるはずで、三十一歳の若造が、そんな

重責を担おうものなら、どんな目に遭うか分かったものではない。

「まさか。止めて下さい。冗談にしても度が過ぎますよ」

金太郎は鳥肌が立つのを感じながら、滅相もないとばかりに首を振った。

しかし、粂吉は本気のようだ。

「渋沢さんは、すでに君のことを調べたようでね。私に君の経歴、人柄を訊ねてきたんだ。そして、話を聞き終えたところで、こういったんだ。時計業界から会員になった人間はまだいなかったねと……」

「だからといって、私ってわけじゃないでしょう。だってそうじゃありませんか。私はまだ、三十一歳ですよ」

「渋沢さんは三十九歳で東京商工会の前身、東京商法会議所の会頭に就任したんだよ？　何も会頭になれっていってるわけじゃなし、一般会員なら三十一歳なんて問題にはならんさ」

「それは、渋沢さんが図抜けて優れていらっしゃったからで――」

「服部君……」

粂吉は、有無をいわさぬ厳しい口調で名を呼ぶと、続けていった。

「君は、このままただの時計商で終わるつもりはないんだろ？　辻屋を辞する時に君、いったよね。宝石は人間には造れないけど、時計は人間が造れる宝石なんだと」

「はい……」

「いずれ、時計の製造事業に乗り出すつもりなんだろ？」

「はい……」

「時計製造に乗り出すからには、多額の資金が必要だ。もちろん、いきなり大事業を手がけるわけにはいかんだろうが、工場建屋、設備、技術者、職人を国内で調達するだけでも、容易なことではない。最初は細々と、市場の反応を窺いながら、一歩一歩、規模を拡大していくことになるだろうが、いずれどこかの時点で、多額の資金が必要となる時が来るはずだ」

　確かに、粂吉のいう通りである。

「はい……」

　金太郎は頷いた。

「渋沢さんは、第一国立銀行の頭取だし、副会頭の益田さんは三井物産の社長だ。君が起こした時計製造会社が造った時計を、海外に輸出するようになれば、誰に頼るんだ？物産と縁ができれば、海外の販路も容易に開けるじゃないか」

　金太郎は、はっとして目を見開いた。

　粂吉はさらに続ける。

「ついさっき、私は白紙の状態から考えるよりも、先人の教えに従い、さらによりよいこたえを見つけるべく、そこから先を模索する方が、時間を有効に活用できるといったよね」

「はい……」

「それと同じことだよ。人脈を一から築くのは容易なことじゃない。財界、実業界にとなれば尚更だ。でもね、しかるべき人材が集う場に身を置ければ話は違ってくる。一日にして会員との縁ができ、親交が深まるにつれ知己となる。こんな機会は滅多にあるものではないし、誰にでも舞い込むような話ではない。これはね、服部金太郎を日本を代表する時計商にせんとする天命なんだ」

日本を代表する時計商。天命。

粂吉の発した言葉が、脳裏に突き刺さって離れない。

粂吉のいう通りかもしれないと金太郎は思った。

こんな機会はいくら欲しても、そう出合えるものではない。いや、出合えることが奇跡なのだ。もちろん、この機会を今後の事業に生かせるかどうかは、会員たちの眼鏡に適えばこそのことだが、みすみす機を逃すのは余りにも惜しい。

「いまのお言葉で、考えを改めました。もし、本当に、渋沢さんが推挙して下さるのでしたら、謹んでお受けしようと思います」

金太郎は凜とした声でこたえた。

「だから、中鉢さんのことなど気にすることはないんだよ。渋沢さんが時計業界の会員はいなかったねといったのは、君を念頭に置いてのことだ。しかし、さすがに業界の役職に就いてもいない人間を、いきなり会員にするわけにはいかないからね。だから君に組合の幹事になってもらわないと、渋沢さんも困るんだよ」

そこまでいえば察しがつくだろうといわんばかりに、粂吉はニヤリと笑う。

渋沢がその気になれば、中鉢が動いたところで、どうなるものでもない。組合の世話人の中に、異を唱える者がいたとしても、同じだといいたいのだ。

無言のまま頷いた金太郎に向かって、

「下戸の君に、酒を勧めるのは何だが、どうだ前祝いといこうじゃないか」

粂吉は銚子を持つと、金太郎に盃を差し出すよう促した。

粂吉は金太郎が手にした盃に酒を注ぎ足し、返す手で自らの盃を満たす。

「楽しみで仕方がないよ。君が、どこまで大きくなるのかがね……」

目を細める粂吉に向かって金太郎はいった。

「ご期待に添えるよう、粉骨砕身、不退転の覚悟をもって、事業に邁進いたします」

「期待しているよ。まずは、改めて新年おめでとう。そして、君の将来に……」

「生涯の師と仰ぐ、辻さんに出会えた幸運に感謝して……」

金太郎は、目の高さに盃を掲げると、盃の中の酒を一気に呑み干した。

第四章

1

「大変な繁盛ぶりですね。文字通りの千客万来。いや、驚きました」

明治二十五年（一八九二年）一月五日。服部時計店の商談室に通された吉川鶴彦は、開口一番目を丸くして感嘆した。

「年末に比べれば、これでも大分落ち着いているんです。やはり餅代が入る暮れは、一番の書き入れ時ですからね。ただ、ゲン担ぎなんでしょうかね。最近では新品を買うなら年頭にというお客さまが増えているようでして」

「それにしてもです。今日は事実上の仕事始めじゃありませんか。なのに、こんなにお客さまが押しかけて来るなんて、やはり銀座は違うんですねえ……」

正月休みも三が日まで。四日は仕事始めとなるのだが、役所はともかく会社の場合、四日は職場の同僚と新年の挨拶を交わしながら屠蘇を呑むだけで、本当の仕事始めは翌日となる。

　それゆえに、五日となるとどこの商店でもめっきり客足が落ちるのが常で、特に高額商品が多い時計店はその傾向が顕著に表れるのだが、服部時計店の盛況ぶりは他店と比べても群を抜いていた。

「それもこれも、吉川さんが細工を施した、ナナコ彫りの懐中時計のお陰ですよ」

　金太郎はいった。「あの商品は相変わらず大評判で、予約をなさってもご用意できるのはいつになるか分かりませんと申し上げると、その場で他の商品をお買い求めになるお客さまがかなりおられましてね。お陰さまで、輸入品の売れ行きも好調でして」

　そこで、金太郎は姿勢を正すと、

「本当にありがとうございます」

　心の底から礼をいい、椅子の上で上体を折った。

「いや、お礼を申し上げなければならないのは私の方です」

　鶴彦は、滅相もないとばかりに慌てて金太郎を制する。「この四年、収入に些かも不安を抱くことなく暮らしてこられたのは、この仕事をいただけたからです。本来ならば、我が身に鞭打って一つでも多くの時計をお納めしなければならないのに、社長のご配慮に甘え、十分な数をお納めできなくて、本当に申し訳ないと思っております……」

「何をおっしゃいますか。旋盤に改良を重ねられた結果、最初のうちは一日に二個だったのが、いまや五個にまで増えているではありませんか。お陰さまで、卸先の時計店の追加発注にも、僅かながらもおこたえできるようになりました。吉川さんの技能もさることながら、常に改良、改善を心がける仕事への取り組み方に、私は心底敬服しているんです」

「そんな……」

すっかり恐縮する鶴彦に、

「ところで、今日おいでいただいたのは他でもありません。そのナナコ彫りの懐中時計の件で、ご相談したいことがありまして……」

「年明け早々に、お目にかかってご相談申し上げたいことがある。四日は仕事始めで、なにかと慌ただしくしているので、五日に銀座の店にご足労願いたい」と鶴彦の下に使いを出したのは、昨年の暮れのことだった。

金太郎が呼び出すからには、相応の理由があると踏んでいたのだろう。果たして、鶴彦の表情が引き締まり、椅子の上でピンと背筋を伸ばし、真剣な眼差しで金太郎を正面から見据えた。

金太郎はいった。

「実は、ナナコ彫りの懐中時計は、現在ある無地物在庫への彫りを終えた時点で販売終了にしたい、と考えておりまして」

「えっ?……」

鶴彦は表情を硬くし絶句する。

それも、無理からぬことである。無地物の在庫は、すでに百に満たず、ひと月もしないうちに、仕事がなくなってしまうからだ。しかも、鶴彦はナナコ彫りの仕事に専念していることもあって、収入のほとんどをこの仕事から得ているのだから、まさに死活問題である。

無言のまま、次の言葉を待つ鶴彦に向かって、金太郎はいった。

「時計の製造を始めようかと……」

得心したとばかりにこくりと頷き、口元に笑みを浮かべる鶴彦に、金太郎は続けた。

「吉川さんに、ナナコ彫りの仕事を依頼した際に、私には夢があると申し上げました。そして、いまはそれを語る時ではない、語れば無責任に過ぎるとも」

「ええ……覚えています……」

「吉川さんのお力添えのお陰で、服部時計店も急成長を遂げ、たった四年の間に私自身も東京では十指に数えられる輸入時計商になりました。そして、東京時計業組合の幹事、東京商業会議所の会員にも就任しました。もちろん、二つのお役目は全く想像だにしなかったこと。まさに青天の霹靂以外の何物でもありませんでしたが、これもまた吉川さんと巡り合い、仕事を共にすることができたからこそのことです。吉川さんの存在なくして、私はもちろん、服部時計店の今はなかったのです。だから、確信したのです。吉川さんとなら、夢を叶えられると……」

鶴彦の瞳が炯々と輝き出す。心底嬉しくて堪らないとばかりに、満面に笑みを浮かべ

ると、

「そのお言葉を待っていました……。ずっと……」

感極まったように、声を震わせた。

「というと、私の夢が何であるのか、気がついておられたのですか？」

「そりゃあ、分かりますよ。社長ほどの事業家が抱く夢というなら、時計製造以外にないでしょう」

鶴彦は、呵々と笑い声を上げる。

こんな鶴彦の表情は初めて見る。

それが何とも嬉しくて、金太郎も、

「参ったなあ……。先刻お見通しかあ」

後頭部に手をやり、苦笑いを浮かべた。

「それで、私に何をやれとおっしゃるのですか？」

「服部時計店の中に、販売部門とは別に、時計製造部門を設立します。そこの技師長をお引き受けいただけないかと……」

「販売部門とは別に……ですか？」

「服部時計店は販売が本業です。製造工場の従業員とは業務内容が異なりますから、給与体系を一緒にすることはできません。それに、製造部門は、研究開発に設備とこれから多額の資金を要します。正直申し上げて、製造部門が利益を上げるまでには、時間もかかるでしょう。その間、時計店の利益で製造部門の赤字を穴埋めすれば、従業員の間から不満の声が上がるかもしれません」

「おっしゃるとおりですね。本来ならば自分たちの餅代、氷代に反映されるはずの利益が、製造部門に回されたとなれば、販売に従事している従業員は面白く思わないでしょうからね」

「それと別にするのは、もう一つ理由があって、二つの部門は家族ですが、家族の中で競い合い、切磋琢磨(せっさたくま)していくこともまた必要かと考えまして」

「お考えは十分理解いたしました。異存はございません」

快諾してくれた鶴彦だったが、事前に解決しておかなければならない問題がある。

そこで金太郎はいった。

「ただ、そうなると吉川時計店の営業は継続できなくなってしまいます。いうまでもなく、私は時計の製造を手がけた経験はありません。もちろん、吉川さんとなら成功すると確信していますが、万事において想定外の事態は起こり得るもの。最悪の場合、服部時計店の経営が傾くこともないとはいえません」

「つまり、その時、店を畳んでいたら、帰る場所がなくなってしまうことをご心配なさっているのですね」

「ええ……」

鶴彦は視線を落とし、思案するように沈黙したが、すぐに視線を上げ、微笑を浮かべながら、静かにいった。

「店は弟に任せましょう」

「弟さんに?」

鶴彦に鉄工所で働いている双子の弟がいることは、随分前に聞かされていた。鶴彦の弟ならば、兄同様腕も立つだろうし、人柄も申し分ないだろうが、そのような人材は、どこでも貴重な戦力。いや余人をもって代えがたい存在のはずである。

「しかし、弟さんに辞められたのでは、先様も困るのでは……」

「そろそろ独立しようかと相談を受けていたところなんです。先方のご主人も、すでに弟の意向は承知しておられますし、弟にとっても私の店を継ぐのなら、開業資金も全くいりません。まさに願ったり叶ったり、快諾してくれるでしょう」

鶴彦は案ずるなといわんばかりに胸を反らすと、「いざとなれば、弟と一緒に今の時計店をやればいいだけのこと。万が一の時には帰る場所がありますので、どうかその点はご心配なさらずに……」

口元から白い歯を覗かせた。

まずは、万が一の時の備えに目処がついたことに、安堵した金太郎は話を転じた。

「となると、吉川さんの給金ですね。正直申し上げて、幾ら出せばいいのか皆目見当がつきません」

金太郎は、そう前置きすると直截(ちょくせつ)に問うた。「いったい、どれほどの給金をお出しすればよろしいでしょうか」

「そうですね……」

鶴彦は短い間を置くと、「三十円もあれば、結構です」

明確に金額を提示してきた。

かつて、服部時計店よりも高額な手間賃を提示した中鉢の申し出を断ったことからも、鶴彦はカネでは動かぬ男だと分かっていたが、それにしては、はっきりいうものだと金太郎は少し意外に思った。しかし、確かに絶妙な金額ではある。

服部時計店は、いまや紛れもない大店だ。しかも新たに設ける時計製造部門の技師長である。口にこそ出さなかったが、服部時計店にとっては社運を賭けた大事業の最高責任者への就任を請うたのだ。本来ならば職責に相応しい金額をもって迎え入れるべきなのだが、事業の成否に目処がつかぬうちに端から高額な報酬を提示すれば、鶴彦も負担に感ずるだろう。いや、鶴彦のことである。逆に常人ならば到底同意できない低金額を提示しても、カネの問題じゃないとばかりに「それで結構です」というのは目に見えていた。

そこで、敢えて鶴彦に問うてみたのだったが、巡査の初任給が月俸八円。小学校教員が五円。十円あれば申し分ない生活ができるという時代であるが、鶴彦の職責を考えれば、三十円は高過ぎず、安過ぎず。金太郎の胸中を瞬時にして察したような金額を提示してくるとは、さすが鶴彦だ。

「分かりました。では、当面の間は月額三十円でお願いいたします」

金太郎が、ふたつ返事で快諾すると、

「それで、最初に製造を手がけるのは、どんな時計になるのでしょう。社長に初めてお目にかかったのが四年ほど前。その時点で、いずれ時計の製造に乗り出すことが夢であったのですから、お考えはお持ちなんでしょう?」

やはり、鶴彦はカネの話は苦手とみえて、早々に話題を転ずる。

「まずは、掛け時計の製造から始めようと考えています」

金太郎はいった。

掛け時計は、壁や柱に設置する振り子時計のことで、一般的には「ボンボン時計」と称される。

懐中時計は人気商品だが、値が張ることもあって、一家の主が持つのが精々だ。しかし、万事が時間で動く社会において、正確な時刻を知る必要性は高まるばかり。そこで、家族全員が正確な時刻を知る時計として、まずは一家に一台。となると、真っ先に購入するのが掛け時計で、服部時計店が扱う時計の中でも、最大の主力商品である。

もちろん、そんな説明は鶴彦には不要だ。

「なるほど」

果たして鶴彦は頷くと、「懐中時計に比べれば、部品は大きいし、点数も少ないですからね。いいと思います」

早くも現場を預かる総責任者の顔になって同意する。

「工場用地の物件探しはこれからですが、この事業を始めるに当たっての資金は、全額、自分の資力が許す範囲でと考えていましてね」

「全額を……ですか？」

鶴彦は、少し驚いた様子でいい、「社長は、どれほどの資金が必要だとお考えなのですか？」

と問うてきた。

「五千円から一万円といったところでしょうか」

鶴彦は沈黙した。

深川の小さな時計店の主にしてみれば、途方もない金額である。それを、「自分の資力が許す範囲で」ということは、たとえ事業に失敗したとしても、会社としての服部時計店の経営には何一つ影響を及ぼすことなく、片が付けられるだけの財をすでに築き上げていることを意味するからだ。

それに、今や金太郎は東京商業会議所の会員である。東京商業会議所は、東京商工会を前身として明治二十四年（一八九一年）に設立され、会頭は第一国立銀行頭取の渋沢栄一だ。他にも、財界の重鎮がきら星のごとく名を連ねているのだから、融資を打診すれば、ふたつ返事で引き受けてくれるだろうに、と思ったのかもしれない。

「この際ですから、吉川さんには、私の考えを全てお話ししておきます」

金太郎は、そう前置きすると続けた。

「この業界に身を置いて十八年。その間に、日本の社会は劇的に変化しました。江戸の時代からすれば、今の日本の近代化ぶり、発展ぶりは、まさに隔世の感がありますが、翻って時計業界を見ると、国内で販売される時計は外国製品が主流で、国産品は本当に少ないままなのです。私はねえ、常々それが悔しくて仕方がありませんでね。時計の製造は単に人手があればいいというものではありません。高い技術力が必要で、そして商品には高品質、かつ高い信頼性が求められる。つまり、時計製造に携わる人間は、高度な技術を修得し得る能力だけでなく、さらに勤勉な労働者たるための教養と道徳性を身につける必要があると考えているのです」

鶴彦は、黙って話に聞き入っている。

金太郎は続けた。

「製造に携わる従業員を、単なる労働力とみなしてはならないのです。しかし、今の日本社会を見ると、義務教育は尋常小学校の三年か四年のみ。大半は卒業と同時に学業の場から離れ、家業に従事するか、丁稚奉公に出てしまう。知は人間が社会を生き抜くための唯一の武器です。社会環境が激変していく中にあっては、尚更重要な意味を持つものなのです。そして、知の集積が国家を支え、未来を切り開くと私は考えているんです。この新事業を通じて、時計製造に従事する者たちに、技術の修得のみならず高い教養を身につけさせ、知を磨く環境を整えることができれば、服部時計店のみならず、従業員のため、ひいては国のためになるのではないか。いずれ日本が、西洋諸国と肩を並べる国になる礎となるのではないか。そう考えているのです」

「社長……」

鶴彦は椅子の上で身を乗り出し、膝においた拳を握りしめ、感極まった様子で絶句する。

「まあ、私の勝手な夢ですがね……」

金太郎は苦笑すると、「だから、自分のカネでやらなきゃ駄目なんです。自分のカネなら、どう夢を追おうと勝手ですが、他人様(ひとさま)からお借りしてとなると、そうはいきませんからね。まして、夢が叶うかどうか分からん事業に、投資する人はいませんし、叶わなければ借金が残るだけ。まさに、兵(つわもの)どもが夢の跡なんてのはごめんですからね。私はね、これでも結構小心者なんですよ」

話に聞き入っている鶴彦の表情に照れくさくなって、呵々と笑って見せた。

「小心者……ですって？」

本当は「どこが」といいたかったのだろうが、鶴彦の眼差しには、改めて金太郎に巡り合った幸運に感謝するかのような熱気が籠もっていた。

「吉川さん」

金太郎はいった。「最初は私の資力が許す範囲でと決めたのには、今いったことに関連して、もう一つ理由がありましてね」

「ナナコ彫りを施す無地の懐中時計、最初にコロン商会を通じて輸入した数量を覚えていますね」

「それは、どんな？」

「もちろんです。五百個からはじめましたよね」

「それが、二回目は七百個、最終的には千個にまで増えたわけですが、製造元のスイスの時計製造会社は、一度も納期に遅れたことはありませんでした。それも、世界中から発注を受けているにもかかわらずです。つまり、その何倍、ひょっとすると何十倍もの製品を造れる製造能力をすでに、あの会社は持っているわけです」

鶴彦は、金太郎が何をいわんとしているか気がついているはずだが、言葉を発しない。

金太郎は続けた。

「日本の時計製造会社には、そんな生産能力はありません。日本と欧米諸国の工業力には雲泥の差があるのです。つまり、服部時計店が海外の時計製造会社に伍して戦おうと思うなら、最新式の機械を導入し、少なくとも同程度の生産能力を持たねばならないのです」

果たして鶴彦は頷く。

「おっしゃる通りですね。日本の時計製造会社の手法を踏襲したのでは、生産力の向上は見込めませんし、より多くの時計を製造するためには、それこそ人海戦術を取るしかありませんからね」

「人手を増やせば、製造原価は上がってしまう。もちろん欧米諸国に比べれば、日本の賃金がかなり安いのは確かです。ですが、服部時計店が製造する時計が好評を博し、受注量が増えていけば、いずれ機械を導入し、生産力を格段に向上させる必要に迫られるでしょう。人手に頼っていたのでは、工場の規模も大きくせざるを得ませんし、増設するには、莫大な費用を要します。用地だって必要です。その点、機械は違います。一台の機械が、一人の人間の何倍、何十倍もの働きをするのです」

「しかし、機械を導入するに当たっては、莫大な資金が必要になる。投資を募る、あるいは融資を要請するのは、その時だとお考えなんですね」

「ええ……」

金太郎は頷くと、さらに続けた。

「それも、できるだけ早いうちに……。なぜなら、多くの従業員を雇用してしまった後に機械を導入すれば、生産効率が上がる分だけ、人の仕事がなくなってしまいますからね」

その言葉を聞いた瞬間、鶴彦は「あっ」というように口を開き、驚愕する。

「だって、そうじゃありませんか。今までその仕事に従事していた従業員をどうするかという問題に直面することになるじゃないですか」

金太郎は、そこで一旦言葉を切ると、「あなたの仕事はなくなりました。辞めて下さいというのは簡単です。経営的見地からすれば、正しいことです。でもね、吉川さん。そうなる時が来ることを事前に分かっていながら雇用するのは、経営者の傲慢というものだと私は思うんです。従業員、一人一人に生活がある。服部時計店、製造工場に入社してくる従業員の大半は、この会社、ひいては服部金太郎を信頼して、骨を埋める覚悟で入社してくると、私は信じています。ならば、私には彼らの信頼にこたえる義務があるんです」

「社長は、そこまで……」

鶴彦は、すっかり感じ入った様子で深い息を吐くと、言葉を呑んだ。

「会社は、経営者が金儲けをするためにあるのではありません。従業員を幸せにするために、ひいては幸せな社会をつくるためにあるんです」

「その日が一日でも早く来るように、全身全霊を傾けて、仕事に取り組むことをお誓い申し上げます」

鶴彦は、決意の籠もった目で金太郎の視線をしっかと捉えると、「ところで、社長のことです。製造工場の名前はお決めになっているのでしょう?」

ニヤリと笑いながら問うてきた。

「そうそう、肝心なことをいい忘れていました」

金太郎は、肘掛けに両腕を載せ、「せいこうしゃ……にしようと考えています」

「せいこうしゃ?」

「せいは精緻の精、こうは工業の工、しゃは学舎の舎……」

「なるほど、まさに社長が目指す時計会社そのものじゃありませんか。素晴らしい名前です」

鶴彦は、満面に笑みを湛えると、「精工舎、精工舎……」と共に歩むことになった新工場名の余韻を噛みしめるかのように繰り返した。

2

「やっぱり、やってみないことには、分からんことはたくさんあるものですねえ。いい勉強になりましたよ……」

完成間近の新工場を眺めながら、金太郎は傍らに立つ鶴彦に向かっていった。

「最初の工場を、社長の資力が許す範囲で設けたのは大正解でしたね。他所から資金の提供を受けて、いきなり大きな工場を設けていたら、大変なことになっていたところでした」

鶴彦がそういったのには理由がある。

明治二十五年一月に鶴彦から技師長就任の同意を得た金太郎は、工場設置に向けて素早く動いた。

二月に鶴彦を伴って、愛知県名古屋の時計製造会社を視察。三月には本所区石原町(いしわらちょう)

にあったガラス工場を買い取ると、ただちに設備を整え仮工場とし、アメリカ製の掛け時計を手本に製造に取りかかった。

そして七月には、掛け時計一ダースの製造に成功。ほぼ時を同じくして鶴彦には、長女ひでが誕生という慶事もあった。精工舎の輝かしい前途を暗示するかのような順調な門出であったのだが、すぐに大きな問題に直面することになった。

この方法では、生産効率が上がらないことに気がついたのだ。

生産工程は名古屋の時計製造会社に倣ったのだが、なにしろ工作機械の動力源は人力である。

屈強な従業員が、「ブリ輪」と称される木製の車の柄を回し、その回転力を以て工作機械を動かすのだ。しかも、四人がかりである上に、三十分もすると疲労困憊。他の四人と交代しなければならない有様だ。精工舎の従業員は、僅か十余名。つまり大半は、ブリ輪を回すだけの肉体労働者。どう頑張っても月産十二個がやっとである。

そこで、工場内に機械動力を設置しようとしたのだが、それに当たっては当局の許可が必要だという。ただちに申請をしてみたところ、近隣に人家が集まっていることから騒音被害を及ぼす恐れありと不許可となってしまったのだ。

しかし、出来上がった掛け時計を目の当たりにして、金太郎は確かな手応えを感じていた。さすがは仕事に一切妥協しない鶴彦である。手本があったとはいえ、見事としかいいようのない出来映えだ。

早々に店頭に並べてみたところ、手本はもちろん、他の同種の外国製品と比べても、些かも見劣りすることはない。それでいて、値段は手頃。しかも精度は高い。

販売個数が次第に伸びていくのを見て、金太郎は決断した。

「吉川さん。この工場は捨てましょう。そもそもガラス工場だった物件を転用するという考えが間違っていたんです。勝負を賭けるなら、理想とする工場でなければ、絶対に成功しませんよ」

おそらく、鶴彦も同じ考えを抱いていたに違いない。ふたつ返事で同意し、ここ本所区柳島町（やなぎしまちょう）に新工場を建設することになったのだった。

明治二十六年（一八九三年）十月も後半に入った今、広い敷地内には、すでに複数の木造工場と寄宿舎が完成。素材を保管しておく建物の完成も間近だ。機械の設置はこれからだが、来月早々から二ヶ月、新たに雇用した八十余名の職工の技術教育を行い、十二月からは、掛け時計と懐中時計のケースの生産を開始する。石原町からの工場移転の大仕事を、金太郎は僅か四ヶ月で成し遂げたのだった。

「まあ、お陰で、大分借金をこさえてしまいましたがね……」

金太郎は苦笑いを浮かべた。

「支払っても余りあるほどの利益を上げられるという確信があるからなんですから、いい借金じゃありませんか」

鶴彦が珍しく軽口を叩く。

「最初の工場で直面した問題点は、ことごとく解消したつもりです。設備も現時点で考え得る最高のものを整えましたからね。ここから先は、吉川さんの手腕次第ということになりますな」

もちろん、冗談であることは鶴彦も百も承知だ。

「責任重大ですな」

戯(おど)けた口調で返す鶴彦に、金太郎は問うた。

「ところで、吉川さん。工場内に住んでもらっていいんですかね。職住近接は便利には違いありませんが、公私の区別が付きにくくて窮屈でしょうに、何だか申し訳なくて……」

「社長……もう家は完成間近なんですよ」

鶴彦は、苦笑しながらこたえた。

「工場敷地内に社宅を設けていただきたいのですが」

新工場の設計に取りかかるに当たって、そう申し出てきたのは鶴彦だった。

機械を導入しても早期のうちに熟練工を育てなければ、不良品の発生が頻発し、生産性の低下に繋がる。ひいては精工舎製の時計への信頼が揺らいでしまう。常に従業員の傍に身を置き、熟練工の育成に力を注ぎたいというのが、その理由であった。

かつて鶴彦には、従業員が高い教養を身につける必要性を語ったことがあった。おそらく鶴彦は、金太郎の思いを自ら率先して実現しようと考えたのだろう。

それが証拠に、新たに採用する職工全員に寄宿舎住まいを義務づけることを提案した金太郎に、鶴彦は即座に賛成した。そしてその場で、工場が完成する前に技術を徹底的に教え込み、操業開始時には誰の手を借りずとも作業を行えるようにしておくべきだと進言してきたのだった。

「それにここはひでを育てるのに最適ですし」

鶴彦は、広大な敷地の中に幾つかの工場が散在する光景に目をやった。「近所には乳牛牧場もあるし、敷地内にも築山や池がある。まことに長閑（のどか）な環境じゃありませんか」

「工場が稼働し始めれば、昼間は五馬力の蒸気機関が動き続けるんですよ。騒音が問題だといわれて、前の工場では機械の導入が認められなかったのに、大丈夫なんですか？」

「静かだったところに、騒音が発生すれば文句も出るでしょうが、端からそうなら問題ありませんよ。それに、敷地内にあるといっても、社宅と工場は少しばかり距離がありますからね。それほど気にならないんじゃないですか」

そこで鶴彦ははたと気がついたように、金太郎に視線を向けると、「それよりも、御母堂さまは、本当にこちらにお住まいになるんですか？」

案ずるような口ぶりで問うてきた。

「ええ……いくらいっても、頑として工場内に住むといってきかなくて……」

金太郎は声を落とした。

父親の喜三郎は五年前、明治二十一年（一八八八年）一月十日に亡くなっていた。時に母・はる子は五十七歳。一人暮らしをさせておくことに不安を覚えた金太郎は、まんが快諾したこともあって同居を申し出た。ところがはる子は、「お父さんとの思い出が詰まった家だから……」といって頑として応じない。

もっとも喜三郎が亡くなった直後のことである。先のことよりも、故人を偲ぶ気持ちが優るのも無理はないと思い、同居の件については、また折をみて話すことにしたのだった。

というのも金太郎は、その年の四月に自身三人目の子供の誕生を控えていたからだ。

喜三郎が亡くなったのは、ちょうど鶴彦が細工を施したナナコ彫りの懐中時計が仕上がり始めた頃である。店の経営は順調に推移していたし、ナナコ彫りの懐中時計の販売を開始すれば、活況に拍車がかかり、金太郎はますます仕事に忙殺されることになる。

もちろん万事をそつなくこなすまんのことだ。自宅には住み込みの女中もいるし、育児、子育てに不安はないが、第三子の誕生を理由に手を貸してくれないかといえば、はる子も同居を承諾してくれるだろうと金太郎は考えたのだ。

ところがである。

四月に長男玄三が誕生したのを機に、金太郎が再度同居を持ちかけると、

「玄三とは会おうと思えばいつでも会えるし、助けが必要なら、すぐに駆けつけるから」

頑として同居を拒み、以来五年。はる子は、喜三郎と共に暮らした家で一人で暮らして来たのだった。

しかし、はる子もすでに六十二歳。一人暮らしをさせておくのも不安だし、住まいが老朽化してきたこともある。金太郎も、それから次々に子供を授かり、その数すでに六人。新たに女中を雇おうにも、女中部屋の数には限りがあって、これ以上増やせない。

そこで、三度同居を申し出たところ、「新工場を建てるのなら、そこに私の住まいを設けておくれよ。敷地は十分広いんだろ？」といい出したのだった。

「なにか、一人住まいにこだわる理由があるんでしょうか……。苦楽を共になさったご主人と一緒に暮らした家を捨てられないのは分かりますけど、移ると決心なさったからには、子供夫婦、孫と一緒にと思うものでしょう」

はる子は明確にその理由を話さなかったが、金太郎には思い当たる節がないわけではなかった。辛い過去のことではあるが、生涯共に歩むと決めた、盟友・鶴彦には話しておかなければなるまいと金太郎は思った。

「吉川さん……、私は母の気持ちも分からないではないのです……」

「とおっしゃいますと？」

「私は前に一度、離縁してますでしょう」

「ええ……」

「母は、離縁のきっかけを作ったのは、自分だと考えているんじゃないかと思うんです」

「御母堂さまが？」

鶴彦は、ぎょっとした顔をして問い返してくる。

「前妻のはま子は、日本橋の亀田時計店の長女でしてね。幼い頃からそりゃあ大切に育てられてきたんです。はま子と所帯を構えたのは、私が坂田時計店を辞して、采女町に服部時計店を開業した直後のことでしてね。開業に結婚、慶事続きに、両親も大層喜んでくれたものでした……。でもね、お嬢さま育ちのはま子は、地方から上京し、古物商をしながら日々の暮らしを送って来た両親、特に母からすると、どうしても内助の功に欠けると見えたんでしょうね。しかも、結婚してほどなく、子供ができたはいいんですが、はま子は悪阻が酷くて……」

そこまでいえば、それからの展開を説明するまでもない。

「そんなことがあったんですか……」

果たして、鶴彦は短く漏らすと沈黙する。

「悪阻が重いこともあったたし、大火事に遭って店が全焼したこともあって、はま子は実家で子供を産むことになったのですが、それっきり二度と私の下には帰って来ませんで……」

二人の間に、沈黙が流れた。

長閑な田園地帯に広がる枯れ野の大地を一陣の寒風が吹き抜ける。

その風の音に混じって、建設中の工場から聞こえてくる槌音が、金太郎の耳朶を打った。

「母親にとっては、幾つになろうと子供は子供。案ずる気持ちにも変わりはないでしょうからね。嫁に託したつもりでも、つい自分ならという思いも抱いてしまうのかもしれませんね……」

鶴彦も感ずるものがあったのだろう。ぽつりと漏らす。

「まして、私は一人っ子ですからね……」

金太郎は、ほっと小さく息を吐くと続けた。

「近いとはいえ、離れて住んでいてもそうだったんです。同居となれば、四六時中まんと一緒。見るつもりがなくとも、見えてしまえば、口の一つも挟みたくなるでしょう。母は、それを恐れているのではないかと思うんです。また、はま子の時と同じようなことになるんじゃないかと……」

再び、二人の間に短い沈黙があった。

「それで、どうなさるんです？　説得を続けるつもりですか？」

「いいえ……」

金太郎は首を振った。「説得して同居に応じてくれるなら、悩んだりはしませんよ。母は、一度こうと決めたことは、考えを改めたりしない人ですからね。子を思うがゆえにとなれば尚更ですよ。幸い、いまのところ母の体に、これといった問題はないし、工場が完成すれば、私も毎日ここに通うことになるんです。一つ屋根の下に暮らさずとも、母の様子は毎日見ることができるし、ひとまずは母の思うようにしてやろうかと……」

「そうですか……」

鶴彦は、静かに頷くと、「お元気なうちは、それでいいのではないでしょうか。それに、私もここに住むことになるんです。御母堂さまのご様子は、ふくと私が、注意して見るよう心がけますので……」

真摯な眼差しで金太郎を見つめた。

3

十一月一日。新工場の操業開始に先立ち、新たに雇用した八十余名の職工がやってきた。

寄宿舎を設けたこともあって、彼らの出身地は関東一円と広範囲に亘り、尋常小学校卒の十五歳の少年、少女が大半だ。

職工を募るに当たっては、対象年齢を何歳にしたものかと思案したのだが、十五歳としたのは、金太郎が時計商の道を志し、最初の修業先である亀田時計店に入店した年齢に倣ったからだ。

時計商として新たな道を歩み始める門出の時を、そしてこれからの将来を、己がこの道を志した年齢の少年、少女たちと一緒に歩み始めたいという思いがあった。

　鶴彦は金太郎の考えに異論は挟まなかったが、かつて高崎の時計店で働き、地方の事情に通じていたこともあって、

「奉公に出される理由が、口減らしにあるのは本人たちも重々承知していますが、なにしろ十五歳ですからね。初めて親元を離れて東京で暮らすとなれば、さぞや心細い気持ちに駆られるでしょう。それに、もう二度と実家で暮らすことはないのです。これから先は、自らの力で切り開かなければならないのですから、寄宿舎の生活環境を十分整えてやることはもちろん、技術を授け、学を授け、精工舎の従業員であることに誇りを持てるよう、私たちも覚悟を以て挑まなければなりませんね」

　と、改めて二人に課せられた使命の重さを口にし、決意を新たにしたのだった。

　もちろん金太郎もそのつもりであったから、鶴彦の言葉には大いに頷いたのだったが、採用活動を進めるにつれ、不安を覚えるようになった。

　職工とはいうものの、採用者の全員が時計を見て時刻を知ることはできても、構造に関する知識は皆無。こんなずぶの素人を集めたところで、果たして時計が造れるのか。二ヶ月の教育で、操業開始に間に合うのだろうか……。

　金太郎のそんな不安を物の見事に解消したのは、やはり鶴彦だった。

「それは、全ての工程を一人の職工がやれるだけの技術や知識を身につけさせるならばの話です」

といって、こう続けた。

「アダム・スミスの〝富国論〟にもあるように、部品製作、作動部分の組み立て、ケースの製作、仕上げ、製品検査と作業を分業化し、それぞれの工程に特化した教育を施せば、各分野ごとの熟練工の養成は短時間で済むでしょう」

アダム・スミスの〝富国論〟は一七七六年にイギリスで刊行され、経済学、社会思想の双方の点からも名著と謳われる本である。日本で全訳が刊行され始めたのは明治十六年（一八八三年）のことで、その第一章で論じられていたのが、分業による生産性の向上だ。

金太郎は親友・龍居頼三（たついらいぞう）から「是非読め」と勧められ、ただちに熟読したのだったが、なるほど評判通りの名著である。すっかり感心した金太郎は、鶴彦にも熟読するよう勧めたのだったが、〝富国論〟を引くとは。さすがは鶴彦だ。

「なるほど、吉川さんのいう通りだ。これから先、時計工場の機械化はどんどん進むし、大量生産、品質保持の観点からしても、それぞれの工程に高い技術を身につけた職工が従事し、確実に仕事をこなしたものを集めて最終製品に仕上げた方が、格段に生産効率が上がりますよね」

鶴彦は訓練教育が始まるや、ただちに職工の適性を見極め、製造工程ごとの訓練に取りかかった。かくして、この問題は解決したのだったが、一難去ってまた一難。

今度ははる子が、なんと、「職工さんたちの面倒は私が見る」といい出したのだ。

「母さん、それはいくらなんでも無茶です。もう高齢だし、仮にも私は精工舎の社長ですよ。社長の母親に世話をされたら、職工たちだって、どう接したらいいのか困惑しますよ」

全く予想だにしなかった申し出に、すっかり慌てた金太郎だったが、

「金太郎……。私は、いつからそんなに偉い人になったんだい？」

はる子は、冷え冷えとした眼差しを向けてきた。

「えっ……」

言葉を失った金太郎に向かって、はる子はいった。

「確かに、お前は時計業組合の幹事、東京商業会議所の会員、大きな会社の社長にもなった。世間さまは、お前のことを立身の人だと褒めそやすけど、私自身は世の中の役に立つことは何一つとしてしちゃいないんだよ。母親だからって、息子の威光に胡座（あぐら）をかいて偉そうにしていたら、世間さまに笑われるよ。私は私、お前はお前。精工舎の工場で働く職工さんたちだって、夢や大志を抱いて入社してくるに違いないんだ。お前が十五歳の子供たちばかりを採用したのは、自分が時計商の道を歩みはじめた歳だったからじゃないのかい？　お前は、親の手は煩わせることがなかったけれど、ここまでになれたのは、たくさんの人から力添えを得たからこそのことじゃないか。私がお前にしてやれることは、もうないけれど、親元を離れて暮らし、働く職工さんたちの力にはなれると思うんだよ」

母親というのは、有り難いものだ。そして悲しいものだと金太郎は思った。

この世に生を授けてくれただけでも、どれほど感謝してもし尽くせない。その恩に些かでも報いるべく、孝を尽くすのが子の務めだと思っているのに、幾つになっても母親にとって、子供は子供。子のためにならんとする想いは褪せることはない。

結局、はる子は職工の訓練が始まる直前、敷地内に新居が完成したのを機に住まいを移した。そして、職工たちの寄宿舎生活がはじまると、食材の調達、炊事場の差配、生活の全般にまで目を配り、まさに寮母としての日々を送るようになった。

「職工の腕も、大分上がってきました。完成個数は日増しに伸びていますし、製品の歩留まりはよくなる一方です。熟練工の養成計画を前倒しして、次の段階に進みたいと考えているのですが」

五馬力の蒸気機関の稼働音が絶え間なく聞こえる社長室に、月報を携えた鶴彦が現れたのは、新工場が操業を開始して四ヶ月が過ぎた頃のことだった。

鶴彦が差し出す月報を見ると、生産個数は前月比で実に二倍の伸びである。もっとも、時計は精度が命だ。不良品の発生数については、さらに細かく見る必要があると考え、日報で報告させていたのだが、月次で見ると違いがより鮮明になる。

もとより鶴彦の分業教育の成果は顕著で、当初から不良品の発生件数は少なかったのだが、ここふた月ばかりは、月間でも一桁台に留まっている。

「不良品も微調整を要する程度のものばかりで、調整後は十分販売可能なものでしたね」

「ええ、それも職工の技能に起因するものではなく、部品の精度に問題があるものばかりです。もちろん、不良部品を製造工程に持ち込まないに越したことはないのですが、ここまで不良品の発生率が低ければ、部品の検品の段階で完全に排除するのはかえって手間です。むしろ、不良部品は必ずあるという前提で、完成品の検品を徹底的に行う方が合理的ではないでしょうか」

「確かに、吉川さんのいう通りです。千に一つ、万に一つの不良部品を発見するために、多くの人手と時間を割くのは労多くして功少なしってもんですよね」

「それに、得てして慣れは油断、慢心に繋がるものです。細心の注意を払って仕事に取り組むためには、職工たちに新しい技術を学ばせ、いつ別の仕事に就くか分からないという緊張感を持たせるべきだと思うのです。当初の計画よりも大分早くはなりますが、そろそろ次の段階に進んでもいいのではないでしょうか」

　鶴彦がいう「次の段階」とは、最初に与えた作業に職工たちが慣れた時点で、他の工程の技術を学ばせることである。

　その狙いは、鶴彦が述べたところにもあるのだが、精工舎製の掛け時計は、殊の外評判が良く、売上げも好調で、早急に生産能力を拡大する必要に迫られていたからだ。

　しかし問題は職工、それも熟練工の確保である。

　施設の拡張、機械の導入は資金を投入しさえすれば済む話だが、豊富な経験と知識を持つ熟練工は簡単には育たない。

優れた技術を持つ職工に他の工程を学ばせ、その域に達していない職工にはそのまま現在の仕事を継続させ習熟度に磨きをかける。新たに採用する職工には、従来通り事前教育期間を設け、さらに現場に出た後は、先達の指導を受けながら熟練工に育て上げる。

それが、かねてからの二人の計画だった。

鶴彦のことだ。「次の段階に」というからには、職人個々の能力を完全に把握してのことだろう。それに、二人の間には、今でこそ掛け時計のみだが、早期のうちに懐中時計、置き時計の製造に着手したいという目標があった。

「いいでしょう。次の段階に取りかかるとしましょうか」

金太郎は、即座に同意すると、話題を転じた。「ところで、吉川さん。職工、熟練工の育成については、段取り、教育内容に目処がついたことだし、少し距離を置いて、本来の仕事に重点を移したらどうかと思うんですが……」

「しかし、距離を置けといわれましても……」

鶴彦が困惑するのも無理はない。

何しろ、新工場が稼働してから四ヶ月しか経っていないのだ。それに、職工こそ九十名もいるが、熟練工といえる者は最初の工場で働いていた僅か六名しかいないのだ。

「職工の教育訓練は熟練工に任せて、吉川さんには懐中時計の開発に思う存分取り組んで欲しいのです」

その言葉を聞いた瞬間、鶴彦の目が炯々と輝き出すのを見て、金太郎は問うた。

「やりたいんでしょう？　懐中時計……」

「もちろんです」

大きく頷いた鶴彦だったが、「ただ、以前から懐中時計については、研究を重ねているのですが、部品点数、部品の大きさ、強度、精度と、まだまだ調べなければならないことが多過ぎまして……。特に強度と精度については、実際に自分で造ってみないことには、試験もできませんので……」

自らの力不足を嘆くかのように、視線を落とした。

「ならばどうでしょう。技術者を外から招き入れましょうか」

「外から……ですか？」

鶴彦は意外そうにいう。「しかし、外からといっても、日本で懐中時計を製造している会社は……」

「私が知る限り、大阪時計製造会社は準備をしていますが、だからいいと思うんです」

金太郎は鶴彦の言葉が終わらぬうちにいった。「いいですか。繰り返しますが大阪時計製造会社だって準備はしていても、まだ製品化に漕ぎ着けてはいないんです。技術者の中には日本初の懐中時計を手がけてみたいと熱望している人もいるはずです。命じられた仕事を唯々諾々とこなすより、自分の夢に賭ける。そんな技術者を招き入れることができれば、きっと吉川さんの力になると思うのですが、どうでしょう」

「そんな技術者がいるならば、是非一緒にやりたいと思います」

熱の籠もった声でこたえる鶴彦に、金太郎は大きく頷いた。

4

さほどの日を経ずして、鶴彦は掛け時計の製造現場から距離を置き、懐中時計の開発に専念するようになった。

懐中時計の部品は掛け時計と比して格段に小さく、点数も遥かに多い。それゆえに、製品化に当たっては、極めて高度な技術と精度が要求されるのだが、それ以前に大きな問題がある。部品を製造する会社が国内にはないのだ。

そこで鶴彦は、手本とするスイス製の懐中時計を分解。構造を把握した後、部品の材質、強度を調べ、さらに素材の調達先を確保し、大量生産を可能にする工法を一日も早く確立せんと、連日早朝から深夜まで研究室に籠もりきりの日々を送るようになった。

それでも掛け時計の生産に、全く支障をきたすことがなかったのは、鶴彦が確立した分業体制が機能したこともあるが、もうひとつ、はる子の存在がある。

職工はもれなく親元を離れ、初めて東京で暮らすことになった齢十五の少年、少女たちである。志を抱いて入社してきたものの、望郷の念に駆られ、あるいは寄宿舎暮らしに馴染めずに去ってしまう者。病に冒され、長期間の療養を強いられる者が必ずや出て来るだろう。欠員が出れば、生産量の低下に繋がる。

作業を分業化し、異なる工程でも即戦力になり得るよう、継続的に職工の教育を行っているのは、そうした事態を未然に防止するためでもあったのだが、新工場が稼働しはじめて半年が経つというのに、辞める者はおろか病に罹り、職場を離れる者も一人として出てこない。

はる子は毎日、職工に供する三度の食事の仕入れを行い、調理場では陣頭指揮を執り、食堂に集まった職工たちに声をかけては体調を窺う。元気がなさそうだと見れば、仕事が終わった後に話し相手になる。

最初は社長のお母さまだと緊張していた職工たちも、毎日接していれば心を開く。いつの間にか、はる子を「お母さん」と呼び、職場と寄宿舎生活を謳歌するようになっていたのである。

これもはる子にいわせれば、「私だって、能登の小さな村から江戸に出て来たんだ。親元を離れる辛さ、寂しさは身に染みているから、食事にしても少しでもいいものをと気を配っているつもりだけど、ああして職工さんたちが美味しい、美味しいと喜ぶ姿を見ていると、やっぱり地方の暮らしは、今になっても楽じゃないんだってのが分かるんだよ。食事はね、本当に大切なんだよ。親元で暮らしていた時よりも、温かくて美味しいものがお腹いっぱい食べられるとなれば、それだけでも出て来て良かった、いい職に就けたと思って、元気でいられるものなんだよ」ということになるのだが、これもまた我が子が起こした事業を陰から支えようとする母親の愛情の賜物に違いなかった。

そして明治二十七年（一八九四年）七月。日清戦争が起きた。

戦争は人間の心の奥底に潜む残虐さが剝き出しになる悲惨なものだ。しかし、この戦争というものは、産業界には特需を生むのだから皮肉である。

爆発的な内需拡大に伴って、精工舎の業績も目を見張るような伸びを見せ始めた。

そこで金太郎は、職工の数を男性百五十二人、女性二十一人に増員し、増産体制の強化に出た。

親友の龍居頼三が精工舎を訪ねて来たのは、販売数も二万個を遥かに超えるのが確実となったある日のことだった。

「金ちゃんよ、銀座の店な、移すつもりはあらへんか？」

四歳年上の頼三と知り合ったのは、金太郎が坂田時計店で働き始めた明治九年、中村塾でのことだった。

後に頼三が語るには、「ようできるし、打てば響くような反応ぶりに感心したのは確かやけど、馬が合うちゅうのは理屈やあらへんしな。なんでこないな男が時計修理の修業なんかやってんのやろ。こいつは、そこで終わる人間ちゃうで思うたんや」ということらしい。

職業はいまや時の精鋭中の精鋭が集う職場で働く官吏。庶民からすれば雲上人以外の何者でもないのだが、大阪出身の頼三は、そんな自分の職業、地位を些かも鼻に掛けることはない。知り合った当時から関西弁丸出しで、時計職人見習いに過ぎない金太郎に同等の立場で接してくれたのだった。

　これもまた頼三にいわせると、「職場の同僚はそら優秀な人間ばかりやけど、難儀な仕事ばっかりやしな。寝ても覚めても頭の中は目の前の仕事のことでいっぱいやねん。天下国家を論じながら、足下の世事、世情には頭が回らんようになってしもうてなぁ。そやし、あんたと話すのが楽しゅうてしゃあないねん」ということらしい。

　とはいうものの、頼三の豊かな知性や見識は会話の端々からも窺えたし、実際その後も順調に昇進を重ね、明治十七年（一八八四年）には大日本帝国憲法体制に移行するに当たって、制度整備をはかるために宮中に新設された部署「制度取調局」に異動。長官・伊藤博文の下に仕えることになったのだから、精鋭中の精鋭の中にあっても一目置かれる人物であったのだ。

　しかも頼三は英学、漢学に精通しており、英文の時計カタログや英字新聞の記事を教材に金太郎に英語を教え、服部時計店の経理の記載方法を大福帳式から洋式簿記に改めさせたのだった。

「店を移す？」

　なぜそんなことをいい出すのか、問い返した金太郎に、頼三はいう。

「あんた、朝野（ちょうや）新聞知ってるやろ」

「ええ、同じ銀座四丁目の角地にある……」

「その朝野新聞の経営が苦しいねん。事業の方は経営者の波多野さんが始末をつけるいうてはんのやけど、ぎょうさん借金を抱えてもうてな、どないしたらええかって頭抱えてはんのや」

「借金？　波多野さん自身が借金抱えているんですか？」

「朝野新聞は、元々成島さんと末広さんいう二人が経営してたんやけど、代替わりした時に、波多野さんが買い取りはったんや。そやし、借金も波多野さん個人のもんなら、四丁目のあの社屋は担保として、借入先の三井に押さえられてもうてんねん」

朝野新聞がある場所は、銀座のど真ん中の四丁目、しかも角地という好立地だ。願ってもない話だが、頼三の話にはまだ先がありそうだ。

金太郎は黙って先を待つことにした。

果たして、頼三は続ける。

「でな、波多野さんは、とにかく借金をなんとしてでも返さなならんいうてな、わしに誰ぞ買うてくれる人に心当たりはないかいうてきてん」

なるほど、そういうわけか。

頼三は明治十八年（一八八五年）に制度取調局が廃止される以前から官吏として様々な職に就いてきた。紙面に政治の記事は欠かせないから、官吏は新聞社の取材対象の一つであるわけで、おそらくそんな縁もあって、波多野は頼三に相談を持ちかけたのだろう。

「本当に売っていただけるのでしたら、買わせていただきます。こんな機会は滅多にあるものではありません。是非！」

まさに、即断即決。金太郎は身を乗り出してこたえた。

「あんたのことや。そういうと思ったわ」

呵々とひとしきり笑い声を上げる頼三に、

「しかし、あの場所なら、いくらだって買い手は見つかるでしょう。競わせれば、売値を吊り上げることだってできるでしょうに」

金太郎は、ふと思いついたままを口にした。

「波多野さんの矜持っちゅうやつとちゃうか……」

「矜持？」

「そら、売りに出そうもんなら、金ちゃんのいうように、買いたいいうやつはなんぼでもおるやろ。そやけどなあ、世の中にはタチの悪い人間がぎょうさんおるしな。高値で買うて、さらに上乗せして転売しようって目論んでるのもおれば、買うてしまえばどう使おうと、誰に貸そうと持ち主の勝手やいうのもおる」

「でも、波多野さんは、借金を返さなければならないんでしょう？　今後の生活もあることでしょうから、少しでも高く売れた方が――」

「せやからそこが、波多野さんの矜持なんやろなあ……」

頼三は、金太郎の言葉を遮ると続けていった。

「わしらの世界ではな、自分が上からどない見られてんのか、どない思われてたんか知るのは、異動の時やねん」

「そりゃそうでしょうね。栄転なら高く評価されて――」

「ちゃうちゃう。そうやない。後釜(あとがま)が誰になるかや」

頼三は顔の前で手を振りながら、再び金太郎を遮った。

「後釜?」

「そら上役かて、できる部下はずっと手元に置いておきたいがな。他に出して、でけんやつが来たら困るしな。そやし、できる部下を手放さななならんとなると、そしたら誰をくれるっちゅう話になんねん。少なくとも同格、それ以上ならば文句なしちゅうわけや。そやし、後釜に来るやつを見れば、少なくともそいつと同程度の評価は受けていたっちゅうことが分かんねん」

「面白い話ですが、それが波多野さんの矜持とどう関係するんですか?」

「売った相手が誰なのか、買うたやつが、あそこでどんな事業をするのか。なんぼカネに困っていても、怪しいやつには売られへんと思うてはんのや」

「何だか、分かるような、分からないような……」

小首を傾げた金太郎に、頼三はいう。

「タチの悪い人間に売ろうものなら、カネに転んだのが見え見えや。仮にも新聞社の社長やで。天下国家を論じて、社会の木鐸(ぼくたく)いうてた人が、カネに転んだやなんていわれるようになってみい。それこそ晩節を汚すようなもんや。まして、銀座やで。それもど真ん中や。ただの土地とは違うんやで」

「ってことは、うちがあそこに店を持てば、波多野さんも面目が立つ。要は面子（メンツ）の問題だと？」

「わしは、そう思うてるけどな。それに波多野さんは、三井に入ることになってるらしいし、尚更変なやつには売れへんやろし……」

「面子ですか……」

「まあ、波多野さんのことは、どうでもええがな。それより金ちゃん。ほんまに買うんやな」

「もちろんです。売って下さるなら、是非お願いします」

金太郎は、居住まいを正し頼三を正面から見据えた。

「よっしゃ！　話は決まった！」

「善は急げといいますからね。早急に波多野さんとお会いして話を進めさせていただきたいと思うのですが、龍居さん、仲介の労をお願いできますでしょうか」

「もちろん。そのために、今日は来たんや」

頼三は満足げな笑みを口元に宿し、ふたつ返事で快諾した。

5

頼三の仲介もあって、銀座四丁目の角地にある朝野新聞社社屋の売却交渉は順調に進んだ。地主もまた、同じ銀座に店舗を構える服部時計店の繁盛ぶりは先刻承知で、すんなりと売却に同意した。

精工舎の業績もまさに破竹の勢いで、明治二十七年の時計製造個数は二万四千個。東京の製造会社全体の生産個数は八万四千個だから、最初に本所区石原町に設けた工場で掛け時計の製造を開始してから僅か二年余という短い期間で、二十八・六パーセントもの割合を占める急成長を遂げていた。

波多野と地主の快諾を得た金太郎は、ただちに新店舗の建設に取りかかった。

もっとも、新築となると取り壊しやなんやかやで時間がかかる。それに、朝野新聞社の社屋のギリシャ神殿を彷彿とさせるドーリア式の柱を残したいと思ったこともあって、金太郎は工期の短縮が図れる増改築を行うことにした。

設計はアメリカ帰りの建築技師・伊藤為吉に委託。事業のさらなる拡大、新店舗の建設、そして開店準備と忙殺されていった。

明治二十七年は他にも、これから先の服部時計店の発展を暗示するかのような三つの慶事が重なった。

一つは、一月に鶴彦に待望の長男元彦が誕生したことだ。

思えば、鶴彦に長女ひでが誕生したのは精工舎を創業した明治二十五年。そして、元彦が誕生してほどなくしての銀座四丁目角地への移転話だ。

二つ目は、ブルウル兄弟商会横浜店の番頭だった吉郎英恭の服部時計店への入社である。

九月後半には、日清戦争は日本軍の勝利が決定的となり、終戦を迎えた後は、いよいよ日本製品が海外へ輸出される時代が来ると金太郎は確信した。

そこで、外国商館との取引のいろはを金太郎に教授し、貿易実務に長け、語学が堪能な英恭こそ、これから先の服部時計店に必要不可欠な人材と考え、金太郎は三顧の礼をもって迎えることにしたのだ。

三つ目の慶事は、懐中時計の自社生産に、目処がついたことだ。

僅か三年にも満たない期間で、精工舎初の懐中時計の量産化が可能になったのは、これらの慶事が鶴彦の情熱に拍車をかけた結果に違いなかった。

そして、明治二十七年の十二月二十九日。足場が取り払われ、正月の開店を待つばかりとなった新店舗から少し離れた路上に、金太郎、鶴彦、英恭、それに頼三、四人の姿があった。

勤め人の大半は明日から正月休み。今日が年内最後の買い物になる。商店もまた同じなのだが、こちらは年内最後の書き入れ時とあって、銀座は夜になっても大層な賑わいぶりである。

中でも、銀座四丁目の交差点付近の混雑ぶりは、尋常なものではなかった。改築を終え、全容を現した服部時計店本店の姿に皆一様に足を止め、見入ってしまっていたからだ。

それは、まさに威容と称するのに相応しい外観だった。

二階部分までは朝野新聞社の名残を留めてはいるものの、四階部分はドーム型で、その上部にそびえ立つ塔の四方に設置された巨大な時計。塔の頂点もまたドーム型になっている。総高約十六メートルにも届く建築物は、日本随一の繁華街・銀座はおろか、帝都東京においても群を抜いた高さであるだけでなく、異国情緒溢れる外観もまた比肩するものがないほどの斬新(ざんしん)さだ。

大政奉還、文明開化、凄まじい勢いで世の中が姿を変えていく時代を生きてきた人間として、また一つ新たな時代の到来を実感しているのだろう。交差点周辺にできた群衆の中から聞こえてくるのは、感嘆と興奮、そして驚きの声ばかりだ。

「金ちゃん……あんた、幾つになったんやったかな……」

高くそびえる時計台を見やりながら、頼三が低い声でいった。

「三十五歳になりました」

「そうかぁ……、三十五なあ……。僅か二十年やそこらで、ここまで来たんや……」

「お陰さまで、ようやく一国一城の主になれたような気がします」

それは紛れもない金太郎の本心であり、実感だった。

坂田時計店を離れたのを機に、服部時計修繕所を開業した時も、一国一城の主となったと思ったし、初めて銀座に店を設けた時も、柳島の自社工場が完成した時にも同じ思いを抱いたが、銀座の一等地に天に向かってそびえ立つ本店の威容は、まさに城と称するのに相応しい。

「本当に城そのものですなあ……」

研究室に籠もり、懐中時計の製造技術の確立に没頭していたこともあって、初めて本店を目の当たりにした鶴彦が感慨深げにいう。「最初にお会いした時から、大きくなる人だと確信していましたが、まさかこんな短期間のうちに、これほど立派な店を銀座に持つとは……」

「それもこれも、吉川さんとの出会いがあればこそです。ナナコ彫りの懐中時計がなかったら、服部時計店はいまだ銀座の一時計店であったでしょうし、時計の製造事業なんて夢のまた夢だったに違いないのです。これは、私だけの城ではありません。吉川さんの城でもあるんです」

「人の縁ちゅうのは、面白いもんやなあ……」

頼三がしみじみとした口調でいう。「前に、吉川さんの存在を知ったのは、まんさんが群馬の実家に里帰りした時に、深川にナナコを彫れる時計職人がいはると耳にしたのがきっかけやったというとったよね」

「ええ……」

「もし、金ちゃんがまんさんと出会わなんだら。まんさんが、群馬の出やなかったら。金ちゃん一人の力では、服部時計店もこないなまでの急成長は遂げられへんかったわけや。あんたの周りにいてる人の縁が重なり合い、結び合いして、金ちゃんをここまでにした。一つでも欠けていたら、いまの服部金太郎はなかったわけや」

「全くです……」

頼三の言葉に同意しながら、人との出会いとは面白いものだと思い、金太郎は己の幸運に感謝の念を抱いた。

三十五年の間に出会った人間たちのただ一人でも欠けていたなら、今日の日を迎えることができなかったであろうことに、改めて気づかされたからだ。

もし、辻屋に奉公に上がらなかったら。もし、浪子と結婚していたら。もし、はま子と離縁しなかったなら……。鶴彦と出会うこともなければ、自分は全く別の人生を歩んでいたに違いないのだ。いや、丁稚時代、修業時代を含め、出会った人の全て、そして大火に遭遇した災難でさえも、己が歩んで来たこれまでの半生において、ことごとく重要な意味があったのだと……。

「吉郎さんだって、その一人ですよ……」

金太郎は傍らに立つ、英恭に視線をやった。「商売、特に外国商館との取引において、信用を得ることがいかに大切なことか、日本では通用しても外国では通用しない商慣習があること、何よりも私は、吉郇さんを通じて世界を知ることができたんです」

「いや……そんなことはありません。むしろ、私は社長から教わったことの方が、多いくらいで……」

早くも〝社長〟と呼び、謙遜する英恭だったが、金太郎の言葉に嘘はない。

「もし、吉郇さんと出会うことがなかったら、いまの私はありませんでした」

「その吉郇さんを引き入れたところを見ると、金ちゃん、いよいよ海外に事業を広めるつもりなんやな」

英恭を服部時計店に迎えた狙いは先刻承知とばかりに、頼三はニヤリと笑う。

「日清戦争も日本の大勝に終わりそうですからね。清国は日本よりも大分遅れた国だと聞きますが、日本だって大政奉還、明治維新以前はそうだったんです。これから先、日本の会社が、日本人が、清国に出て行くようになれば、遅れていた分だけ、彼の地の発展は凄まじい勢いで進むでしょう」

「もうそこに気がついとるとは、さすがやで」

軽口を叩くような口調でありながらも、感心した様子で頼三がいうと、

「開店に、懐中時計の製造が間に合わなかったのが、つくづく残念でなりません。力及ばず、申し訳ございません……」

突然、鶴彦が慚愧に堪えないとばかりに、神妙な顔で頭を下げた。

「吉川さん、それは違いますよ」

金太郎は慌てていった。

しかし、鶴彦はそんな言葉は耳に入らぬとばかりにいう。

「これほど立派な店の開店なんて、滅多にあるものではありません。話を伺ってからは、何とか年内にと必死に取り組んだのですが――」

「だから、吉川さん、それは違うんですよ」

金太郎は鶴彦を遮って続けた。

「吉川さんが研究室に籠もりきりで、このところ柳島でほとんど会えなかったので話していませんでしたけど、仮に懐中時計が完成したとしても、当面の間は店頭に並べるつもりはなかったんです」

「えっ？」

「吉川さん、ナナコ彫りの懐中時計の時のことを忘れたんですか？」

どうやら鶴彦は俄に思い当たらない様子で、きょとんとした顔で、金太郎を見るばかりだ。

「あの時も、すぐには店に置かなかったじゃないですか。今回も同じなんですよ」

金太郎はクスリと笑った。「精工舎の名を冠した初の懐中時計なんですよ。しかも販売するからには、吉川さんが絶対的な自信を持って世に送り出す製品に仕上がっていると、私は確信しているんです。外国製品に比べれば、格段に値段は安い。なのに性能は優るとも劣らないとなれば、大人気になりますよ。となればですよ、次にどんなことが起こると思います？」

「生産が追いつかない……。欠品が発生しますね」

「その通り」

金太郎は、顔の前に人差し指を突き立て、鶴彦には知るよしもない、販売上の戦略を説明することにした。「輸入品はともかく、自社製品の欠品は絶対にあってはならんのです。接客に当たる店員も、お客さま一人一人に、事情を説明して差し上げなければならないし、ご予約となれば伝票に住所、名前を記載していただかなければなりません。その伝票の管理、入荷時の連絡と、店側にも無駄な仕事が発生することになりますからね」

どうやら、嘘ではないと感じたらしく、鶴彦は黙って話に聞き入っている。

金太郎は続けた。

「予約してまで購入したい。店にとってはまことに有り難い限りですが、仕事が増えれば、間違いも起こりやすくなる。万が一にでも、予約伝票を紛失したり、ご連絡を忘れてしまうようなことにでもなれば、それこそ店の信用に関わります。それに、ナナコ彫りの懐中時計を販売するに当たっては、関東一円の同業者にも、あの時計を販売しましたよね。その狙いは、何であったか、お忘れですか？」

「いずれ自社製の時計を販売する時に備えて、販売店網を構築することです……」

どうやら、鶴彦も金太郎の狙いを悟ったらしく、己の不明を恥じ入るように視線を落とす。

「あの時、ナナコ彫りの懐中時計を仕入れていただいた先の全てが、吉川さんが手がけた精工舎の掛け時計を仕入れて下さっています。つまり、服部時計店は時計販売業であると同時に、今や精工舎の時計を全国各地の時計店に販売する卸業者でもあるわけです。その服部時計店が、精工舎が製造する初の懐中時計を直営店だけで販売し、在庫不足を理由に注文には応じられない。応じても、出荷はいつのことになるか分からない。そんなことになったら、取引先の時計店はどう思うでしょう?」

「いや……全く、社長のおっしゃる通りで……」

鶴彦は、身の置きどころがないとばかりに、悄然と項垂れる。

「だから、焦らず、急がず、吉川さんが、満足する製品に仕上がるまで、とことん開発に取り組んで下さって構わないのです。服部時計店の急成長は、私の経営の才よりも、お客さまが精工舎の製品に寄せる信頼感があればこそ。品質こそが、時計製造会社、販売会社の生命線なのですから」

金太郎は、優しく鶴彦に語りかけると、「それに、新店の開店というのは、何も今回が最後とは限りませんし……」

言葉に意味を含ませた。

「えっ?」

驚いたように、顔を上げた鶴彦に向かって金太郎はいった。

「先ほどもいいましたが、吉郁さんを服部時計店にお迎えしたのは、精工舎の時計を海外に輸出するためです。それに当たっては、少々考えがありまして……」

　そこで、金太郎は英恭に目をやった。

　もちろん、英恭には金太郎の考えは話してある。

　ニヤリと笑う金太郎に、英恭が頷くと、

「なんや、その考えちゅうのは。なんか、新しい事業でも始めるんか？」

　頼三が興味津々といった様子で、口を挟んでくる。

「それは、いずれゆっくりと……」

　金太郎は含み笑いをしながら、話を逸らしにかかった。「それより、今夜集まった目的は、新店開店の前祝いと忘年会でしたよね。体も冷えてきましたし、店も待ってることでしょうから、そろそろ行かないと」

　金太郎は一同を促し、予約を入れた料亭がある築地に向かって歩き始めた。

　それでも、頼三は諦めがつかない様子で、

「おい、金ちゃん。そない意地の悪いことせんでもええやんか。教えてえな、その考えとやらを」

　慌てて後を追いながら、背後から懇願する。

「酔いが回れば、うっかり口を滑らすかもしれませんねえ」

　もちろん冗談だが、今の頼三に通じるはずがない。

「酔いが回るぅ？　あんた、下戸やんか。酒呑まへんやん」

「だったら、吉郎さんを酔わしたらどうです？　吉川さんも、酒はからっきしですから、今夜の相手は吉郎さん一人です。サシで呑んだら、酔うのが先か、酔わせるのが先か。龍居さんには、十分勝ち目はあると思いますよ」

足を止め、振り向きざまにいい、呵々と笑い声を上げた。

6

精工舎初の自社製造懐中時計〝タイムキーパー〟が、店頭に並んだのは銀座四丁目の新店舗の開店から半年。明治二十八年（一八九五年）六月のことだった。

老舗、新興入り交じり、高級品を扱う商店が軒を並べる銀座にあって、服部時計店の威容は、一頭地を抜くモダンかつ奇抜なものだ。物珍しさもあれば、購入はままならずとも目の保養とばかりに、客は連日押し寄せる。

鶴彦が満を持して送り出す、初の懐中時計だ。店の盛況ぶりからも不安は抱いていなかったのだが、想像を超える売れ行きである。飛ぶようにというのはまさにこのことで、来店する客の大半がタイムキーパーを買い求めるのだから、さすがの金太郎も驚いた。

「吉川さん。このままでは、早晩製造が追いつかなくなる。とにかく、凄まじい売れ行きで、この調子が続くと、半年もすれば品切れになってしまいます」

販売開始から僅かふた月後。社長室に現れた鶴彦と英恭に向かって金太郎はいった。

「まさに、嬉しい悲鳴というやつですね」

相好を崩す鶴彦だったが、「ならば、とりあえず本店分を確保してと申し上げても、社長のことです。時計店だってお得意さまだ。迷惑をかけることはできないと、おっしゃるでしょうしね」

目を細めながらも、困惑した口調でいう。

販売開始に先立って、新店舗で開催した内覧会には、精工舎の時計を仕入れている時計商がもれなく足を運んでくれた。さらに、噂を聞きつけた全国各地の同業者からの問い合わせが相次ぎ、その大半がタイムキーパーの発売を機に服部時計店との取引開始を望み、販路の拡大という思いがけない成果を生んだ。

しかし、取り扱い店が増えれば、当然出荷量も増大する。タイムキーパーの販売を開始するに当たっては、販売予測を立て、それを元にした製造計画に基づいて工場側は生産を行ってきたのだが、取引先が増えた上に大人気となれば、予測も計画もあったものではない。かかる事態を放置しておけば、争奪戦になるのは目に見えている。

「銀座店の在庫確保のために、取引先に商品を回せないなんて、製造会社にはあるまじきことですよ。そんなことをしようものなら、我々が立てた予測、製造計画が甘すぎたツケをお客さまに回すことになってしまう」

「先日、技師長から、今に至っても、全国各地の時計商から是非精工舎の時計を扱いたいと、問い合わせがひきも切らず、それも日々増え続ける一方だと聞きましたが？」

鶴彦に代わって、英恭がいった。

「有り難い話だよ」

金太郎は頷いた。「時計も一家に一台から、家長は別に一台の時代になったんですね え。次は間違いなく、一人に一台の時代が来ますよ。そうなれば時計市場は、今とは比べものにならないほど巨大なものになる。その時、誰が市場を握るかといえば、やはりいち早く販売網を構築した会社です。その点からも、時計店に迷惑をかけることはあってはならないでしょう」

「となると、方法は一つしかありませんね」

鶴彦はいう。「工場を増設し、生産力を高める……。ただ問題は、この好調ぶりがいつまで続くのかです。お客さまは気まぐれですからね。人気商品には飛びつきますが、熱が高いと冷めるのも早い。一旦造ってしまうと、工場は簡単に減らすことはできませんし、職工の手当という問題もあります。最悪の場合、工場は休ませることができますが、職工はそうはいきませんし……」

もちろん、策についての考えはある。

「ならば、使い続ける策を予め講じておけばいいじゃないですか」

金太郎は、鶴彦を見るとニヤリと笑い、続けていった。

「一つは、タイムキーパーに優る製品を続々と世に送り出すことです」

「続々と？」

鶴彦は驚いたように目を見開く。

「そう、続々と……それも短期間のうちに」

金太郎は頷いた。「吉川さんは、タイムキーパーで懐中時計の開発を終わりにするつもりはないでしょうし、もっといいものを造りたいと思っているはずです。懐中時計だけじゃなく、他の時計だってそうなんでしょう？」

もちろん、返事は聞くまでもない。

向上心と探求心。技術者魂の権化。それが鶴彦だ。

「もちろんです」

果たして鶴彦はいう。「タイムキーパーは、外国製品と比べても遜色ないという自負は抱いておりますが、優るとは思っていません。世界一の時計を精工舎から世界に送り出す。それが私の使命であり、夢ですので」

鶴彦のこたえ、決意に意を強くした金太郎は、

「時計の性能も日進月歩。外観、構造だってどんどん変わっていくでしょう。人の欲には限りがありませんからね。新しい製品が出て来れば欲しくなるものです。家だってそうだし、着物だってそうじゃありませんか。時計だって同じで、市場が尽きることはないんです。次々に新製品を世に送り出せれば、新しい市場ができて、工場は無駄になることはありません。それどころか、工場を増設しなければならなくなるじゃないです

か」

「新しい市場？」

鶴彦が小首を傾げて問い返してくる。

そこで、金太郎は英恭をちらりと見やり、

「去年の年末に、龍居さんとこの三人で、忘年会をやりましたよね」

すぐに視線を戻すと鶴彦に問うた。

「ええ……」

「あの時、龍居さんが、吉郇さんを服部時計店に招き入れたのは、外国にうちの時計を輸出するためだといったのを覚えてますか？」

「はい……」

「実は、近々清国へ精工舎の時計を輸出することになりましてね」

「本当ですか？」

「日清戦争で勝利してからというもの、多くの日本人、日本の会社が清国に進出しているでしょう？　在留邦人の購入も見込めるし、ドイツ、イギリス、ロシア、フランスも進出の機会を窺っていて、大勢の外国人が清国に渡って暮らすようになっています。清国の国土は広大ですからね。今後、年を重ねるに従って日本人はもちろん、彼の地で暮らす外国人の数は増え続けていくでしょう。私はね、これは精工舎の時計の販路を清国以外の国々に広げる絶好の機会だと考えているんです」

「とおっしゃいますと？」

問い返してきた鶴彦にすぐにこたえず、金太郎は英恭に視線をやった。

「社長は、欧州に精工舎の時計を輸出する絶好の機会だとお考えになってるんです」

金太郎に促されて、英恭がこたえる。「貿易というのは、本当に手間と時間がかかるものでしてね。相手国の貿易制度、書類手続きが複雑なことに加えて、国によって異なることもありますが、何よりも大変なのは、いかにして商品を輸出国の国民に知らしめるかなんです。たとえばタイムキーパーにしても、吉川さんご自身が遜色ないとおっしゃるように、欧米の懐中時計に伍して戦えるだけの性能を持っています。しかし、欧米では服部時計店の社名、製品を知る者は一人としておりません。いくら日本で高い評価を受けていても、社名すら知らない会社の製品を、買う気になる人はまずいません」

「確かに……その通りでしょうなあ……」

悔しそうな表情を浮かべながら同意する鶴彦に向かって、英恭はいった。

「つまり、精工舎の時計を欧米に輸出しようと思うなら、まず名前を覚えてもらう。次に、服部時計店とは何をする会社なのか、何を造っている会社なのか、そしてこんな素晴らしい時計を造っていることを認知させなければならないのです」

鶴彦は、黙って英恭の話に聞き入っている。

英恭は続ける。

「これだけのことを海外の国民に知らしめるのは、容易なことではありません。おカネもかかりますし、時間もかかります。だから清国なのです。日本人、ドイツ人、イギリス人、ロシア人、フランス人が入り交じって居留する国で、日本人が精工舎の時計を持っていたら。それが自分たちが使っている製品に優るとも劣らない、なのに安いとなったら、彼らはどう思うでしょう？」

　鶴彦は何かに気づいた様子で、「あっ」というように口を小さく開き、瞳を輝かせた。

「そりゃあ、関心を持つでしょうね」

「どこの国へ行こうと時計は時計です。日本に服部時計店という時計を造っている会社がある。そこの時計は正確だ。十分実用に耐える。しかも安い。そうして清国で精工舎の時計を購入した外国人が本国に戻れば――」

「なるほど、個別に輸出先を開拓するより、多くの国の人間が生活を営む清国で市場を獲得できれば、会社の名前も時計の性能も、一気に世界中に知らしめることができるというわけですね。いや、さすがは社長。私のような技術者には、思いもつかぬ発想です」

　心底感心した様子で英恭の言葉を先回りする。

「それもこれも、優れた時計があればこそ、外国でも自信を持って販売できる時計があればこそですよ」

　金太郎は本心からいい、両名に命じた。「だから工場の増設に、ただちに取りかかることにします。当面の間、タイムキーパーの出荷は国内に限定しますが、掛け時計は準備が整い次第、清国への輸出を開始する。タイムキーパーも増産の目処が立ち、国内市場への供給が十分となった時点で輸出開始です。二人とも、それを念頭に早急に準備に入って下さい」

第五章

1

「お帰りなさい。長旅、お疲れさまでした」

明治三十三年（一九〇〇年）三月も半ばを過ぎた早朝、精工舎内にある社長室に満面の笑みを浮かべた吉川鶴彦が現れた。

欧米視察に金太郎が出発したのが前年の九月だから、実に半年ぶりの再会である。

これほど付き合いが長くなっても、鶴彦は相変わらず金太郎に丁寧な言葉で接する。どうも窮屈に思えて金太郎は、「そろそろ、止めにしませんか」と提案したのだが、鶴彦は改めようとしない。

もっとも頻繁に顔を合わせているのだから、急には変えられないというのも無理からぬ話である。洋行に出かけた半年が、きっかけになるかと思っていたのだが、鶴彦の口調は相変わらずだ。

そこで金太郎は、自ら率先して普段通りの言葉遣いで鶴彦にいった。

「いや、疲れちゃいないさ。最初のうちは、船酔いが酷くてねえ。あれには参ったが、慣れちまうと家にいるのとそう変わらんのでね。むしろ、仕事に追われない分だけ、睡眠時間もたっぷり取れるし、飯も滅法美味(うま)いときている。お陰で、少々体が大きくなってしまったよ」

実のところ、金太郎の体型に変化はない。船旅の最中は、行動範囲が限られる上に、豪華な食事が日に三度、決まった時間に供された。しかし、それも毎日続くと、さすがに飽きる。それに、物見遊山で洋行に出かけたわけではない。欧米の時計製造会社を視察し、社会事情を学ぶという確たる目的があったのだ。

アメリカに到着してからは、西海岸から東海岸への移動には鉄道を使い、そこからまた船で大西洋を横断し、欧州内の移動もまた鉄道。帰国に当たっては、欧州からまた船である。

船旅は慣れれば家にいるのとそう変わらないのは本当だが、事実上の世界一周ともなると、むしろ日本にいる時よりも体力を使うのだ。

金太郎は、半年ぶりに会う鶴彦の顔を改めて見つめ、

「留守中ご苦労だったね。目覚まし時計も〝エキセレント〟も、大層な売れ行きだそうじゃないか」

タイムキーパーに続く、懐中時計の新製品エキセレントの名を口にし、感謝の言葉を

述べた。

「社長の先見の明には、改めて驚くばかりです」

鶴彦は真顔になると、感服した様子でいう。「工場を増設するに当たって、周辺の土地を片っ端から買い求めた時には、正直いくらなんでもと思いましたが、目覚まし時計もエキセレントも私の想像を超える売れ行きで、用地の手当てが済んでいなければ、大変なことになっていたところでした」

「本当は、先見の明ではなくて、無理難題といいたいんだろ？」

金太郎は、冗談をいった。

「いや、そんな……」

慌てて否定しにかかる鶴彦に、金太郎は呵々と笑い声を上げると続けた。

「吉川さん。あなた、もっと自分に自信を持ちなさいよ」

鶴彦はきょとんとした顔で、小首を傾げる。

「少なくとも、日本には吉川さんの右に出る技術者はいませんよ。そしてお客さまは、同じカネを使うなら、より優れたものを欲しがるものだ。だから、吉川さんの手がける時計は絶対に売れる。私はね、そう確信しているからこそ、勝負に出られるんだ。同じ博打でも、端から勝つと分かっているなら大きく賭けるに限るだろ？　もっとも、勝つと分かっている勝負は、博打とはいわんがね」

金太郎は、再び大口を開けて笑い声を上げると、

「そうそう、これは土産だ。ひでちゃんと元彦君にはチョコレート」

机の上に置いてあった包みを差し出した。

「お気遣いいただきまして、ありがとうございます」

「それから、ふくさんにはブローチ、君には万年筆だ……」

「家内にまで？」

「当たり前じゃないか。君は身内だもの」

すっかり恐縮した体で頭を下げる鶴彦に向かって、金太郎は続けた。

「それから、君にはもう一つ土産があるんだ」

「えっ、まだあるのですか？」

「間もなく、アメリカ、欧州から最新鋭の工作機械が届く。これが稼働しはじめれば、動力だけでも現在の二十五馬力が六十馬力に、他の機械設備も格段に充実することになる」

「動力だけでも、一気に倍以上ですか……。それは凄い……」

早くも鶴彦の目が炯々と輝き出すのを見て、金太郎はうんうんと頷くと、

「百聞は一見にしかずとはよくいったものだよ……」

洋行時のことに話題を転じた。「アメリカではウォルサム、エルジンの工場を見学させてもらったんだが、度肝を抜かれたよ。工場の規模も桁違いに大きいし、機械の性能、種類の多さもまたしかり。世界の最先端をいく製造会社は、ここまで進んでいるのかと

社のは赤子だよ」
「工場内に鳴り響く動力の音だって、アメリカが壮年期を迎えた心臓の鼓動なら、我が
「社長が、そうおっしゃるからには、我が社との差は歴然としているのでしょうね」
愕然とするばかりでね」

金太郎は、二つの工場で目の当たりにした光景を思い出しながらいった。

創業時の工場の動力は人力で、「ブリ輪」と称する木製の車の柄を人間が回したものだったが、柳島町に新工場を設けたのを機に、機械を導入した。それも当初は、五馬力だったのが、いまや二十五馬力になり、日本では最先端の工場と自負していたのに、とんでもない思い違いをしていたものだ。

動輪一つとっても大きさが違う。複数の動輪を繋ぐベルトの太さも長さも違えば、機械が何十台と並び、凄まじいばかりの轟音を上げながら稼働している様は圧巻というほかなかった。

「あんな光景を見せつけられると、工業力では絶対に日本は勝てんと、つくづく思ったね。しかも、機械化が進んでいる分だけ、大量生産が可能になっているんだな。なるほど、世界を相手に商売をするというのは、こういう会社を相手にすることなのかと思い知らされたよ」

何か問いたげな鶴彦だったが、複雑な顔をして押し黙る。

いわんとしていることには、察しがつく。

工業力では絶対に勝てないと金太郎は断言したが、ならば勝つ目算があるのかと訊きたいのだ。

「でもね、吉川さん。私は精工舎にも勝ち目はあるとも思ったね」

「しかし、社長はたったいま、工業力では絶対に勝てないとおっしゃったではありませんか」

「いい時計を造るのは機械じゃない、人間だ。技術者であり、職工なんだよ。製造に携わる人間たちの情熱と技能で時計の性能、価値は決まるんだ」

はっとして息を呑む鶴彦に、金太郎は続けた。

「日本の工業力が欧米諸国に遠く及ばないのは事実さ。でもね、君も含めて精工舎の技術者、職工もそうなのかといえば、そんなことはない。それどころか、遥かに優ると私は見たね。日本は古くから職人が産業を支えてきた国だ。繊細さ、丁寧さが求められる仕事はお手の物だし、欧米人が真似しようにも真似できない、優れた技が日本には山ほどあるからね」

「つまり、機械には任せられない、できない仕事。日本人が得意とする部分で勝負に出れば、精工舎の時計は世界でも十分通用するとおっしゃるわけですね」

「その通り」

金太郎は顔の前に人差し指を突き立てると、ニヤリと笑った。「量産には機械が必要だというなら、機械を入れればいいだけのこと。日本で手に入らないのなら、外国から買えばいいだけのことだ。要は、カネで解決がつく問題なんだよ。でもね、人は違うんだ。人材は一朝一夕には育たない。技術や仕事への取り組み方、職人気質ってもんは、それこそ長い年月の中で培われていくものだ。それが日本には、日本人には根付いているんだ」

大きく頷く鶴彦に向かって、金太郎はさらに続けた。

「もちろん欧米諸国、特に欧州の職人は同じような気質があるとみたが、であれば日本人ならばこその部分を伸ばしていけばいいだけの話だ」

「つまり、いかにして日本人の長所を生かした時計を造るか。それが世界を目指すに当たっての鍵(かぎ)になるというわけですね」

「それともう一つ。改めて気がついたことがある」

「それは、どんな？」

「教育の大切さ。つまり知を学び、身につけることの大切さだ」

金太郎はいった。「アメリカにも欧州にも、文字を読み書きできない人間がたくさんいてね。それが貧富の格差を生んでいる最大の要因なんだな。当たり前の話だが、文字が読み書きできなければ、学ぶことはできないし、高収入が得られる仕事に就くことはできないからね」

「読み書きできない人間が、そんなにたくさんいるんですか？」

「いる……」

金太郎は断言すると続けた。

「その点、日本は違う。まあ、江戸の時代に生まれた人の中にはいないではないが、少なくとも精工舎の従業員は職工を含めて、読み書きに不自由する者は一人としていない。でもね、それだけじゃ駄目なんだ。もっと知を学び、知を磨き、考える力を身につけなければならんのだ。高い教養、知力を持った日本人を増やすこと。それが、日本が欧米諸国に比肩する世界の大国となる唯一の手段なんだ」

「しかし、教育は国の問題で――」

「そう、確かに教育は国家が指針を決める問題ではある」

金太郎は鶴彦の言葉を遮っていった。「でもね、従業員に教育の場を設けてやるのは、会社の勝手ってもんだろ？」

「ああ……。なるほど……」

鶴彦は、合点がいった様子で大きく頷く。「以前社長は、知は人間が社会を生き抜くための唯一の武器だ。社会環境が激変していく中にあっては、尚更重要なものだ。そして、知の集積が国家を支え、未来を切り開く。この新事業を通じて……、とおっしゃいましたが、それを実現しようと決意なさったのですね」

「職工諸君の学びの場として、工場内に夜学を設けようと思ってね」

「大賛成です」

鶴彦は上気した顔で即座にこたえた。

「授業内容についての考えはあるが、職工諸君のような若い世代は、社会環境が日々変化する激動の時代を生きることになるだろうからね。もちろん、知を磨く努力は我々も怠ってはならない。まして、海外への販路を拡大しようとしてるんだ。諸外国の情勢、特に競争相手となる外国製品の動向には、より一層の注意を払わなければならない」

「古来、彼を知り己を知れば百戦殆うからずといいますからね」

「そこでだ、外国製時計の品揃えを強化しようと思うんだ」

金太郎を知らぬ人間が聞けば意外に思うだろうが、鶴彦なら何を狙ってのことか分かるはずだ。

果たして、「なるほど」と頷く鶴彦に向かって金太郎はいった。

「精工舎の時計は優れていると、社員が自社製品に自負を抱くのはとても大切なことだが、判断するのはお客さまだ。お客さまが、どこに価値を見出し、購入を決めるのか。自社精工舎の時計の優れた点はどこにあるのか、劣る点は、改良すべき点はないのか。自社の製品力、技術力の水準を客観的に知り、お客さまの嗜好を知るためにも、併売の強化は役に立つと思うんだ」

「おっしゃる通りです。全く異存はございません」

「それでね、洋行中に欧米の時計製造会社と輸入契約を結んできたのさ」

さもありなんとばかりに苦笑した鶴彦だったが、

「選択肢が広がるのは、お客さまにとってもいいことです。客足も伸びるでしょうし、相手に不足はなし。お客さまが精工舎の時計をこぞってお買い求め下さるよう、私も、より一層精進しなければなりませんな」

決意を新たにするかのようにいう。

話はまだ終わっちゃいないんだよ、吉川さん……。

そこで、金太郎は続けた。

「それと、もう一つ。本店で、時計以外の輸入商品も販売しようと考えてね」

「えっ？　時計以外の商品を……ですか？」

「かねてから吉郁さんに、いわれていたんだよ。清国と行き来しているうちに、あちらには日本にまだ入っていない珍しい品がたくさんある。本店は些か場所に余裕があることだし、そこで清国から仕入れた商品を売ったらどうかとね」

「外国商館に長く勤めていらっしゃいましたから、吉郁さんの商品を見る目は確かでしょう。いいんじゃないでしょうか」

「吉郁さんは、日本人がどんな外国製品を好むかを熟知しているし、今回の洋行で、彼のいってることがよく分かったよ。外国には、日本で販売すれば人気を博しそうな商品が、ごまんとあるんだよ」

「時計以外の商品を販売すれば、集客にも繋がるでしょうしね」

鶴彦はいう。「今までは、時計目当ての人しか来店しなかったでしょうからね。しかも、一度購入したら、長く使うのが時計です。舶来品目当ての人が来てくれるようになれば、店を頻繁に訪れるようになるでしょうし、輸入品は概して高額ですから、おカネに余裕がある方が大半です。目新しい時計が店頭に並んでいれば、つい手が出てしまうことだって、あるでしょうからね」

「吉川さんも、商売人になったもんだね」

技術者の鶴彦が狙いをずばりいい当てたことに、金太郎は内心驚きながら、「おっしゃる通り。人通りと客の入りは別物だというけどさ、来店いただかないことには、商売にはならんからね。だから、この件もただちに取りかかることにするよ」

「分かりました」

頷く鶴彦に向かって、金太郎は二枚の紙を差し出した。

「これは、今回買い付けた工場機械の一覧だ。到着すれば機材の入れ替え、操作の学習、職工の訓練と忙しい日が続くようになると思うが、吉川さん、ひとつよろしくお願いします」

金太郎がそういう間に、早くも鶴彦は購入機械の一覧を食い入るような目で検め始める。

項目を追うごとに視線が鋭くなり、瞳が炯々と輝き出すのを見ながら、精工舎がまた一つ階段を上ったことを金太郎は確信した。

2

日を経ずして、金太郎が洋行時に購入した工作機械が続々と日本に到着した。

もちろん設置要項、設計図、説明書の類いは全て英語で記載されており、日本語版は一切ない。

服部時計店は国内における精工舎製時計の総卸元であると同時に、海外への輸出、さらに外国製時計、舶来雑貨の輸入と、事業を多角化したこともあって、英語に長けた学卒者を採用していた。

精工舎も工場で使用している機械のほとんどが外国製であったことに加えて、本格的に海外に進出する際には、外国語で書いた製品説明書や修理の手引き書を用意しなければならない。本来であれば、語学力を兼ね備えた技術者の雇用は容易ではないのだが、こと精工舎においては、双方の素養を持った人材の確保に苦労はなかった。

金太郎が時計製造に乗り出したのと機を同じくして、名古屋、大阪を中心に、国内でも自社製造を開始した会社が相次いだ。そして、切磋琢磨しながら時計市場の覇権を巡って鎬（しのぎ）を削った結果、各社の技術、品質は瞬く間に進歩し、今や置き、掛け時計に至っては国産製品が主流となり、外国製品を駆逐する勢いにあった。

まさに群雄割拠する戦国時代の様相を呈する時計製造業界にあって、揺るぎない地位を確立したのが精工舎だ。優秀と目される人材は、いつの時代でも勢いのある会社の門を叩く。精工舎でも東京帝大工科大学や東京工業学校で学位を修めた技術者が続々と採用されていたのだ。

もちろん、工場で使用する機械は、設置すればすぐに使えるものではない。

まず、技術者が新たに導入した機械の構造、操作方法の全てを完璧に理解、把握した上で各工程の職長を教育し、さらに実際に機械を操作する職工たちに徹底した訓練を施さなければならない。

高額な資金を投じて調達した機械である。稼働の遅れは、資金が眠ることを意味する。機械が到着した直後から、鶴彦はもちろん、技術者たちも総出で膨大な技術書類と格闘する日々が続くようになった。

社長業は社内業務に来客応対にとただでさえも忙しい。しかも金太郎は外部団体の役職も兼務していて、宴席や会合も頻繁にある。

だから仕事に没頭できるのは早朝と夕刻過ぎということになってしまうのだったが、たまさか、夜遅くなった際に、ふと技術棟を見ると、退社時刻はとうに過ぎたというのに、明かりが灯っているのが目に入った。

金太郎は、新機材が到着した直後に鶴彦から「食堂に夜食と朝食の準備をお願いします」といわれたのを思い出した。

技術部門総出で合宿に等しい日々を送ってでもいるのだろうか……。

彼らの様子が気になって、食堂に出向いた金太郎の耳に、若い技術者たちの会話が聞こえてきた。

「技師長って、正規に技術を学んだことはないと聞きましたけど、あの洞察力は、どうやって身につけたんでしょうね。複雑な、それも英語で書かれた設計図や写真を一目見ただけで、構造どころか、組み立ての順序や操作方法までをも一瞬にして見抜いてしまうんですよ。なんだか、私、時々怖くなることがあって……」

増川といったか、入社してまだ一年も経たない新入社員が夜食のうどんを前にして、鶴彦の卓越した能力を畏怖するかのようにいう。

「そこが技師長の凄いところ、不思議なところなんだよなあ」

入社三年目の上松は、鶴彦の神がかった能力、技術力に感服する。「どうも文字を読まずとも、図面や写真を見ただけで〝読めて〟しまうみたいなんだ」

「図面や写真を見ただけで、読めてしまう……」

増川は何か思い当たる節があるらしく、箸を置いて暫し考え込むと、「信じ難いのですが、確かに、そうとしか思えませんよねえ……。いやね、この間も技師長に英文の仕様書の内容を口頭で訳しながら説明してましたら、途中で私の言葉を遮って、増川君、そこのところはちょっと違うでしょうっておっしゃいましてね。改めて原文を読み直してみたら、技師長のおっしゃる通りだったんです。以来、技師長に訳した内容を説明していると、何だか英語の先生から口頭試問を受けているような気になっちゃいまして……」

はあっと溜息を漏らし、肩を落とした。

「君だけじゃないよ。技師長と初めて一緒に仕事をした人間は、皆、そうだ」

上松は、口元に笑みを浮かべ、肩を小刻みに震わせると、「そういえば、技師長は前に、こうおっしゃっていたことがあったよ。外国人、日本人、誰が造ろうが機械に何をさせるかは人間が決める。そして、決めた人間が造った物だ。そこに造った人間の個性、腕の差が表れる。だから面白いんだとね。して考えてみるとだね……」

そこで、何事かを思案するように言葉を切った上松に、

「して考えると？」

増川は、先を促す。

「技師長にとって機械は、絵画のようなものなのかもしれないな……」

「絵画……ですか？」

「つまり、芸術作品と同じものだってことさ。外国人だろうが日本人だろうが、一廉(ひとかど)の画家なら一目見ただけで、この画家が何を意図して描いたかはもちろん、技法や使っている画材だって、たちどころに見抜いてしまう。言葉の違いなんて、絵には関係ないからね」

「なるほど、技師長にとって、機械は芸術作品……」

増川は、合点がいったとばかりに頷いた。

「もっとも、一目見ただけで他人が造った機械の全てを見抜けるのも、優れた技術者であればこそ。誰もが技師長の水準に到達できるわけではないけどね。その点からいっても、技師長は天才であることは間違いないがね」

金太郎は二人の会話を聞くうちに、自然と微笑んでいる自分に気がついた。

機械を絵画にたとえた上松の言葉は、いい得て妙というものだし、何よりも二人の言葉の端々から、鶴彦に対する強い畏敬の念が窺い知れたからだ。

「やあ、毎日遅くまでご苦労さんだね」

金太郎は二人に歩み寄りながら声をかけた。

「あっ、社長……」

「ああ、そのまま、そのまま」

慌てて腰を浮かしかけた二人を制すると、金太郎は上松の隣に腰を下ろし、

「どうだね。機械の設置は順調かね？」

進捗（しんちょく）状況は鶴彦から逐一報告を受けていたが、改めて問うた。

「はっ……いまのところ全て予定通りに……」

上松が緊張した面持ちでこたえる。

「それは、何よりだね……。もっとも、設置が済んでからが本番だがね」

「心得ております。機械が仕様書通りの性能を発揮しなければ、意味をなしません。それこそ宝の持ち腐れになってしまいますので」

その心意気や良し。

　金太郎は、うんうんと頷きながらも、

「いや、本番というのはね、技師長が才を発揮するのは、機械が稼働し始めてからになるからさ」

　二人の顔を交互に見ながら、ニヤリと笑って見せた。

「とおっしゃいますと？」

　怪訝な表情を浮かべ、問い返してきた上松に、

「技師長は、機械をそのままでは使わないからだよ」

「そのままでは使わないって……まさか、改良するんですか？」

　二人は目を丸くして顔を見合わせる。

「私が技師長と出会ったのは、無地の懐中時計にナナコ彫りを機械でやれる職人を探していたのがきっかけでね」

「ええ、存じております」

　先刻承知とばかりに頷く上松だったが、鶴彦がどんな機械を用いていたかは知らぬはずだ。

「当初、技師長は、彫りを行うのに外国製の旋盤機械を使っていたんだが、一日に二個仕上げるのがやっとでね。それが、徐々に数が増して行き、最終的には日産五個にまで増えたんだ。どうしてそんなことが可能になったか分かるかね？」

「社長のお言葉から察するに、技師長が旋盤機械を改良なさったからですね」

「仕様書、説明書はもちろん英語。英語を解さぬ吉川さんが、誰の力も借りることなく、一人で機械の構造を調べ、仕組みを完璧に把握した上で、より優れた機械に仕立て上げたんだ」

黙って話に聞き入る二人に、金太郎は続けた。

「技師長は尾張の出でね。当時、尾張は和時計の一大生産地だったし、彫金も盛んだったというから、技師長は幼少の頃からそれらの現場を間近に目にして育ったんだな。子供は純粋だからね。興味を覚えたことにはとことん熱中するし、鋭い観察眼を持ってるものだ。記憶力も大人の比ではないから、本格的に時計修理の修業を始めた頃には、時計や部品造りに用いる機械の構造は、完璧に頭に入っていたんだろうね。だから、修理技術を修得するのもずば抜けて早かったそうなんだ」

「なるほど、門前の小僧習わぬ経を読むというやつですね」

上松は、合点がいった様子で大きく頷く。

「だがね、技師長の凄いところは、自分が身につけた技術、腕に満足することもなければ、他人が造った機械に依存することもなく、どうしたらもっと効率よく仕事をこなせる道具にできるかを常に追求し続けてきたことにあるんだ。実際、今この工場で使われている機械の大半は、技師長の手が加えられたもので、導入時のまま使用されているのはごく僅かしかないんだよ」

「存じております……」

はじめて口を開いた増川は、「実は、私が服部時計店への入社を志したきっかけは、工業学校時代の恩師が、精工舎の時計製造技術を高く評価していたからなのです。技術者として生涯を賭ける価値のある会社だと、強く勧められまして」

力の籠もった声でいった。

しかし、すぐに視線を落とすと、

「でも、技師長は幼い頃から時計製造の現場を見てきたわけですし、天賦の才もおありになる。まさに、時計製造の申し子といえる方ですからね……。果たして、技師長に追いつくことが、できるのかと思うと……」

ぽつりと漏らした。

「できるさ」

金太郎は明るい声で、かつ力強く返した。「私だって、今でこそ時計製造会社の社長だが、独立して時計修繕所を開業した直後はなかなか食えなくてねえ。他所の店に出向いて糊口（ここう）を凌いでいた時期があったんだ」

「社長がですか？」

「そりゃそうだよ。服部時計店、精工舎だって、いきなり大きくなったわけじゃないからね」

驚く増川に向かって、金太郎は微笑みながら続けた。

「出向いた先は、名人と謳われる方の店でね。開業したてで、名人に匹敵する仕事ができるだろうかと不安を抱いていた私に、その人はこういったんだ」

　金太郎は、名人・桜井清次郎の顔を思い出しながら、あの時にいわれたままを語って聞かせた。

　感じ入った様子で話に聞き入っている二人だったが、改めて口にしてみると、清次郎の言葉は実に本質をついているとつくづく思う。

　金太郎もまた、清次郎の言葉を嚙みしめながら続けた。

「ここ精工舎で技術者としての道を歩み始めた君たちにとって、技師長は最初の師匠になるわけだ。でもね、ただの師匠じゃない。最高の師匠に出会ったんだ。つまり、優れた技術者になるための第一条件は、すでに満たされているわけだ。これはとても幸運なことだし、師を越えるのが弟子の使命であり、最大の恩返しなんだ。残る条件を満たすべく、不断の努力と情熱を重ねていきさえすれば、やがて技師長に追いつき、優る技術者になれると私は思うよ」

「師を越えるのが弟子の使命であり、最大の恩返し……」

　たったいま金太郎が発した言葉を嚙みしめるように増川はいう。

「師匠は親方ともいうだろ？　師匠にとって、弟子は文字通り我が子なんだ。親はね、いつの日か我が子には自分を越える人間になって欲しいと願っているものさ。技師長だって、そう思っているに違いないんだ」

二人の瞳が炯々と輝き出す。

金太郎は、口元に笑みを浮かべると、

「その気持ちは私も同じだよ。社員は私にとって我が子だ。会社は社員諸君を幸せにするためにあると考えているし、そのためには、常に前進あるのみ。高品質の時計を製造し、世界に打って出る。日本の精工舎から世界の精工舎に。それが可能になるかどうかは、社員諸君の働き如何だ。今回の新機材の導入は、そのための一歩でもあるんだ」

二人の顔を交互に見ながら、「頼むぞ」と言葉に出さずに頷くと、席を立った。

3

新機材の導入は、精工舎の生産能力を飛躍的に向上させた。

前年から製造を開始していたニッケルめっきを施した目覚まし時計と、十二サイズの懐中時計エキセレントの大増産を可能にし、それに伴って精工舎、服部時計店の業績も急速に伸びた。

日本有数の時計製造販売会社の経営者は、業界においても応分の責務を担わなければならない。

明治三十四年（一九〇一年）。金太郎は、東京時計商工業組合二代目頭取・新居(あらい)常七(つねしち)の辞任にともない、三代目頭取に選出された。

すでに、社外活動としては、東京商業会議所の会員になっていたし、本業もまだ道半ば。服部時計店、精工舎に加えて、社外に二つの重責を担うのは、内心不安を覚えないではなかった。

しかし、西洋には「ノブレス・オブリージュ」という概念があって、社会的に認められた人間には、社会に奉仕する義務があるとされるのは、常々その通りだと思っていたし、東京商業会議所で培った人脈を活用すれば、時計商業界の発展に貢献できるのではないかと考え、東京時計商工業組合の頭取を引き受けることにしたのだった。

もちろん、引き受けた理由は他にもある。

服部時計店には、工場の運営、店舗の経営を任せられる人材が揃っていたからである。

精工舎においては、かつて鶴彦が営んでいた吉川時計店を継いだ、実弟の林亀彦が同店を畳んで明治二十七年に入社。懐中時計の製造を担当していたし、服部時計店は吉邨英恭を支配人に据え万事を任せていた。職工数も増やし、学卒者の採用も盛んに行っていたので、有能な人材も育ってきた。加えて、職工たちも工場を増設したのを機に開学した夜学で学ぶにつれ、知識、教養が身に付き、それが労働力の質を高め、生産性の向上に繋がっていたこともあった。

人員、組織がここまで大きくなると、経営全般に目を光らせるのには無理がある。決裁一つとっても、金太郎の承認なくしては何事も進まないのでは、むしろ成長の足枷となりかねない。そうした観点からも、それぞれの職責に応じて権限を委譲すべきだし、人材を育成する上でも、いい機会になると考えたのだ。

そして、翌明治三十五年（一九〇二年）。高い教養、知力を持った国民を増やすことが、日本が欧米諸国と並ぶ、世界の大国となる唯一の手段だという金太郎の考えの正しさが実証される日がやってきた。

「お連れさまがお見えになりました」

女将の声と同時に襖が引き開けられると、

「お待たせしてしまって、申し訳ありません。仕事がなかなか片付かなくて、すっかり遅れてしまいました」

背広姿の英恭が入ってきた。

「何かあったのかね？　吉郁さんが居残らなければならない仕事なら、よほどのことだろう？」

金太郎が訊ねると、

「いやあ、嬉しい知らせが入ったもので、四ツ丸掛け時計の記念販売をやることにしたんです。店内の陳列棚の配置を変えたり、看板を手配したりしていたところ、気がついたらこんな時間に……」

英恭は嬉しくてたまらないとばかりに相好を崩し、空いた席に腰を下ろした。

「まあ、私ら三人は下戸だから構わんのだがね。それでも、めでたい席は乾杯からだ。祝杯を上げようにも上げられないし、下戸相手じゃ芸者衆も手持ち無沙汰で困っていたんだよ」

「本当に申し訳ありません」

頭を下げ、詫びる英恭だったが、それでも顔は緩んだままだ。

ところは新橋の料亭である。金太郎に鶴彦、亀彦の三人の隣には、それぞれ一人ずつ芸者がつき、英恭の到着を今や遅しと待っていたのだ。

「ささ、お一つどうぞ……」

芸者の一人が瓶を手にしたのを合図に、それぞれのグラスにビールが注がれた。

「じゃあ、乾杯といこうか」

準備が整ったところで金太郎はいった。「東洋農工技芸博覧会における四ツ丸掛け時計の金牌（きんぱい）受賞を祝して……乾杯！」

グラスを高く掲げた金太郎が、高らかに音頭を取ると、

「乾杯！」

三人が大声で続いた。

酒が呑めない金太郎だが、今宵は口を湿らす程度のビールが格別に美味い。

鶴彦、亀彦も、ちびりとビールを嘗（な）めると、たちまち相好を崩し、顔をくしゃくしゃにする。

「いやあ、これは快挙ですよ。なんといっても我が国時計業界初の受賞。それもフランス政府が授与してくれたんですからね。精工舎の時計は世界で通用すると、お墨付きを

貰ったんです。昼に一報を聞いた時には、嬉しくて嬉しくて、天にも昇る気持ちというのは、まさにあのことをいうんでしょうねえ」

一息にビールを呑み干した英恭は、興奮の色を隠そうともせずまくし立てる。

三井物産の上海(シャンハイ)支店を通じて、仏領印度(インド)支那(シナ)河内(ハノイ)で開催中の東洋農工技芸博覧会に出品した精工舎の四ツ丸掛け時計が金牌を受賞したという電報が、金太郎の元に届いたのは、今日の昼近くのことだった。

吉報は瞬く間に社内に広がり、事務棟、そして各生産棟から相次いで歓声が上がったのだったが、先程の英恭の話からすると、銀座の服部時計店では、早くも記念販売の支度が整っているらしい。

そこで金太郎は、英恭に向かって問うた。

「陳列棚の配置を変えたって、どんなふうにしたのかね？」

「入り口を入ってすぐのところに、ひな壇を設けましてね。緋毛氈(ひもうせん)を敷いて、そこに四ツ丸掛け時計をずらりと並べまして、その上に〝仏領印度支那河内、東洋農工技芸博覧会、金牌受領〟と、毛筆で書いた看板を掲げたんです」

英恭は胸を張り、小鼻を膨らませる。

「それだけの支度が、よく半日で間に合ったね。揃えるのは大変だっただろう」

「ひな壇と緋毛氈は、桃の節句に店内にひな人形を飾る際に使うやつを、物置から引っ張り出したんです。看板は三越に店員を走らせまして、揮毫(きごう)は不肖吉郎が……」

英恭の興奮ぶりは、ますますボルテージが上がるばかりだ。

鶴彦、亀彦は、技術者らしくいつも通り寡黙だが、それでもそんな英恭の様子を嬉しそうな眼差しで見つめる。

「社長、これは大商いになりますよ。それこそ生産が追いつかない。まさに、嬉しい悲鳴という状態が暫く続くでしょうね。それに、明日には、得意先に受賞の知らせを郵送する手はずを整えましたので、全国の時計店からも注文殺到間違いなしです！」

「それもこれも、君たちを含め、社員諸君の働きの賜物だよ」

金太郎は、本心からいった。「お二人には、素晴らしい時計を造っていただいたし、吉郁さんは、熱心に販路を開拓してくれた。私は本当に人に恵まれたとしみじみ思うよ」

「社長……」

鶴彦がはじめて口を開いた。「精工舎の時計が創業から僅か十年にして、海外でも高い評価を得ることができたのは、私と亀彦の力以上に、勤勉かつ高い技術力を身につけた職工たちの存在が大きいのです」

鶴彦が何をいわんとしているかは察しがついたが、金太郎は黙って耳を傾けることにした。

鶴彦は続ける。

「工場内に夜学を設けると宣言した際に、社長はこうおっしゃいました。高い教養、知力を持った日本人を増やすことが、日本が欧米諸国と並ぶ、世界の大国となる唯一の手段なんだ、と……。そして私が、教育は国全体の問題だと申し上げると、社長はこうおっしゃった。従業員に教育の機会を与えてやるのは会社の勝手だと……」

もちろん覚えている。

しかし金太郎は、「そうだったかな」と敢えて白を切った。

「時計業界に限らず、いずれの産業界でも、大半の経営者は職工、丁稚は単なる労働力。それも安い賃金で使える労働力としか見ていません。当然、与える仕事もそれ相応のものになるわけです。果たしてそれで、齢十五前後の少年、少女たちが己の将来にどんな夢や大志を抱けるでしょうか」

普段は多くを語らず、口を開いても朴訥(ぼくとつ)な口調で話す鶴彦が、珍しく声に熱を込める。

そのせいもあって、金太郎はもちろん、亀彦も英恭も黙って鶴彦の言葉に聞き入っている。

鶴彦はさらに続ける。

「夜学を開設してからというもの、彼ら、彼女らが、いかに学問に飢えていたか、学びたくとも学べなかった環境が精工舎に入って一変したことに、どれほどの喜びを感じているか。私は、そのことを改めて思い知りました」

「兄さん……いや、技師長のいう通りです」

亀彦が鶴彦の言葉を継いだ。「現場にいるとよく分かるんです。御母堂さまのお世話の甲斐あって、快適な寄宿舎生活が送れるお陰で、かねてより職工たちは熱心に仕事に取り組んでおりましたが、夜学が開設されて以来、私たちの指示に対する理解力、技術の吸収力は格段に向上し、これが不良品の発生を激減させ、生産性の向上に繋がっているんです」

「職工は、ただの労働力にあらず。精工舎は夢を見られる職場だ。その確信、安心感が希望となり、職工たちの士気を高め、今日の精工舎の発展の原動力になっているんです」

鶴彦、亀彦の言葉を聞いた英恭が、感慨深げにいう。

「ここにいるお三方のように、天賦の才に恵まれた人間は滅多にいるものではありませんが、機会を与えれば人間は成長することができるのですね……」

ここまで感心されると、何だか居心地が悪くなる。

「まあ、精工舎のためというよりも、学を身につけるのは、誰にとっても決して損にはならないものだ。それどころか、これから先の社会を生き抜いていくためには、まず学を身につけることだと思って始めただけなのだがね」

謙遜した金太郎は、「それに、職工諸君が学問に飢えていたのは確かだろうが、不良品が激減し、生産効率が上がったのは、やっぱり卓越した技量を持つ両君の指導の賜物だと私は思うがね」

鶴彦、亀彦の顔を交互に見た。

「聞きましたよ」

鶴彦は真摯な眼差しを向けてくるといった。「上松君と増川君に、時計職人の腕は最初の修業で決まるとおっしゃったそうですね」

「ああ……。増川君が、技師長のようになれるだろうかと、不安げに漏らしたものでね。かつて桜井時計店の桜井さんにいわれたままを、話して聞かせたんだ」

「暫く忘れておりましたが、その通りなんですよね……」

鶴彦は、自らにいい聞かせるようにいう。「その言葉を聞いて、私、はっとしたんです。入りたての職工はもちろん、学校出の技術者だって、精工舎に入ってはじめて時計の製造に携わる。人間にたとえれば赤子なんですよね。真っ新な状態で生まれてきた赤子は、親から言葉を、礼儀、作法を教わりながら一人前になっていく。それと同じように、職工も技術者も、我々先達の仕事を見、教えを受けながら成長していくわけです。して考えると、果たして私は、そうした覚悟をもって後進に接してきたのか、親としての職分を果たしてきたのだろうかと……」

何と謙虚、何と真面目な男なのだろう。

金太郎は、改めて鶴彦の人柄に感動しながら、素晴らしい部下たちに恵まれた幸運を神に感謝した。

「吉川さん。桜井さんの言葉は、それだけじゃなかったんだ。まず、本人の修理を身につけようという意志と熱意。次に熟練の技を持った職人の修理をどれほど見るか。どれほど熱心に修理を学ぶか。つまり、早い話が、卓越した技術を持つ職人に出会うこと。そして、熱心に学ぶこと。出会いは運次第だが、そこから先は本人の心がけ、熱意、意欲次第だと桜井さんはいいたかったのだと思うんだ。だから、増川、上松の両君にもいったよ。吉川さんに出会ったことが、幸運なんだとね。どうかこの幸運を生かして欲しいという願いを込めて……」

その時、金太郎の脳裏には、東京商業会議所会員になってほどない頃に、会頭の渋沢栄一と交わした会話が浮かんだ。

「服部君。私はよく、事業を成功させる秘訣、大きく成長させる秘訣はなんだと訊かれるんだ。その度にこたえに窮してしまっていたんだがね、最近思うに、事業というものは雪だるまを作るようなものだと気がついたんだ」

渋沢が何をいわんとしているか俄には理解できず、金太郎は問い返した。

「雪だるま……ですか？」

「どれほど大きな雪だるまでも、元は掌で握り締めた小さな雪玉だ。踏み固められた雪の上を転がせば、力はいらんがなかなか大きくはならんよな。だから、大抵の人間は、新雪の上、それも平地の上を転がそうとする。最初はさほどの力はいらないが、雪玉が大きくなるにつれ、重さは増して行き、それに比例してどんどん大きな力が必要になる。ところが、体力には限りがある。やがて力尽き、いくら押してもぴくりとも動かなくなってしまう」

渋沢は財界の中にあって大物中の大物だ。会員になったとはいえ、末席に座る金太郎にとっては雲上人そのものだ。直に渋沢の話を聞ける機会は、滅多にあるものではない。

真剣に話に聞き入る金太郎に、渋沢は続けた。

「だから、より大きな雪だるまを作ろうと思うなら、体力、気力が十分あるうちに、同じ新雪でも平地ではなく、斜面の上、人跡未踏の頂に向かって転がすべきだと思うんだよ。斜面を登るにつれて、平地と同じように雪玉は大きくなっていく。重さも増していく。そのうち、だんだん押すのが苦しくなってくる。だがね、そこが踏ん張りどころだ。もう一押し、もう一押しと、工夫を重ね、歯を食いしばって雪玉を押しているうちに、やがて頂に到達する。そうなればしめたものだ。そこから先は、新雪が降り積もった下り坂。大きくなった雪玉は、自らの重みで坂を転げ落ち、見る間に巨大化していく……」

そこまで聞けば、渋沢が何をいわんとしているかが、はっきりと分かる。

官を辞した後、実業界に転じた渋沢は、数々の大会社を設立し、経営を軌道に乗せた財界の神様的存在だ。

渋沢がたとえた踏み固められた雪の上とは、すでに多くの先行事業者が存在する市場のことであり、平地もまたさして変わらぬ市場を指しているのであろう。そして、頂に続く人跡未踏の雪原とは、まだ誰も手をつけていない市場のことを指す。

確かに、次第に重量を増す雪玉を押しながら頂を目指すのは、大変な労力が必要だし、知恵も要る。しかし、登り切ることができさえすれば、事業は黙っていても勝手に大きくなっていくと渋沢はいっているのだ。

「もちろん、いくら工夫をこらしても、知恵を絞っても、大きさ、重さを増していく雪玉は、いつまでも一人で押せるもんじゃない」

渋沢は、さらに続ける。

「人間、誰だって楽をしたいさ。雪玉を押しながら頂を目指す姿を目にすれば、何を馬鹿なことをと、大半の人間はあざ笑う。だがね、なぜ苦しい思いをしながら、こいつはこんなことをやっているのか、その意図を解し、一緒に押してくれる人間が現れればしめたもの。雪玉が頂に到達した後にどうなるかを見通せる。つまり、先見の明に富み、志を同じくしてくれるだけでなく、事業に伴ういかなる困難も共にする覚悟を持った人間なんだ」

渋沢の言葉が、今更ながらに心に響く。そして、つい数日前に突如舞い込んできた新事業の依頼を思い出し、頂に立ちさえすれば、雪玉は黙っていても自力でどんどん大きくなっていくといった渋沢の言葉は、本当のことだったのだと金太郎は思った。

「ところで、こんな席で何だが、お二人に相談したいことがあってね……」

金太郎は、鶴彦、亀彦に向かっていった。「実は、国の方から測量、航海、気象などの学術用精密機械、ガス・水道用メーターの製造を精工舎で請け負ってくれないかと打診があったんだ」

「時計ではなく、精密機械をですか？」

驚いたようにいう鶴彦だったが、新しいことへの挑戦を厭わない性分ときている。技術者魂を刺激されたらしく、瞳が輝き出すのを金太郎は見逃さなかった。

「お国から声をかけていただけるのも、お二人の卓越した技術力をお国が認めたからこそのこと。精工舎にとっても名誉なことだし、時計製造以外の製品分野に進出する絶好の機会だ。私としては是非受けたいと思うのだが、どうかな？」

「やらせていただけるのでしたら是非！　私も亀彦も、今挙げられた製品についての知識はありませんが、技術者の中には学校でそうした製品を学んだ者もいるはずです。私にとっても、彼らの教えを請いながら、新しい製品技術を学ぶいい機会になりますので」

彼らの教えを請いながらときたか……。

内心で呟きながら、どうせ教えを受けながら、新機材の設置の時と同様、「そこは違いませんか」「こうした方がいいんじゃないですか」とか、気がつけば鶴彦の発案によって、従来製品を遥かに凌ぐ性能、品質を持つものが出来上がるに決まっている。

その時の光景が目に浮かぶようで、目を細めた金太郎だったが、芸者衆を前に仕事の話に終始するのは無粋に過ぎる。

「仕事の話はこれまでにしよう。芸者衆も手持ち無沙汰だ。今日は無礼講で盛大にやろうじゃないか」

　金太郎は、努めて明るく声を張り上げたものの、「しかしなあ、下戸が三人もいたんじゃ酌もお願いできないか……」

　そこで、ふと思いついて亀彦に目をやり、次いで一番年かさの芸者・駒菊に視線を転じ、

「駒菊さんは、新内節を歌えるんだったね」

　金太郎は問うた。

「はい……」

「すまないが、この人に三味線を貸してやってくれないか」

　金太郎は亀彦に目をやった。「こう見えて、新内節を趣味にしていてね。大寒に入ると浜町や柳橋を流して歩くほどの腕前なんだ」

「まあ、それは結構なご趣味をお持ちでいらっしゃいますこと」

　駒菊は意外そうな表情を浮かべながらも、嬉しそうに目を細める。

「いや、社長、新内は心中、道行ものが主ですから、さすがに、めでたい席にはどうかと……。それに、玄人衆を前にしてというのは、ちょっと……」

「亀彦さんは三味線、歌は駒菊姐さんにお願いしようじゃないか。それならどうだ」

　亀彦の新内節は、何度か聞いたことがあるが、なかなかどうして大したものだ。それ

に、技術を学ぶのと同様、亀彦は趣味といえども決して手を抜くことはない。

「歌うのは構いませんが、殿方の新内は久しく聞いておりません。耳の保養に是非お聞きしとうございます。私は、上調子（うわぢょうし）をやらせていただきますので……」

駒菊はそういうと、亀彦に向かって、「お一つ、お願いできませんでしょうか」

と頭を下げた。

「そうですか……。では、一曲ご披露させていただきますか……」

駒菊に促された若い芸者が、亀彦に三味線を差し出す。

「では、明烏（あけがらす）　夢泡雪（ゆめのあわゆき）を……」

亀彦は駒菊に演じる曲名を告げ、暫し弦の調整を行うと、正座した姿勢を改めて正し、

「春雨の　眠ればそよと起こされて……」

凜とした声で、歌い始めた。

4

精工舎は期待にこたえた。

吉川兄弟の指揮の下、精工舎内に新たに設けられた精密機械開発部は、僅か一年も経たずして、翌明治三十六年（一九〇三年）には、測量機器を始めとする精密機材の製造を軌道に乗せた。

さらに、明治三十七年（一九〇四年）二月、日露戦争が勃発すると、ほどなくして精工舎は陸軍砲兵工廠指定工場と定められ、軍需品の生産を命令された。

もっとも、製造を命じられたのは、時計ではなく、野砲や山砲の薬莢、爆管体、発火金といった兵器の部品である。

一旦戦端を開けば勝敗が決するまで、戦いに休みはない。勝敗を決する要因は様々あれど、武器、弾薬が尽きればそれまでだ。生産の遅れは、最前線で戦う兵士の命を危険に晒す。企業は総力を挙げて軍を支援すべく、製造に取り組む日々が続くことになった。

精工舎も懐中時計の生産こそ維持したものの、掛け、置き時計の生産を半減し、持てる労働資源を総動員して兵器部品の生産に取り組んだ。明治三十六年期末時点で精工舎の職工数は、男女併せて五百三十余名に達していたが、戦争が激化するにつれ兵器部品の需要はうなぎ登りとなり、逐次、臨時工員を増員した結果、最大時には千八百名を数えるまでになった。

この戦争は、明治三十八年（一九〇五年）九月に日本の勝利をもって終局したのだが、日本経済に特需を齎し、精工舎はもちろん、日本の産業界を飛躍的に発展させる起爆剤となった。

国運を賭けた戦争とはいえ、もちろん無償ではない。しかも予算、採算度外視である。会社の業績が向上すれば、労働者の収入も増える。懐が温かくなれば、当然消費も活発になるわけで、日本社会には空前の好景気が訪れることになった。

そして鶴彦には、これらの兵器部品の製造に携わった経験が、新たな知識と技術を授け、画期的な部品製造機械が完成した。

精工舎にある社長室に鶴彦がやってきたのは、明治四十一年（一九〇八年）、師走の声が聞こえはじめた十二月初旬のことだった。

突然現れた鶴彦の顔を見た瞬間、

ついにやったか……。

金太郎は直感した。

というのもこの二年余り、鶴彦は懐中時計の部品製造機械の開発に没頭していて、研究開発室に籠もりっきりになっていたからだ。その熱意は執念といえるもので、前年に精工舎の門前に新築した自宅に深夜帰宅すると、ただちに湯を浴び夕食を摂る。そして短い睡眠の後は、日が昇らぬうちに朝食を済ませ研究開発室に戻るや再び深夜まで仕事に没頭するという凄まじさだ。

果たして鶴彦は、執務席に座る金太郎の下に歩み寄ると、

「ピニオン自動旋盤、ようやく完成いたしました」

と静かにいった。

鶴彦の執念がついに実を結んだかと思うと、感動のあまり言葉が出ない。

金太郎は鶴彦の顔を見つめながら、ゆっくりと背凭(せもた)れに身を預けた。

「たった二年で……たった二年でピニオン自動旋盤を？　吉川さんが、完成といえるも

のに仕上げたのか？」

　頷くところからも、自信のほどは窺い知れるのだが、

「二年も……です……」

　鶴彦はこたえる。

「しかし、私たちがアメリカに行った際に売ってくれといっても頑として応じてくれなかった機械なんだよ。それで、私がスイスのピーターマンからようやく手にいれたのに、その頃には先に帰国した吉川さんは、すでに開発に着手していた。アメリカで見ただけで、手本すらなかったものを……」

「技術屋の意地です。売ってくれと社長が申し出た時の断り方が頭にきましてね。あの見下すような態度といい、せせら笑いといい、まるでお前ら日本人に売ってやったところで使いこなせまいといわれた気がして、だったら自分で造ってやると決意したんです」

　鶴彦が、そういうのには理由がある。

　明治三十九年（一九〇六年）九月。日露戦争の特需で、精工舎が空前の利益を上げたこともあって、金太郎は英恭と鶴彦を伴い、欧米視察旅行に出発した。

　鶴彦にとっては初の海外旅行である。アメリカでは、金太郎が前に渡米した際に訪れた、ウォルサム、エルジンの二大工場を見学したのだったが、まさに百聞は一見にしかず。前回の洋行から帰国した金太郎から、アメリカの工業力、規模の大きさ、近代化ぶ

りを聞かされていた鶴彦にしても驚愕の連続であった。

見学の最中に、これは使えると目をつけた最新鋭の機械を次々に購入したのだったが、ただ一つ、いくら頼み込んでも売却に応じない機械があった。

ピニオン自動旋盤である。

ピニオンとは、時計の歯車の軸回りにある小さな歯車のことで〝カナ〟と称する。

これまで精工舎の工場では、懐中時計用のカナは手動式の小型旋盤三台を使用し、荒挽き・歯割り・仕上げの三工程を経て、一日に約十二時間を費やしても百個前後しか製造ができず、しかもその三割以上が不良品というのが悩みであった。

歯車は時計の品質、正確性を左右する根幹部品だ。仕上げは、熟練した技術を持つ職工が行うのだが、極小のカナを造り、仕上げるとなると職人の勘に頼るしかなく、どうしてもカナの精度にムラが生じてしまうのだ。

となれば、高精度のカナの大量生産を可能にするには、高性能の専用機械を導入するしかない。なぜなら、カナに限らず、安定した品質の製品を大量に製造するのが、機械の最も得意とするところだからだ。

ピニオン自動旋盤がすでにアメリカの時計製造会社で使われているのは、日本を発つ前に知っていて、鶴彦も「まずピニオン」と購入を切望していた機械だった。

ところが、いざ購入を申し出ると、他の機械の売却には快諾したのに、ピニオンだけは駄目だというのだ。

あの時のアメリカ人の態度には、さすがの金太郎もカチンときたものだったが、機械の買い付けが終わった途端、「私は、ここから日本に帰国します」と鶴彦がいい出したのには驚いた。

「吉川さん。あなたは海外に出るのは初めてじゃないか。欧州を訪ねる機会なんて、滅多にあるもんじゃない。これまで目一杯働き続けてきたんだ。見物がてら、欧州をゆっくり回ったってバチは当たらんよ」

今回の洋行の目的は、もちろん最先端の時計工場の視察、新機材の調達だが、もう一つ、鶴彦の長年の労苦に報いてやりたい、つまり慰安にもあったのだ。

慌てて、欧州への同行を金太郎は促したのだったが、「もはや、欧州の工場は見学するに及びません。欲しい機械を全て買っていただき、社長には大金を使わせてしまいましたので、一刻も早く設置を済ませてしまわないことには、それこそバチが当たります」と頑として受け付けない。

そして、最後にこう漏らしたのだ。

「それに、一番入手したかったピニオンの購入を断られたんです。こうなったら自分で造るしかないじゃないですか」

結局、そこで鶴彦と別れ、金太郎は英恭と二人で欧州に渡り、スイスのピーターマン社から旋盤を購入することができたのだが、帰国してみるとすでに鶴彦は独自で開発に取りかかっていたのだ。

「それで、完成したピニオン自動旋盤の性能は？」

仮に製造量が現行通りだとしても、不良品の発生率が二割減れば、その分だけ製品の増産に繋がるのだから、これは大きい。

ところが、この問いかけに対する鶴彦のこたえは、金太郎の想像を遥かに超えるものだった。

「生産個数は現行の倍以上……」

「ば、い……？」

耳を疑いながら、問い返す金太郎に、鶴彦は視線を落とすと、

「もっとも、不良品はごく僅かですが発生します。本当はゼロにならなければ完成とはいえないのですが……」

残念そうな表情を浮かべた。

「ちょ、ちょっと待ってくれ。生産量が倍以上って……。それで、不良品はごく僅かしか発生しないの？」

「ええ……」

鶴彦は頷く。

「ってことはだよ。今は不良品が三割以上だから、旋盤一台当たりの生産量が三倍弱。二台設置すれば六倍に増えるってことになるよね」

「そうなりますね」

鶴彦は平然とこたえるが、とんでもない快挙、いや革命的機械の登場である。

「そうなりますねって……。吉川さん、あなた、これがどれほど凄いことか分かってるのか？　一台当たりのカナの製造数が三倍になれば、時計の生産数も三倍になるだけではないのだよ。カナの生産原価が劇的に下がるわけだから、販売価格も安く設定できるようになるってことなんだよ」

「先の洋行の際には、購入する機械の選定をお任せいただいた上に、望んだ機械は全て買っていただいたんです。そのお陰で、動力も六十馬力から百四十馬力になりましたし、他にも様々な最新鋭の機械を導入できました。なのに、肝心のカナが不足したのでは、最新型の機械を導入した意味が半減してしまいますので……」

確かに、購入する機械の選定は、先の洋行に鶴彦を同行させた目的の一つではある。その前の洋行で買い付けた機材は、全て金太郎が選定したが、やはり現場を預かり、しかも技術者として卓越した能力を持つ鶴彦に選んでもらうべきだと考えたのだ。

だから鶴彦が「これは使えます」といった機械は、価格の如何を問わず片っ端から購入したのだったが、まるで自分の道楽のためにカネを使わせてしまったといわんばかりだ。

全く、どこまで……。

余りの誠実さに、鶴彦が愛おしくさえ思えてきて、

「吉川さん。あなた、試作機を幾つ造った？」

金太郎は問うた。

「そうですね……」

鶴彦は小首を傾げながら、「四つ、いや五つは造りましたかね」

平然とこたえる。

「二年の間に、それだけの数を造りなさったか……」

金太郎は、それに費やした労力、情熱はいかばかりであったろうと感動を覚えながら、

「前に吉川さんは、試作段階で思い通りに動かぬ機械は、発想のどこかに間違いがある。ああでもない、こうでもないとやっているより、一からやり直した方が結局は早いんだといっていたことがあったが、やっぱりあなたのいう通りなんだねえ」

金太郎は鶴彦の顔を見つめ、改めて天才・吉川鶴彦に巡り合った幸運を嚙みしめた。

「私のような人間が達観めいたことをいうのは憚られるのですが、改良を加えるにしても、新しい機械を造るにしても、最初の段階に間違いがあれば、いくらいじくり回しても、駄目なものは、結局駄目なんです。筋がよければ、驚くほどすんなり行くものなんです」

何度か聞いてはいたが、実に含蓄に富んだ言葉だと、金太郎は思った。

「確かに、そういうものなのかもしれないね……。事業、経営にも、同じことがいえるよな。筋がいい商い、事業というものは、狙った通り、恐ろしいほどすんなり行くものだ。思惑通りに行かなくて、ああでもない、こうでもないと、無理を重ねていくと、や

がてどこをどうすればいいのか分からなくなって、結局は頓挫、失敗してしまうものだからね。もっとも、始めてしまうと、原点に間違いがあったんじゃないかとは、なかなか思えないものだし、原点に戻る勇気が持てないものではあるんだが……」

「こんなことをいえるのも、ピニオンに限らず、社長が私のやり方を黙認して下さっているからですよ」

鶴彦は口元に笑みを浮かべ、感謝の言葉を口にする。「試作機とはいえ、造り上げるには、それ相応の費用がかかります。事業を始めるにしたって、それは同じです。一旦おカネをつぎ込んでしまったからには、無駄にはできない。なんとしても生かしたい、生かさなければならないと必死になるものです。ですが、社長は違います。私のやり方に一切口を挟むことなく、自由にやらせて下さる……」

鶴彦は、そこで一旦言葉を切ると、真摯な眼差しで金太郎を見つめ、

「技術者として、こんな有り難いことはないと常々思っております。本当に感謝申し上げます」

深々と体を折った。

「とんでもない。礼をいわなければならないのは私の方だ」

金太郎は慌てて立ち上がると、深く頭を下げ、「この旋盤を増設すればするだけ、懐中時計の生産数は格段に増えていく。それすなわち、精工舎の懐中時計の市場占有率が高くなっていくということでもあるんだ。これは、大変な功績だよ」

胸に込み上げる高揚感を抑えきれず、声を弾ませた金太郎に、

「あの……社長。カナの増産が可能になるのは、懐中時計だけではありません」

鶴彦は、また笑みを浮かべる。

「えっ？」

「最終試作機を製作するに当たっては、亀彦と上松、増川の両君に命じて、大物時計のカナ製造機にこの技術を応用できないか、検討させていたのです」

「掛け時計や、置き時計のカナの増産も可能になるというのかね？」

「上松、増川の両君も、もはや一人前の技術者です。よく勉強しているし、研究熱心でしてね。見事にやってくれました」

懐中時計のみならず、大物時計までも……。

金太郎は、鶴彦の才能に改めて感嘆すると同時に、「筋のいい事業というものは、狙った通り、すんなり行く」と口にしたばかりの言葉を嚙みしめた。

5

鶴彦が開発したピニオン自動旋盤が齎した生産性の向上は、金太郎の想像を遥かに超えるものだった。

かつて渋沢栄一が語った、頂を登り切った雪玉が新雪が積もる斜面を転がり落ちなが

ら巨大化していく時が来たのだ。

「吉郁さん、また謙信洋行から追加発注があったんだって？」

金太郎は、社長室にやって来た英恭に向かって問うた。

世は春爛漫。社長室の窓から見える外の景色は、満開になった桜のみ。

英恭を呼んだ目的が目的であるだけに、金太郎の声も弾んでしまう。

「ええ、それも前回に輪をかけた大量発注を頂戴いたしまして」

「前回って……まだ二週間も経っていないじゃないか。前々回の発注分の製造がようやく始まろうかというところなんだよ？　しかも、追加発注の度に、数量が増えていくって、いったいどういうことなんだ」

「ご不満でしょうか？」

もちろん冗談なのは分かっている。英恭は、悪戯っぽく目をくりっと動かし、ニヤリと笑う。

「いや……。こうも大量発注が相次ぐと、なんだか狐につままれたような気になってさ。まるで上海の時計店には、うちの製品しか並んでいないような売れ方じゃないか」

「もちろん、他社の時計も並んでいますが、売れているのは、うちの時計だけだということです」

英恭は胸を張り、満足そうに微笑むと、「謙信洋行を代理店に選んだのが正解でした。彼らの市場調査能力は、清商の比ではありません。お客さまが従来製品のどこに不満を抱いているのか、何を望んでいるのかを徹底的に調べ、逐一報告を上げてくれた結果です」

一転して真顔でいった。

「やはり、現地に腰を据えて商売を行っている会社の強みだな。日本に住んでいる清商は、仕入れた日本産時計を現地に輸出して口銭を取るのが仕事で、直接現地の市場を見ているわけではないからね」

金太郎が、そういったのには理由がある。

日露戦争勃発直後に発生した熱狂的ともいえる好景気は、時計業界にも大きな恩恵を齎した。終戦と同時に軍需品の生産需要はなくなったものの、勝利した日本は、朝鮮半島と満州の権益を確保。国内の各時計製造会社は、さらに海外市場での売上げを伸ばすべく、販路の確保に奔走することになった。

そこで日本の時計製造会社が海外進出の拠点とすべく注目したのが、日本や欧米列強を含む共同租界があり、多くの外国人が定住し、海外との交易が盛んに行われていた上海だ。

しかし、いざ海外に進出するとなると、乗り越えなければならない障壁が幾つもあった。商慣習、文化、風習の違いもさることながら、最大の問題は言語である。そこで、日本の時計製造会社が着目したのが、神戸、大阪、横浜などに居を構える清国人の貿易商、〝清商〟だ。

日清双方の言葉に通じていて、現地の事情にも明るい彼らは、日本の時計製造会社には渡りに船と映ったのだったが、金太郎はそうは考えなかった。

上海を海外進出の拠点とする目的は、まず清国で精工舎の時計を普及させ、租界の居住者、来訪する外国人にその名、性能を知らしめ、販路を世界に広げることにある。日清戦争終結後に、英恭を服部時計店に迎え入れたのも、その時に備えてのことだった。

いよいよその時が来たと見た金太郎は、「単に清国に市場を求めるだけならば清商を使えばいいが、世界に精工舎の時計を輸出するのが私の狙いだ。欧米の商慣習、言語に通じている代理店を探して欲しい」と命じ、英恭を上海に派遣したのだ。その時、これぞと英恭が見込んだのが、ドイツの商社〝謙信洋行〟である。

「しかし、錆に不満を覚えていたとは、よく気がついたものだねえ」

感心のあまり、金太郎は呻くような口調でいった。

「気がつくもなにも、謙信洋行の社員のほとんどがドイツ製の目覚まし時計を使っていましたからね。後発の我々が、先行している外国製品に勝つためには、まず使用者が抱えている不満を解消することです。そこで、普段使っている時計に改善すべき点はないかと訊ねたら、即座に目覚まし時計に浮く錆だとこたえてきたのです。目覚まし時計は枕元に置くものですから、錆が浮けば嫌な気持ちになるに決まっています。ならば、錆びない目覚まし時計を製造すれば大きな商売になると考えたんです。なにしろ、上海の目覚まし時計市場はドイツ製の独擅場ですからね。錆が浮かない目覚まし時計を販売すれば、ドイツ製の市場をそっくり奪い取ることができるのではないかと直感したのです」

謙信洋行との代理店契約が整うと同時に、同社とのやり取りは語学に堪能な英恭が受け持つことになった。この情報は代理店契約を結んだ直後に、英恭が摑んだもので、聞けば原因はドイツ製の目覚まし時計が本体ケースに鉄を用いているからで、湿度が高い時期が半年も続く上海では時間が経つと、どうしても本体に錆が浮いてしまうのだという。

そこで、金太郎はただちに本体ケースを真鍮にしてニッケルめっきを施した目覚まし時計の製造を命じ、上海に向け輸出を始めたのだったが、まさかの相次ぐ大量発注の連続だ。

「今回の件は、大変勉強になりました」

英恭は、感慨深げにいう。「時計に限らず、機能や性能に大差がなければ、他社よりも安価な製品を市場に出せば必ず売れると考えておりました。でも、それは間違いでした。特に時計は、一度買えば何年も使う耐久品です。使用中にお客さまが不満を抱けば、結果的に安物買いの銭失いになってしまいます。機械である以上、経年劣化は避けられないとしても、不満を抱かれることなく、長く使ってもらえる製品を売らなければ、信頼は得られないのだと……」

「信頼を得るのは簡単なことではないし、時間もかかるが、失うのは瞬時にしてだからね……」

　金太郎は、英恭の言葉を肯定する一方で、改めて自らを戒めた。「しかし、吉川さんがピニオン自動旋盤の開発に成功していて本当に良かったよ。あれがなければ、工場を増設しないことにはこれほど大量の発注に応じられなかったし、販売価格も格段に高く設定しなければならなかった……」

「全くです……」

　英恭もまた大きく頷くと、「ところで、吉川さんといえば、エキセレントに次ぐ、新型懐中時計の開発に取りかかっていると聞きましたが、目処がついたのでしょうか？」

　ふと思い出したように問うてきた。

「それは、本人に直接訊いてみたらいいさ。ここに来るようにいっておいたから、そろそろ現れるんじゃないかな」

「吉川さんが？」

「ちょうど、吉川さんにも相談したいことがあったもんでね。君も同席してくれた方がいい話だし……」

　金太郎がいったその時、ドアがノックされると秘書が姿を現し、

「吉川技師長がお見えになりました」

　と告げた。

　続いてドア口に立った鶴彦は、英恭の姿を見た途端、

「あれ？　吉郁さん、いらしてたんですか」

少し驚いた様子でいった。

「嬉しい知らせを持って来てくれてね」

金太郎は笑みを浮かべた。「上海に輸出した目覚まし時計、また追加発注、しかも大量にいただいたんだよ」

「先週いただいたばかりですが、それとは別にですか？」

「ええ……」

英恭は目を細めながらこたえる。「この調子だと、上海の目覚まし時計市場は、うちの独擅場になってしまうでしょうね。それはもう、凄まじい勢いで売れているそうですよ」

「そんなに……ですか？」

鶴彦は、狐につままれたような面持ちで小さく呟いた。

「まあ、それほどまでにお客さまが望んでいた時計を、吉川さんがお造りになったということだ。本当にご苦労さまでした」

金太郎は、本心から鶴彦を労うと続けて問うた。

「ところで、吉川さん。新型懐中時計の生産は、予定通りに始められそうかな？」

「いまのところ機械の設置は順調に進んでいますので、大きな問題が発生しない限りは予定通り六月には生産を開始できるかと……」

万事において慎重、かつ緻密に事を進めるのが鶴彦である。確たる自信なくして期日を口にしたりはしない。

「だそうだ」

金太郎は、英恭に向かっていった。

「いやあ、それは楽しみですなあ。新型はエキセレントよりも、安価な大衆向けの懐中時計になると聞いております。国内はもちろん、上海でも目覚まし時計に続く大人気商品になること間違いなしですよ。しかも、六月ってのがいいですねえ。翌月には勤め人に氷代が支払われますから、今年の夏、そして年末の目玉商品になりますよ」

英恭は、すっかり興奮した面持ちで声を弾ませる。

「それもこれも、吉川さんがピニオン自動旋盤の開発に成功したからだよ。カナの大量生産が可能にならなかったら、販売価格を下げるといっても、申し訳程度になっていただろうからね」

お世辞でもなんでもない。紛れもない真実をもって、金太郎は鶴彦の功績を称えた。

いまや精工舎が製造する時計に使用されるカナは、全て鶴彦が開発したピニオン自動旋盤を用いたものになっていた。その効果は単にカナの生産効率を劇的に向上させただけでなく、既存製品の製造原価を引き下げ、精工舎、ひいては服部時計店の収益を飛躍的に高めるという大成果に繋がった。

「それで、吉川さんをお呼びしたのは、この新型懐中時計の製品名をお伝えしたかったからなんだ。私としては、〝エンパイヤ〟と名付けたいと考えているんだが、どうだろう？」

金太郎はいった。

「エンパイヤというと、帝国ですか……。いいじゃありませんか」

即座に英恭が賛同する。

「まあ、自社製品に帝国と名付けるのもおこがましい気がしないではないが……。けれど、全国には二十三もの時計製造会社があるが、東京は服部時計店の精工舎だけ。ここの工場の生産数だけでも、国内で生産されている時計の五割を超えた。いまや、我が社は紛れもない日本一の時計製造会社になったんだ。その名に恥じぬよう、今後もより一層社業発展に心血を注ぎ、世界一の時計製造会社になる決意を、この時計に込めたいと考えてね」

「エンパイヤ……。いい名前だと思います」

相変わらず静かな口調で同意する鶴彦に、金太郎はいった。

「そこで、エンパイヤに次ぐ新製品なんだが、吉川さん、どうだろう。腕時計を開発してみないか？」

瞬間、鶴彦の目が輝いた。

「腕時計をやらせていただけるんですか？」

「以前から、吉川さん、いってたよね。腕時計を手がけてみたいって」

「やらせていただけるのでしたら、是非！」

鶴彦は興奮した面持ちで身を乗り出す。

腕時計の歴史は古く、起源は定かではないものの一八〇〇年初頭には、すでに存在していたらしい。それも富豪が財力にあかせて職人に造らせた特注品で、造られた数もごく僅かだったという。当時の技術力で腕時計の製作に成功したのは大したものだが、途方もない金額になったであろうし、長期の使用に耐える代物ではなかったのだろう。以来、腕時計の製作を手がけた職人、会社は現れなかったのだが、九年前にスイスのオメガが世界初の一般向け腕時計の販売を開始したのに続き、五年前にはフランスのカルティエが一号機〝サントス〟の開発に成功したという知らせが届いた。それを耳にした途端、技術者魂に火がついたと見えて、鶴彦が「精工舎も腕時計をやりましょう」といい出したのだ。

ところが、鶴彦はエキセレントに続く大衆向けの懐中時計の開発に取りかかったばかり。加えて洋行の際に購入した機械の工場への設置に追われていたこともあって、ただちにというわけには行かなかったのだ。

「置き時計、掛け時計、目覚まし、懐中……。精工舎の時計は、現在市場に流通する時計を全て網羅している。それに、ピニオン自動旋盤の開発に成功したお陰で、生産体制もほぼ確立された。もちろん改良、改善はこれからも継続していかねばならないが、後継者も育ってきたことだし、吉川さんには腕時計の開発に専念していただきたいと思うのだが？」

「ありがとうございます。全身全霊、不退転の覚悟をもって開発に取り組ませていただきます」

鶴彦は、瞳を炯々と輝かせながらも、覚悟と決意の籠もった声でいい、椅子から立ち上がり、深々と上体を折った。

この類い稀なる才能と技術を持つ鶴彦にして、改めて不退転の覚悟というのも無理からぬことではあるのだ。

腕時計の製造は未知の領域といっていい。外見こそ懐中時計に似てはいるものの、躯体は二回りほど小さい。当然、使用される部品も小さくしなければならないのだが、部品点数はほとんど変わらない。つまり、従来手がけてきた時計よりも、部品製造から組み立てに至る全工程に、より精緻、かつ正確な技術が要求されるのだ。

しかも、金太郎には語ったことはないが、鶴彦は後進にこう語ったと聞く。

「少量の精巧な時計を造るのは容易(たやす)いけれども、それを大量生産に導く体制を造るのは、なかなか難しい仕事だ」

卓越した発想力と技術力を持つ鶴彦のことだ。その気になれば、日本どころか世界から高く評価される時計を造れるだろうし、造ってみたいと思っているだろう。だが、鶴彦はとうの昔に職人だけにあらず。優れた技術者であると同時に、立派な実業家でもある。

金太郎が求めているのは、単に腕時計を完成させるだけでなく、量産を可能にする技術、体制を確立することだ。それがいかに困難なことか、相当な覚悟をもって挑まなければ成し遂げられない難事であるのを、鶴彦は十分承知しているのだ。

全幅の信頼をおいている鶴彦に、これ以上いうことはない。

顔を上げた鶴彦に、金太郎は椅子から立ち上がるとただひと言、

「吉川さん。よろしくお願いいたします……」

そう告げると深く上体を折った。

6

それから一年も経たずして、英恭の予言は現実となった。上海に輸出した目覚まし時計はドイツ製品を完全に駆逐し、彼の地の目覚まし時計市場は精工舎の独擅場となった。

好景気に沸いた後には、必ずや反動が訪れる。日露戦争の特需によって齎された好景気は、終戦後程なくして終焉の時を迎え、日本は酷い不況に襲われた。

そんな最中にあっても、精工舎の勢いは衰える兆しもなく順調に成長し、明治四十四年度には全国時計生産数九十一万一千余個のうち、精工舎の一工場だけでも五十万余個、実に約六十パーセントの市場占有率を持つに至った。日清戦争の特需で、事業が急速に拡大し始めた明治二十七年度の生産数は二万四千個。僅か十七年の間に精工舎の生産数

は二十倍以上にも増加し、服部時計店は日本一の時計製造会社の地位を揺るぎないものにした。

かつて渋沢は、事業が巨大化していく様を雪だるまにたとえたが、まさに雪玉が新雪を巻き込んで巨大化していくがごとく、精工舎には優秀な人材が集まり、そして育っていた。

中途入社組では、鶴彦の弟の亀彦や「懐中時計修理の神様」と称されるほどの腕を持つ村田仙吉(むらたせんきち)が代表例で、加えて、学卒で入社してきた精工舎の生え抜き組も、鶴彦の指導を受けて順調に成長し、今では技師、職長級の職責にある。しかも業績は絶好調で事業規模も拡大する一方ともなれば、工場内の士気も高まるばかりだ。

そんな最中に精工舎のさらなる発展に拍車をかける、二つの出来事が起きた。

一つは、明治四十四年(一九一一年)に清で勃発した辛亥(しんがい)革命である。

清朝が倒され、中華民国が成立した明治四十五年(一九一二年)の春から、服部時計店は目覚まし時計で大成功を収めた上海を拠点として、逐次中国への輸出を本格的に行うことになった。

そして、もう一つは辛亥革命から三年の後、元号が変わった大正三年(一九一四年)に勃発した第一次世界大戦である。

日清、日露戦争は日本に空前の好景気を齎すと同時に、国内産業を飛躍的に成長させる起爆剤にもなったが、今回は世界大戦であり規模が違う。まして、主戦場は遠く離れた欧州とあって、戦火と無縁の日本は未曽有の好景気に沸きに沸くことになったのだ。

　大戦が勃発する前年、四年の歳月を費やした努力と執念が実り、鶴彦は日本初にして完全自社製造の腕時計〝ローレル〟を完成させていた。そして、翌大正三年には〝マーシー〟と、相次いで開発に成功したのだったが、やはり軀体が小さい腕時計の組み立てには熟練工の技が必要で、ローレルの生産個数は一日に三十個がやっと。いみじくも「少量の精巧な時計を造るのは容易いけれども、それを大量生産に導く体制を造るのは、なかなか難しい仕事だ」と、自身が語った難点を鶴彦は解決できずにいた。

　もっとも、量産化に目処がつかないでいる現状に、金太郎が失望したかといえば、全くそんなことはない。

　男性こそ洋装、和装相半ばだが、女性は今に至ってもなお和装が多数を占める。和装なら懐中時計を帯や懐に忍ばせておけばいいし、男性の背広には収納用のポケットが必ず付いている。小型時計は携帯するものであって、直接身につけるものではないという観念が世に深く根付いてしまっているのだ。

　腕時計の便利さ、快適さは使ってみれば分かるのだが、世に染みついた固定観念を覆すのは容易ではない。

　そこに気がついた金太郎は、莫大な収益を上げている今のうちに、鶴彦と相談の上、ローレル、マーシーの双方に手を加え、婦人用懐中時計として併売することにした。帯、懐に忍ばせるにしても、体の大きさが違う女性には小さい方が便利だし、腕時計が主流になる時代は必ず来る。そのためには、まず同じ大きさの時計を持たせることだと、金太郎は考えたのだ。そして、鶴彦には引き続き、腕時計の時代が到来した時に備えて、量産化を可能にする生産体制を確立するよう命じた。

　しかし、飛躍的に事業規模が拡大して行く中にあって、金太郎は漠とした不安を覚えるようになっていた。

「好事魔多し」「禍福はあざなえる縄のごとし」

　そんな言葉が、時折ふと浮かんで仕方がないのだ。

　精工舎は破竹の勢いで成長を続けているが、この間には金太郎に不幸があった。

　世界大戦が始まった翌年、大正四年（一九一五年）の四月に、母・はる子が八十四歳でこの世を去ったのだ。

　柳島の精工舎敷地内に建てた自宅に居住して、寄宿舎に住む職工たちの面倒を見、さらに近隣の貧しい家庭の子供に菓子や食事を振る舞い、ついぞ同居することなく、金太郎の支えに徹した母である。

　精工舎に出社した時は、必ず声を掛け、体調を案じ、不自由はないかと常に気遣ってきたつもりだが、いざ亡くしてみると、果たして自分は母の恩に報いることができたのだろうか。もっとしてやれることはなかったのだろうかと、母に対する思慕の念を覚えると同時に、悔やまれてならないことが山ほどあった。そして、金太郎が文字通り、日本一の時計商になった後も、はる子が折に触れ口にした、「実るほど、頭を垂れる稲穂かな」「目くるめき、枝危うきほどは、己が恐れ侍れば申さず。過ちは、やすきところになりて、必ずつかまつることに候う」という二つの言葉が脳裏に浮かぶ。

特に、〝徒然草〟の「高名の木登り」の一節が、慢心、油断を戒めているように、得てして災難は物事が万事うまくいっている時に起こるものだと思うと、なんともいいようのない嫌な気持ちになってしまうのだ。

そこで現時点で我が身、ひいては服部時計店、精工舎に起こり得る最悪の事態とは何かを考えてみることにした。

真っ先に頭に浮かんだのは、今の世情である。

日本は世界大戦の特需による好景気の最中にあるが、同様の現象は日清、日露戦争の時にも起きたし、〝特需〟は文字通り一過性のものである以上、必ず揺り戻しがやってくる。特に、日露戦争終結直後に日本を見舞った不況は、もはや恐慌ともいえる酷さで、特需によって生まれた〝成金〟は瞬く間に没落、泡沫会社や商店の破綻も相次いだ。

歴史は繰り返すというが、今回の未曽有の好景気は、世界大戦が齎したものだ。戦争の規模もまた未曽有の大きさだから、平時に戻った時の落差も前とは比較にならないほど大きくなるはずだ。

ならば、その時にどう備えるべきか……。

「なあ、玄三。お前はどう考えるのか、一つ訊いてみたいことがあるのだが……」

ふと思いついて、そのことを長男玄三に金太郎が問うたのは、母が亡くなってから、三月ばかりした夕食の席でのことだった。

東京府立第一中学校から、東京高等商業学校に進み、卒業と同時に服部時計店に入社して六年目になる玄三は、金太郎の後継者となるべく、もっか修業中の身にあった。

金太郎の話を聞いた玄三は箸を置き、暫し思案すると、やがて口を開いた。

「終戦後への備えもさることながら、それ以前に備えておかなければならないことがあるのではないでしょうか」

「それ以前にとは?」

業績は右肩上がり。生産体制も確立した。精工舎に死角はないと考えていた金太郎は意外に思い、玄三に問うた。

「まず、この好景気が戦争によって齎されているのは間違いありませんが、激戦場となっているのは欧州です。日本軍が進出している中国では、それほど大きな戦が繰り広げられているわけではありません。なのに、なぜ日本に特需が沸き起こっているのか……」

面白い見立てだ。

金太郎もまた箸を置き、先を促した。

「日清、日露戦争での特需は、両国と日本が直接戦った戦争でしたが、日本本土に戦火が及ぶことはありませんでした。しかも、外国から武器、弾薬を調達しようにも、工業力に優る欧米諸国からは距離があります。戦は武器弾薬の調達が適時なされなければ勝てません。それゆえに、先の戦では軍需品の大半を日本国内から調達せざるを得なかった。そうした事情が、結果的に日本の工業力を向上させ、経済を活性化させたわけです」

「なるほど、その点、今回は全く事情が異なるというわけか」

「戦時下にある国で、軍にとって最大の問題は、兵力と武器弾薬、つまり兵站(へいたん)の確保です。総力戦ともなれば、生産年齢にある男子は戦力ともなり得るわけで、兵力が不足すれば工場従事者も戦場へと駆り出されることになるでしょう。それすなわち、生産力の低下を意味するわけです。それ以前に工業地帯が戦場となれば、たちまち武器、弾薬の供給は止まってしまいます。ですから、敵も武器弾薬の製造工場を真っ先に狙うわけです」

そういわれれば、玄三のいわんとするところが見えてくる。

「確かに今回の戦が始まって以来、急激に伸びたのは輸出だ。軍需品はもちろん、民生品も好況を呈しているが、それも今、お前がいったように工業地帯を含む欧州全域が戦場になっているからだし、造船業が活況なのも物資を運ぶ船が必要だからだ」

金太郎の言葉に頷いた玄三は、さらに続ける。

「その一方で、大戦が始まって以来、輸入は激減しています。もちろん、それも今申し上げたことに因するのでしょうが、戦争は膨大な物資を消費します。国運を賭けた戦いである以上、万事が自国優先。中でも武器弾薬を製造する上で必要不可欠な物資は……」

金太郎は、「あっ」と声を上げそうになるのを堪え、

「鋼材か！」

と小さく、しかし鋭く叫んだ。

「精工舎が調達しているスプリングの材料、カナに使う特殊摩鉄線類は百パーセント、輸入に頼っていますが、この戦争は長く続くと見ておくべきです。特に主戦場である欧州の戦いが激化していけば、調達先として目が向くのは、工業大国アメリカになると思うのです」

金太郎は驚いた。そして、いずれ服部時計店、精工舎を率いて行くことになる我が子の成長ぶりに心底嬉しくなった。

「お前は、この戦争、どれほど続くと思う？」

しかし、そんな気持ちを抑えて努めて冷静に問うた。

「分かりません。それは神のみぞ知るというものですよ」

玄三は、ふっと笑うと、一転して真顔でいう。「でも、資材が尽きれば戦ができないのは、何も軍隊に限ったことではありません。時計製造会社も同じです。最悪の事態に備え、今のうちに戦争が長期化しても困らないだけの量を確保しておくべきだと思います」

全く玄三のいう通りだ。

戦争に痛み分けはない。勝敗に決着がつくまでとことん続く。それが戦争である。

その終わりの時が見えない以上、できるだけ大量の資材を購入しておくに越したことはない。仮に、膨大な在庫を抱えるうちに戦争が終結したとしても、いずれ使うもの。先行して資材を買い付けたと考えればいいだけの話だ。

この玄三の進言による、資材の大量買い付けは、程なくして精工舎に多大な恩恵を齎すことになった。

一つは、玄三の読み通り外国製の鋼材、中でもイギリスから輸入していたスプリング鋼材が大正四年に途絶え、その後アメリカも大正六年に輸出禁止となり、名古屋に集中していた競合他社が製造に支障をきたすようになったこと。そして、もう一つは、大戦の開始にともない、ドイツが輸出を禁止したことにより、イギリスから約六十万個、フランスから約三十万個にのぼる目覚まし時計の発注が精工舎に舞い込んだことだ。

国内においては競合他社が、資材の不足から製造がままならなくなった結果、市場は精工舎の独擅場となり、さらにイギリスとフランスへの大量輸出を機に、海外市場への進出も一気に拡大。東洋諸国はもちろん、オーストラリア、インド、南アメリカ、南アジア、欧州諸国へと精工舎の掛け、置き時計が輸出されるようになったのだ。

そして金太郎は、日本の時計産業の興隆に尽くしたと評価され、大正四年、五十六歳にして、従五位に叙される栄誉に与ったのだった。

終　章

1

大戦は長く続き、特需によって齎された好景気も収まる気配はない。

もちろん服部時計店、精工舎共に業績は絶好調。事業規模、売上げ、収益も、ますます拡大する一方だ。

並の経営者ならば、経営が好調である間は社の体制に手を加える必要はないと考えるものだが、金太郎は違った。経営が盤石であり、十分余裕がある時こそ、次の時代に備えるべく、組織の近代化を図る絶好の機会だと考えた。

というのも、服部時計店は創業以来、一貫して事業が拡大し続けて来たこともあって、日本一の時計製造販売会社になった今もなお、組織は個人商店だった時代の名残を引き摺ったままであったからだ。

事業規模は会社設立時とは比較にならないほど大きくなった。事業内容も多角化し、従業員も格段に増え、業務も複雑化している。現在の服部時計店は、住居にたとえるならば、最初の粗末な一戸建てに、手狭になる都度増築を重ねた結果、巨大かつ複雑極まりない集合住宅になってしまったようなものだ。抜本的な対策を講じる必要があると、以前から考えていたのだったが、折しも政府が監督上の見地から、大企業に法人組織になることを推奨していたこともあって、これを機に金太郎は会社組織の改編に着手することにした。

そこで大正六年（一九一七年）二月。海外輸出の促進を図るべく、服部時計店貿易部を分離して、資本金百万円の服部貿易株式会社を設立。同年十月、服部時計店を資本金五百万円の株式会社に改組、金太郎は両社の社長に就任。服部時計店の取締役には、長男玄三、五女晴子の夫の篠原三千郎、盟友・吉川鶴彦、監査役には四女雪子の夫の松山陸郎を据えた。

この間も、好景気の波は収まる気配はなく、精工舎の時計は売れに売れ、中でも大正八年は国内で販売する時計が不足し、輸出商の在庫品を買い取って国内向けに転売したほどの凄まじさだった。

しかし、好景気の波が大きければ大きいほど、その反動も大きい、という金太郎の読みは的中した。

それは、大正七年（一九一八年）十一月に大戦が終結してから一年余。大正九年（一九二〇年）三月十五日、株価大暴落から始まった。その余波は凄まじく、横浜の七十四銀行をはじめ、全国で実に十数行もの銀行が破綻。銀行には預金者が殺到し、全国の至るところで取り付け騒ぎが起きた。運転資金が枯渇して事業整理、廃業に追い込まれた会社、商店は数知れず、操業の一時停止や生産制限を行わざるを得なかった工場も少なくなかった。

一方、好景気の最中に組織改編を行った服部時計店、精工舎はこの不況の影響を全く受けなかった。それどころか、精工舎の時計生産数は、この間にも増産を続け、大正九、十年には、全国時計生産数の約七十パーセントにも達するに至った。

だが、まさに「好事魔多し」「禍福はあざなえる縄のごとし」である。

大正十二年（一九二三年）九月一日。午後三時に知人の葬儀に出席する予定があった金太郎は、午前十一時過ぎに芝区愛宕下町（あたごしたちょう）の自宅に戻った。

玄関の車寄せに停まった専用車を降り、玄関に入った金太郎をまんが迎えた。

「お帰りなさいませ……」

金太郎は靴を脱ぎながらいった。

「今日は風が強いせいか、それほど暑さを感じないね」

「やはり、台風の風は違いますね。強風吹き止まず、それでいて時折、突風が吹くんですもの。台風は能登の辺りにいると聞きましたが、東京でもこれほど風が強いと、あちらはさぞや大変でしょう。被害がなければいいのですが……」

案ずるようにいうまんの言葉の中に、能登という地名を聞くと、先に亡くなった母のことが脳裏に浮かぶ。

親族がいるのかいないのかは定かではないが、母が生まれた土地である。おそらく、まんにとっても人ごととは思えないのだろうが、その思いは金太郎も同じだ。

「暑さはともかく、この風じゃ葬儀も大変だよ。花輪が飛ばされてしまうんじゃないかな」

金太郎が上着を脱ぎながらこたえると、女中のミツがすかさずそれを手に取った。

「喪服の支度はできております。香典も用意してありますので……」

まんの言葉に頷くと、

「ミツ、藤崎君に、二時十五分に葬儀場に向かうと伝えてくれ。それまで、ゆっくり食事を摂りなさいと……。支度はしてあるよね」

金太郎はミツに問うた。

「はい。控え室の方に……」

運転手の藤崎の昼食が用意されていることを確認した金太郎は、まんと共に食堂に向かった。

食卓の上には、すでに主菜と数品の副菜が用意してある。

「ミツさん。ご飯と味噌汁(みそしる)をお願いね」

まんがいうと、

「はい。ただいま……」

ミツは早々に味噌汁を用意しにかかる。

食べ物には煩くはないが、味噌汁だけはできたてに限る。それが食事に対する金太郎の唯一のこだわりだ。具材に火が通っているのは構わないが、味噌だけはとき立てでなければならない。

「夕食は、どうなさいます？　葬儀が終わったら、ご精進落としがございますのでしょう？」

「まあ、精進落としを食べている余裕はないだろうねえ。滅多に会わない人もたくさんいるから、場所を変えて食事ということになるかもしれないな。また今度なんていってるうちに、亡くなってしまう人もいるからねえ」

気がつけば金太郎も六十四歳である。最近は知人の葬儀に参列する機会がめっきり増えた。もっとも、親交があるのは財界の重鎮が多く、大半が高齢であるせいなのだが、人生も終盤に差し掛かっているのは事実である。

「せめて、あと十年は生きたいものだね……」

金太郎は、ふと漏らした。

「いやですよ、そんな縁起でもない」

まんは努めて明るい声でいう。「まだまだ、お元気なんですから。体だって、特に悪いところがあるわけじゃなし。おやりになりたいことだって、たくさんおありなんでしょうから、十年といわず、二十年でも三十年でも生きて下さいな」

そうこうしている間に、台所の方から味噌の香りが仄かに漂ってくると、盆に白飯と味噌汁を載せたミツが食堂に入ってきた。

異変を感じたのはその時だった。

床についていた足の裏に、何やら突き上げるような感覚があった。

「地震か？」

日本は地震の多発国といわれるだけに、揺れを感じるのは珍しいことではないが、それでもまんと顔を見合わせた次の瞬間、ドンと音を立てて強烈な揺れが襲ってきた。

最初は突き上げるような激しい揺れが、そして次第に横揺れの周期が長くなり、天井が、壁が、ミシミシと不気味な音を立て始める。

巨大な地震の揺れは周期が長い傾向がある。しかし、これほど大きな揺れはついぞ経験したことがない。

揺れはますます激しさを増す。

「きゃああ！」

ミツが悲鳴を上げ、盆を落とした。白飯と味噌汁が床に散乱する。その音に混じって、飾り棚に置いてあった壺が床に落ちて砕け散った。食卓の天井から吊り下げられた照明が、まるで振り子のように左右に大きく振れる。陶器の破砕音、物が落ちる音が屋敷のあちらこちらから聞こえ出す。食堂の壁に掛けられていた絵画が外れて落ち、家がギシギシと軋み出す。

揺れは徐々に小さくなり、このまま終息するのかと思った次の瞬間、「ドン」と音を立てて、再び強い揺れが襲ってきた。

「まん！　逃げろ！　庭に出るんだ！　早く！」

金太郎は叫びながら、まんの手を取った。

「逃げろといわれましても……この揺れでは……」

「家が潰れたら死ぬぞ！　早く来い！」

まんの腕を強く握り、外へ向かおうとした金太郎だったが、ふと見ると、恐怖のあまりか床の上にへたり込んでしまっているミツの姿が目に入った。

「ミツ！　お前も早く外に出なさい！」

しかし、ミツは体が動かないのか、そのままの姿勢で泣きながら金太郎を見るばかりだ。

金太郎は、まんの腕を握ったままミツの方に動いた。

激しい揺れで足下が覚束ない。まるで、濁流の中を下る小舟の上で立っているようなもので、足がもつれて姿勢を保つことができないのだ。

それでも、何とか二人の腕をひっ摑み、玄関に辿り着いたその時、

「旦那さまあ！」

藤崎が外から飛び込んできた。

「まんはいいから、ミツを！」

金太郎はミツを藤崎に委ねると、まんの腕を摑んだまま外に飛び出した。

地面が鳴っている。それに強風の音が重なると、まるでこの世の終わりがやってきたかのように思えてくる。屋敷の外から、近隣の人家の屋根瓦が滑り落ちるザーッという音が聞こえたかと思うと、次の瞬間地面にぶち当たり、大量の土煙を上げながら砕け散る。

悲鳴が、怒声が上がる。

「火だ！　火が出たぞ！」

絶望と恐怖に打ち震える声が飛び交う。

とんでもないことになった……。

従業員は……。工場は……。店は……。

屋敷を囲む塀の向こうに、煙が立ち上り始める。瓦が落ちたものとは違う。明らかに火の手が上がったのだ。

考えてみれば、ちょうど昼時である。しかも、土曜日ということもあって、勤め人や学生は、帰宅した後に昼食を摂る者が大半だから、主婦は煮炊きの真っ最中なら、帰宅途中の勤め人目当ての飲食店もまた同じはずだ。火が燃え盛る竈（へっつい）や七輪を崩壊した家の部材が覆ってしまえば、間違いなく燃え上がる。それが、家屋が密集する大都市東京のあちらこちらで発生しようものなら、どんなことになるかは明白だ。しかも、よりによって、この強風が吹きすさぶ中でとなれば、未曽有の大火になる。

揺れはどれほど続いたのか。とてつもなく長い時間であったようにも思えるし、屋外に避難することに必死であったこともあって、あっという間だったような気もする。

しかし、揺れが収まった今、一家の主である自分がまずすべきことは、屋敷の中にいたはずの住み込みの女中や、通いの使用人の安否確認と安全確保だ。

幸いにして、外から見た分には屋敷が被害を受けた形跡は見当たらない。

「藤崎君！」

金太郎は呆然と立ち尽くす藤崎を呼ぶと、「家にいた者が全員無事かどうか、確認してくれ！　一人残らずだ！　怪我人がいるかもしれんが、全員が揃ったところで安全な場所に避難しよう。近所で火が出ているようだし、この風じゃ大火事になる。ここは危険だ！」

大声で命じた。

「わ、分かりました」

屋敷の中から、次々に女中や通いの使用人が飛び出してくる。

そこに駆け寄って行く藤崎から目を転じ、金太郎は背後を見やった。

塀越しに見える空が、煙で霞みはじめている。間違いなく火災が広がっている証である。

その時、金太郎の脳裏に浮かんだのは、服部時計店と名付けた最初の店を襲った大火だ。

〝延焼〟という言葉があるが、火災は順次建物に燃え移りながら広がっていくばかりではない。遠くに見えていたはずの炎が、極めて短時間のうちに目前に迫り、最悪の場合は火に囲まれていることだってある。なぜなら、火災の拡大は火そのものだけではなく、火の粉によっても齎されるからだ。

竈に火を起こす時に火吹き竹を用いるように、火勢は送り込まれる空気によって勢いを増す。この大風は火を勢いづけると同時に、間違いなく燃え盛る家屋から立ち上る無数の火の粉を広範囲に拡散する役目を果たす。

かつて遭遇したあの大火で学んだこと。それは、一瞬の躊躇が死を招くということだ。

まんが、屋敷に向かって歩きかけたのはその時だ。

「おい！　どこへ行く」

そう問うた金太郎に、

「大火になるのなら、今のうちに貴重品を持ち出しておかなければ……」

まんは、切迫した様子でありながらも、当然のようにいう。「実印もあれば、土地の権利書、通帳だって家の中に残しているんです。いつでも持ち出せるように纏めてありますので――」

「そんなものはどうでもいい！　ここを動くな！　火事を甘く見ると命を落とすぞ！」

まんを遮って厳しい声で金太郎は命じた。

とにかく、いまは最悪の事態に備えるべきだ。一刻も早く、全員を避難させなければならない。それが家長として、そしてここにいる使用人を使う者としての義務だ、と金太郎は改めて己にいい聞かせた。そして、語気の鋭さに驚いた表情を浮かべるまんに、諭すようにいった。

「どんなことになろうとも、命さえ助かれば再起できる。実印や通帳を持ち出すために、焼け死んじまったら、元も子もないじゃないか。あの世じゃ、そんなもの、何の役にもたたんのだぞ」

2

もはや、どこが火元という状況ではない。大地震の直後に発生した火災によって愛宕下の屋敷は全焼し、金太郎とまんは、麻布本村町(あざぶほんむらちょう)にある四女雪子の嫁ぎ先、松山陸郎の屋敷で避難生活を送ることになった。

服部時計店、精工舎が受けた被害状況は、金太郎の想像を絶するものだった。

服部時計店においては、改築中であった銀座四丁目の本店、二丁目の仮店舗共に全焼。延べ二千八百坪にもなる敷地に二十数棟を数えるまでに至った精工舎工場もまた、鉄製の給水塔一つを残して全焼と、文字通りの焼け野原になってしまったという。

もちろん、支店は大阪にもあり、こちらは被害を受けなかったものの、金太郎がこれまでの人生を賭(と)して築き上げてきた大半が、瞬時にして灰燼(かいじん)に帰してしまったのだ。もっとも、かかる大被害を受けた中にあっても、ひとつだけ朗報はあった。

未曽有の大災害の渦中にあって、服部時計店、精工舎の従業員に、一人として死者どころか、怪我人すらも出なかったこと。そして、金太郎の家族や親戚も、また同じであったことだ。

しかし、服部時計店、精工舎共に、全く操業の目処がたたなくなったのは紛れもない事実である。

そこで金太郎は、震災発生から五日目の九月五日、小石川金富町(かなとみちょう)にある篠原三千郎邸に社の幹部を招集し会議を開いた。

もちろん議題は服部時計店、精工舎の再建についてだ。

「よくぞ無事でいて下さった……」

部屋に入ってきた鶴彦の下に歩み寄り、金太郎は両手で彼の手を握った。

「社長も……。ご無事だとは聞いておりましたが、拝顔(はいがん)してようやく安堵いたしました……」

そうこたえる鶴彦の目には、うっすらと涙が浮かんでいる。

しかし鶴彦は、そこで視線を落とすと、心底無念そうな表情になって口を開いた。

「工場が全焼してしまったこと、本当に残念です……。うちの工場からは火が出なかったのですが、近隣の工場の多くから火の手が上がったそうで、舎内消防組も手のつけようがなかったと――」

金太郎は鶴彦の言葉を遮った。

「下町は全焼、銀座、愛宕の辺りまで火が回ったんだ。あれじゃ消防だって手がつけられないよ。それより、従業員に死者どころか、怪我人一人出なかったことを、私は本当に嬉しく思っているんだ。震災当日が休業日だなんてこれは、もう奇跡だよ」

それでも心底悔しそうに唇を嚙む鶴彦に金太郎は続けた。

「工場が無事だったとしても、東京どころか、横浜も大変な惨状だそうじゃないか。それじゃあ、時計を買うどころじゃないよ。造ったところで、時計の持って行き場がないんじゃ、どうしようもないじゃないか」

もちろん、慰めるつもりでいったのだ。東京、横浜が駄目でも、精工舎の時計を販売している店は全国にある。

「下町の惨状は想像を絶するほどで、そりゃあ酷いものだそうですからね……」

鶴彦は、深刻な顔をして声を沈ませる。「とにかくもの凄い数の焼死体だらけ、場所によっては山となっているとか……。深川、本所、神田、日本橋、京橋は全滅。それこそ、一面の焼け野原。まさに地獄絵図そのものだそうです……」

焼け野原となった地域に足を踏み入れてはいないが、新聞の伝えるところによると、死者は十万に達するだろうとされている。しかも、火元は一つではない。人家が密集する大都市東京の至るところで火の手が上がったとなれば、逃げ場を求め、火の中を彷徨(さまよ)ううちに人が密集し、そこで全員が火に巻かれてしまうこともあったろう。

さすがに、金太郎も言葉を失ってしまったのだったが、鶴彦が三ヶ月前に新築した牛込の家に引っ越したばかりだったことを思い出し、

「そういえば家は、家族は無事だったのか？」

と問うた。

「ええ、幸い家も家族も無事でした」

「そりゃあよかった。ここにいる諸君の家族も無事だったそうだし、なくなった方には申し訳ないが、不幸中の幸いだ……」

「社長……吉川さんが、見えたことですし、そろそろ会議に入られては……」

話がひと区切りついたのを見て取った玄三に促され、金太郎は席に着いた。そして、幹部たちを見渡すと口を開いた。

「諸君は今回の震災による店舗、工場の焼失を、服部時計店、精工舎の存亡に関わる危機と捉えているかもしれないが、私はそうは考えていない」

テーブルを囲む幹部たちが、一斉に目を丸くし「えっ？」というように口を開いて金太郎を見た。

「知っての通り、私はこれで二度火災で店を失くしたことになる」

金太郎はふっと笑って見せると、初めて采女町に設けた店が全焼した時のことを話し、

「繁盛している店が、一夜にして灰燼に帰してしまったんだ。そりゃあ、落胆したなんてもんじゃなかったさ。何で、俺がこんな目にと、神、仏を呪いたい気持ちにもなった。

だがね、そこに私が初めて奉公に上がった辻屋の主・辻粂吉さんがやってきて、こうおっしゃったんだ。今、君は大変な失意の中にいるだろう。なぜこんな災難が我が身に降りかかるのか。天の采配を恨みたい気持ちを覚えてもいるだろう。でも、本当にそうなのか、判断するのはまだ早い。これが、君にとっては災いどころか、福とでるかもしれんのだから、とね」

忘れもしない、粂吉にいわれたままを語って聞かせた。

一同は、黙って聞き入っている。

金太郎は続けた。

「そして、辻さんはこうもおっしゃった。人間誰しも不幸に見舞われると、神も仏もあるものかというけれど、そんなことはない。神さまも仏さまも案外優しいものだし、どんな災難が降りかかろうと、これも天命。全てのことに意味があると、神、仏を信じて努力すれば、決して悪い結果にはならないものだ。天は自ら助くる者を助く。まさにその通りなんだよ、とね……。私は、辻さんの言葉に意を強くしてね。店の再建に動き出した。店舗を采女町から銀座のすぐ近くの木挽町五丁目に移し、それまでは中古時計しか扱っていなかったのを、国産の新品時計も併売することにしたんだ」

「では、火事に遭わなかったら、采女町に店を構えたままであっただろうし、中古時計に特化した商いを続けていたかもしれないとおっしゃるのですか？」

そう問うてきた玄三に、金太郎は視線を向けた。

「時計の製造事業に乗り出すのは、この道を志した時からの私の夢だ。いずれ新品時計の販売も始めただろうが、それも今にして思えばかもしれないな……」

「それは、どうしてです？」

すかさず問い返してくる玄三に、

「そこそこ食えていたからさ。人間ってのは虫がいいというか、意志がそう強くないというか、商売がうまくいっていると、新しいことを始めようかって気にはなかなかなれないものだ。商売はやってみないことには分からんからね。裏目に出ることだってあるわけだし、店の場所にしたって同じでね。いずれ銀座にとは思っていたが、少なくとも火事で一切合切を無くしてしまうまでは、当分の間采女町から動くつもりはなかったからね」

「つまり、焼け出されたことが、次の一歩を踏み出すきっかけになったというわけですか」

「それも今にして思えばだがね……。だから、今回も同じだと思うんだ」

金太郎はまた薄く笑い、鶴彦に視線を向けた。

「石原町に初めて工場を持ち、精工舎を設立した時には、吉川さん、従業員は僅か十数名だったよな」

「ええ……」

鶴彦は、当時のことを思い出すかのように、遠い目をして頷く。

「しかも、そのうちの八人は、ブリ輪を回すだけが仕事だ。それが、今や工場棟が二十余棟。主力商品も大物時計から腕時計へと変わりつつある。なまじ使える施設、機械があればどうやって活用するか、あちらを変え、こちらを変えと無理を承知で知恵を絞らなければならなかったところが、きれいさっぱりなくなっちまったんだ。ならば、現時点で考え得る最高の工場を造ろうじゃないか。それこそ禍を転じて福と為すというもんだ」

「確かに、社長のおっしゃる通りですね……」

鶴彦が感慨深げにいう。「たった十数人で始めた頃に比べれば、今の精工舎は桁違いに大きくなりましたからね。工場建屋も当初のものは大分傷みが目立つようになっていましたし、寄宿舎もそろそろ建て替えなければならないと考えていたところでもありますし」

「さて、そうなると再建への道筋だが」

金太郎は、この四日間脳裏に描き続けた青写真を、いよいよ披露することにした。

「まず、工場再建に当たって、一般従業員を解雇しようと思う」

「解雇……ですか？」

驚愕したのは、二年前に技師長に就任した河田源三（かわだげんぞう）である。

一般従業員とは、生産工程に従事する職工のことだが、技師がどれほど優れた技術を開発しても、製品に仕上げるのは彼ら職工たちだ。それを解雇するというのだから、驚くのも無理はない。

「これには二つの理由がある」

　金太郎は源三に向かっていった。「一つは、工場が再建されるまでの間、一般従業員の仕事がなくなってしまうこと。しかも、彼らの多くは寄宿舎住まいだ。特に地方出身の独身者は、もれなくそうだ。寄宿舎が焼失してしまった以上、一度郷里に戻ってもらうのが、彼らのためでもあると思うんだ」

「そうですね……。このまま東京で待機しろといっても、下町は焼け野原。宿舎だって、再建するまでには相応の時間がかかります。まさか、その間、野宿というわけにはいきませんからね」

　鶴彦が重い声でいう。

「職工の中には東京出身者もいれば、所帯を構えている者もいるが、下町は広範囲に亘って焼け野原だ。焼けた家の始末に再建、その間の家族の身の振り方と、やらなければならないことが山積していて、当分の間仕事どころの話ではないと思うんだ。これが第二の理由だ」

　そこで、金太郎は労務担当役員の栗本吉太郎（くりもときちたろう）に視線を向け命じた。「この仕事は、栗本君にお願いする」

　吉太郎は金太郎の遠縁にあたり、かつてはる子と共に寄宿舎の賄い係として働いていたのだが、今は全工場の労務管理を一手に担う立場にある。

「承知いたしました……」

頭を下げながら吉太郎が承諾すると、金太郎は次の話に入ることにした。

「幸いにして工場、その他施設を再建する資金は十分にある。とはいえ、二十余棟の工場再建に加えて、本店の建設には多額の費用を要するから工場が再稼働するまでの間、営業活動を停止するわけにはいかない。そこで、銀座二丁目の仮店舗の再建に早急に着手しようと思う」

「しかし、工場が完成しないうちは――」

「うちが扱っている時計は、自社製品だけではないだろ？」

すかさず声を上げた玄三を遮って、金太郎は続けた。

「うちは、精工舎、輸入時計双方の販売、卸もやってるんだ。東京の時計店は当分の間無理だとしても、得意先は全国にある。服部時計店、服部貿易の事務所を先に創立した日米自動車に置き、当面の間、輸入時計の卸販売に力を入れることにする。間違いなく他社は今回の震災を好機と捉え、うちの得意先を奪おうとするだろうが、断じて許してはならない。この仕事は玄三、お前に任せる」

「承知いたしました……」

「それから、中川君……」

金太郎に名を呼ばれ、

「はっ……」

服部時計店本店の支配人である中川豊吉が姿勢を正した。

「お客さまから修理を依頼されていた時計がたくさんあったと思うが、台帳はどうなった？」

「それが……全て台帳は、焼失いたしまして……」

「時計もかね？」

「はい……全く面目次第もございません……」

てっきり叱責(しっせき)されると思ったのだろう。豊吉は、肩に頭が埋まるかと思われるほど項垂れる。

「中川君、新聞広告の手配をしてくれないか」

豊吉は頭を上げると、怪訝な表情を浮かべ、

「新聞広告を……ですか？」

と問い返してきた。

「時計は、お客さまの大切な財産だ。天災とはいえ、一旦お預かりしたからには、管理責任はうちにある。火事で焼けてしまいましたで済ませたんじゃ余りにも無責任ってもんだ」

「それは、その通りですが、広告を出してどうなさるのですか？」

「弁償するんだよ」

「弁償？　相当額の代金をですか？」

豊吉は驚きの余り、目を丸くする。

他の幹部たちも同じ反応を示す。一同が顔を見合わせ、正気かとばかりに金太郎を見る。

「おカネじゃない。同程度の精工舎の新品時計、足りない場合は輸入時計が到着次第、代替品をお渡しすることで、お許し願うんだ」

「し、しかし、社長……。お預かりしていた時計は、確か千五百個は超えていたはずですし、中にはかなり年季が入ったものもございます。同等の時計をもって弁償するといえば、お客さまの中には、これ幸いとばかりに高額な時計を預けたと申告してくる方も——」

「いいじゃないか」

「えっ？」

「天災じゃあ、仕方ないで済ませて下さるお客さまも中にはおられるだろう。だがね、商売で最も大切なのは信用だ。さっきもいったが、時計はお客さまの財産、つまりおカネと同じなんだ。銀行が天災で燃えてしまいました。台帳が焼けてしまったので、おカネは戻せませんといったら誰が納得するかね？　これは、損得の問題ではない。お返ししなければならないものは、たとえ損をしてでもお返しする。それが服部時計店のあり方なんだ」

金太郎は断言すると、そのまま続けた。

「それに、千五百人ものお客さまが精工舎の時計や服部時計店で購入した時計を持っていて下さる。修理に出して下さっているなんて、有り難い話じゃないか。震災で諦めるしかないのかと思っていた時計が、新品になって返ってきたら、お客さまはどう思う？服部時計店は何があっても客を第一に考える。だから次に時計を買う時も、服部時計店でということになるんじゃないのかね？」

「確かに……。では早々に手配いたします」

納得がいった様子で豊吉がこたえると、

「銀座四丁目の本店は、どうなさるおつもりですか？」

玄三が問うてきた。「二丁目の仮店舗の再建を優先するのは分かりますが、あくまでも本店が完成するまでの繋ぎです。本店も早々に再建に取りかかるべきではないかと思うのですが」

玄三の言にも一理あるのだが、これもまた金太郎には別の読みがあった。

「本店の再建は、暫く様子を見てからにしようと思う」

「えっ？」

「帝都が壊滅状態に陥ったんだ。建築に取りかかろうとしても、簡単に許可が下りるとは思えんのだ」

金太郎がこたえると、

「それは、なぜですか？」

玄三は怪訝そうに問い返してきた。

「三日前に山本内閣が発足しただろう？」

「ええ……」

「内務大臣に指名されたのは、後藤新平さんだ」

金太郎は、第二次桂内閣での逓信大臣・初代内閣鉄道院総裁を皮切りに、歴代の内閣で内務大臣、外務大臣、東京市長などを歴任した、政界の大物中の大物の名前を挙げ、続けていった。

「東京の復興事業は内務省が担当するはずだ。後藤さんについては、いろいろいう輩がいるが、私は稀に見る大人物だと見ている。特に都市計画では台湾で、彼の地の経済改革と公共施設の整備を含めた都市建設事業を見事にやってのけた実績がある。山本総理が後藤さんを内務大臣に据えたのは、その実績を高く評価しているからで、東京の復興に当たっては、台湾での経験を生かした新都市計画を立案させるつもりだろう」

「新都市計画？」

「東京を、世界に誇れる近代都市として再生させる計画だよ」

金太郎は、玄三に向かってニヤリと笑うと、「もちろん私権、予算の問題もあることだから、すんなり行くとは思えんが、後藤さんのことだ、既成概念に捕らわれない、国民の度肝を抜くような斬新、かつ大胆な構想を打ち出してくるさ。それこそ、慌ててビルや家なんか建てるな、東京が生まれ変わる絶好の機会だ、この大天災をむしろ好機と捉えよ、と考えていても不思議じゃない。後藤さんはそれほど大きな器を持つ人だからね」

そういった途端、この震災で店舗、工場が全て焼失したのを、むしろ好機と捉えている自分と後藤は相通じるものがあると金太郎はふと思った。

「いずれにしても、本店の新築はとりあえず様子見だ。第一、周りが焼け野原、市民の生活が元通りにならないうちに、ピカピカの店舗を開店しても、お客さまが来て下さるわけがない。本店の方は、世間の復興に合わせてゆっくりとやればいい。まずは、工場の再建からだ」

金太郎はいい、会議を締めくくった。

3

「聞くと見るとじゃ大違いというが、全くその通りだね……。本当に何もかも焼けてしまったんだねえ」

金太郎は目の前に広がる焼け跡を見て愕然とし、誰にいうともなく呟いた。

消火活動どころか避難するので精一杯。消防が駆けつけることも期待できず、自然鎮火を待つしかなかったこともある。二十余棟を数えた工場は完全に焼失し、炭化した木材に姿を変えた。ただ一つ原形を留めているのは、鉄製の給水塔だけで、それがもの悲しさに拍車をかける。

周辺は工場地帯で、それぞれの敷地も広く、地形が平坦であったこともあって、視界を遮る物がなくなってしまうと、遥か先まで見通しが利くようになる。

焼け焦げた樹木が散見できはするものの、まさに見渡す限りの焼け野原。そこに木材や機械、生活用品などの燃えた臭いが鼻を衝くと、災害現場の凄惨さをより一層際立たせた。

「これだけの大火に見舞われたのに、従業員にただの一人も死者はおろか、怪我人すら出なかったのは本当に奇跡としかいいようがありません」

傍らに立つ鶴彦がいった。「火の勢いが強くなると、竜巻のような火柱が立つのを初めて知りました。それも、一本二本じゃないんです。それこそ何十という火柱が天を衝く高さにまで立ち上るのが牛込からでも見えましたから、まさに地獄絵図そのものだったでしょうね……」

震災から二週間。工場を訪れるのが遅くなったのには理由がある。

震災直後から不穏な噂が広まり治安が極度に悪化して、東京に戒厳令が布かれ、身動きが取れなくなってしまったのだ。

実際、ここに来る道すがら目にした下町の被害状況は酸鼻を極め、かつて民家があったと思しき地域は黒焦げの残骸が地面を覆い尽くすだけの一面の焼け野原。あちらに一つ、こちらに一つと立つビルも、外観こそ形を残してはいるものの、コンクリートの外壁は黒く焼け焦げ、窓ガラスも破れて廃墟と化していた。しかも、震災から二週間も経つというのに、焼死体が放置されたままになっているのだ。

そんな光景が延々と続く中を来たものだから、道中ではどこにいるのか皆目見当がつかず、「ここが工場があった場所です」といわれなければ、柳島だとすら気づかなかったであろう。

采女町時代に大火を経験していたとはいえ、想像を遥かに超える惨状を目の当たりにすると、会議の場で粂吉の言葉を持ち出し一同を鼓舞した金太郎も、さすがに言葉がない。

そして、采女町の大火に見舞われた時の記憶が蘇ると、「今ここに辻さんがいたら、何といってくれただろうか……。この惨状を見てもなお、禍を転じて福と為すというのだろうか……」今は亡き粂吉の姿が思い浮かぶのだった。

しかし、それも僅かな間のことで、焼け跡に人影があるのに気がついて、

「吉川さん、あの人たちは？」

金太郎は鶴彦に問うた。

「うちの社員です」

「社員？　焼け跡で何をやってるんだ？」

「番をしているんですよ」

「番？」

その意味が俄には理解できず、問い返した金太郎に鶴彦はこたえた。

「瓦礫の下には金や銀の地金、鋼材などの資材類、それに機械もたくさん埋まっていますからね。これだけの大災害です。復興に際しては大量の鉄が必要になります。機械だって屑鉄屋に持ち込めばカネになりますので……」

「じゃあ、火事場泥棒から会社の資産を護ろうと？」

「悲しいもので、大惨事に遭遇すると、日頃は表に出ない人間の悪い部分が顔を出してしまうんですねえ……」

鶴彦は溜息を吐くと何ともやるせない表情になって話を続けた。

「これだけの被害ですからね……。一家全員が亡くなってしまった家もあれば、戻るに戻れないでいる人たちも大勢います。その隙を突いて、あるいは夜陰に紛れて、焼け跡でカネ目の物を漁る輩がたくさんいるそうでしてね。そうはさせじと、彼らは交代で寝ずの番をしているんです」

「寝ずの番って……誰がそんな指示を？」

「誰も指示はしておりません。彼らが自発的に始めたんです」

本来であれば、かかる事態において、会社の財産を護る義務を負うのは社長である自分だ。なのに本人が気づかないでいたのに社員が、しかも自発的に始めたとは……。

金太郎は、驚きのあまり言葉を失った。そして感動を覚えた。

「しかし近所に住んでいたのなら、自宅は焼けてしまっただろうに……。自宅の再建もあれば、家族の身の振り方だって考えなければならない。みんなやらなければならないことがたくさんあるのでは……」

「あるでしょうね」

鶴彦は頷くと、重々しい声でこたえた。「それでも彼らは、精工舎が一日でも早く再建するための力になりたいといいましてね。会社を護るのは社員の義務だと……」

なんと有り難いことか……。

感極まり、言葉を失った金太郎に鶴彦は続ける。

「焼けた木材の中からましなものを選んで、雨露が凌げる程度の空間を作り、食事は交代の社員が握り飯を持って来てと、なんとかやりくりしながら、番を続けているんです」

「しかし、肝心の食料は不足しているんだろう?」

「寄宿舎住まいの職工も出は様々です。千葉や埼玉といった比較的東京から近いところに実家がある者もいますので、彼らが米や味噌、野菜を差し入れているそうですよ」

初めて聞く話が相次いで出て来る。

金太郎の視界が感動のあまりぼやけてくる。そしてたった今、惨状を目の当たりにして、心が折れそうになった己に金太郎は忸怩たる思いを抱いた。

上司の指示を待つまでもなく、自らの判断で会社の財産を護ろうとしている社員たちがいる。しかも、解雇通知を受けた者もいるだろうに、なぜ彼らはこんな行動に出ているのか。

それは、精工舎は必ずや復興を遂げる、それも早期のうちにと固く信じているからだ。経営者たる服部金太郎に全幅の信頼を寄せているからだ。

それを、俺は……。

采女町の時に再興への勇気と力を与えてくれたのは、師と仰いだ粂吉だったが、今回は社員であったことに金太郎は深く感動し、奮い立った。

「栗本君」

金太郎は同行していた吉太郎に向かっていった。「工場の財産を護ってくれている社員諸君と、ただちに新規雇用契約を結んでくれ」

「新規雇用契約……ですか？　しかし社長、たった十日ほど前に、解雇通知を出したばかりで、中にはまだ受け取っていない社員も――」

目を丸くして驚く吉太郎を遮って金太郎はいった。

「会社のために働いて下さっている諸君に、給金を出さんわけにはいかんだろうが」

「それは、そうですが……」

朝令暮改そのものだが、鶴彦のいうように金や銀の地金、資材の他にもこの焼け跡の下に、まだ工場再建の役に立つものが埋もれているかもしれない。それに、解雇通知を出すことにしたのは、生活基盤の再建に専念させることが目的だったのだが、こうして毎日寝ずの番を続けている社員がいるとなれば、話は別だ。

「ねえ、吉川さん」

金太郎は鶴彦に視線をやった。「工場に設置していた機械類は、一度火を浴びてしまったら使い物にはならなくなるのかな」

「実際に調べてみないことには何ともいえません。ただ、可燃性の部品、たとえば動輪に動力を伝えるベルトの類いはもちろん駄目ですが、機械本体は鉄でできていますので、修理をすれば使えるものも中にはあるかもしれませんね」

「よし！　じゃあ、こうしよう」

金太郎は再び、吉太郎に目を向けた。「寝ずの番をしてくれている社員諸君、近隣に住んでいる出社可能な社員諸君を再雇用して、当面の間、瓦礫の下から機械を掘り起こす作業に当たってもらおう。その上で、技術部門の技師が修理可能なものと不可能なものを選別し、可能ならばただちに修理に取りかかる。掘り起こすのも、修理を行うのにも時間を要するだろうが、なあに、建屋が完成するまでに間に合えばいいんだ」

「かしこまりました。早々に技術部門の社員に声をかけることにいたします」

即座に声を上げたのは、技師長・河田源三だ。「技師の中には、火災から逃れた地域に住んでいる者も少なくありません。家屋が被害を受け、対処に追われている者もいますが、機械が掘り起こされる頃には目処が立っている者もいるでしょうし」

金太郎が頷くと、

「では、ただちに……」

源三は踵を返して、小走りに去って行く。

「さて、そうなると建屋だな」

金太郎はいった。「機械があっても建屋がないんじゃ、時計は造れんからね。さっそく建設会社を呼んで段取りを整えることにしよう」

「となると、次は建屋が完成した後、どの製品から生産を再開するかですね」

意味ありげに玄三がいう。

何をいわんとしているかは、改めて聞くまでもない。

奇しくも大震災が起きる直前の八月三十一日、腕時計と懐中時計の双方に使える新製品〝グローリー〟の見本品が完成していたからだ。

この新製品は、精工舎懐中時計部主任技師の布施義尚が設計・指導したもので、新たに輸入されたスイス製のポインティングマシーンと呼ばれる精密測定・穴開け用工作機を使用し、一年以上の時間を費やして、ようやく見本品の完成に漕ぎ着けた、国産品としては最小の腕・懐中時計だ。

しかも、見本品十二個のうち二個を玄三と源三が預かっていたお陰で、災禍を逃れたという経緯がある。再起を図るという意味でも、実にゲンがいい。

「お前はグローリーの生産に一刻も早く取りかかりたいのだろうが、まずは掛け時計、それから懐中時計、目覚まし時計の順で生産を再開することにする。もちろん、機械が揃えばの話だがね」

「では、グローリーは？」

そう問い返す玄三は、どこか不満げな様子だ。

「大半の人は家を、生活を建て直す費用を捻出するだけでも大変な思いをしているんだ。まして、家と一緒に、掛け時計や目覚まし時計も燃えてしまっただろうし、壊れた時計に至ってはそれこそ数知れずだ。それは、時間を知る術がなくなってしまったということでもあるわけだ」

玄三は、「あっ」というように小さく口を開けた。

「つまり、時計の黎明期が再びやってきたんだよ」

その当時のことを知らぬ玄三に、金太郎は続けた。

「あの頃の時計は高価だったが、世の中が時間で動くようになると、真っ先に買い求めたのが、一台あれば家族全員が時間を知ることができる掛け時計や置き時計だったんだ」

「なるほど、腕時計よりも、まずは一台あれば、家族で時間を共有できる時計が必要になるというわけですね」

「それと、グローリーを後回しにするのには、もう一つ理由がある」

金太郎はいった。「小石川での会議の場でいったように、工場が全焼してしまったのは本当に残念だが、考え得る最高の生産設備を整える絶好の機会だ。この震災は大悲劇には違いないが、負の局面ばかりに目を向けてはならんのだ。家を建て、ビルを建てるとなれば、資材、大工が必要だ。新しい都市計画に基づいて、東京や横浜を再構築するとなれば、区画整理に道路の整備もしなければならん。そのことごとくに雇用が発生する。それも、これだけの大災害からの復興を遂げるには、何年という時間がかかるんだ」

「雇用には賃金が発生する。それも長期間となれば、人々の懐も徐々に潤っていく……というわけですね」

玄三が、読めたとばかりに大きく頷く。

「まして、いまの日本は、世界大戦終結の煽りを受けて、不況の最中にあるからね。グローリーを出したところで、腕時計どころの話ではないだろうさ。しかし間違いなく、そう遠からずして時計は一人一台という時代がやってくる。その時、こぞって買われるようになるのは懐中時計ではなく腕時計になるはずだ」

金太郎は、そこで短い間を置くと、寝ずの番を自発的に行っている社員たちの姿に目をやった。

「だから今のうちに、その時に備えておかなければならんのだよ。精工舎がここまで歩んできた道程が、凄まじい速度で再現され、その勢いを保ったまま、次の時代に突入するんだ。あの時、ああすればよかった、こうしておくべきだったと悔やんだことも数知れずだが、同じ轍を踏まなければ、精工舎はこれまで以上の成功を収めることになるんだからね」

この焼け跡を目の当たりにした時とは大違い。今、金太郎の胸中を張り裂かんばかりに満たしているのは再起への決意、そして精工舎の将来に対する希望であった。

失意のどん底にあった自分に希望を与え、奮い立たせてくれたのは、誰でもない、目の前にいる従業員たちなのだと思うと、金太郎は焼け跡に立つ彼らの姿に、手を合わせて感謝の念を唱えたい気持ちになった。

4

「社長、布施君からいい知らせが入りました」

服部時計店、服部貿易の事務所を移した芝区新桜田町の日米自動車の社長室に、鶴彦が声を弾ませながら入ってきたのは、それから十日の後のことだった。

「掘り起こした機械を徹底的に調べたところ、修理をすれば使えそうなものが思いのほか多くあるそうです」

鶴彦は珍しく破顔一笑、顔を輝かせる。

「思いのほかって、どれくらいだ？」

「今のところ調べを終えたのは機械、それも掛け時計の工場に設置していたものの一部ですが、現時点で確認を終えたものだけでも、半数近くは修理をすれば使えるのではないかと」

「半数近く？　半数近くも使えるって？」

金太郎は耳を疑い、思わず同じ言葉を繰り返した。

確かに機械は鉄でできてはいるが、焼け跡に折り重なった木材が真っ黒に炭化してしまっているところからしても、高温に長時間晒されていたのに違いないのだ。しかも極めて高い精度が要求されるものばかり。それが修理さえすれば半数も使用可能だというのだから望外の朗報である。

「もっとも全体的にどれくらいの機械が修理可能かは、掘り起こしが終わってみないことには何ともいえませんが……」

「それにしたって、使える機械が残っていただけでも嬉しい限りだよ。私は機械の総入れ替えを覚悟していたんだもの」

金太郎は自然と表情が緩むのを感じながら続けた。

「外国製の機械も多かったことだし、これから発注するとなると、日本に到着するのはいつになるやら分からんからね。機械がなけりゃ建屋が完成しても、肝心の時計が造れんのだ。修理可能なものがあるかなしかじゃ大違いだよ」

「それから金、銀の地金、資材の分析も進んでおりまして、こちらも今のところはですが、大半は生産に用いるのに支障なしという結果が出ているそうです」

「大半って？」

「九割以上は、問題ないと」

鶴彦は、嬉しそうに目元を細める。

金太郎の命を受けた吉太郎は、ただちに工場から徒歩圏内に居住する従業員の再雇用に着手した。話は職工たちの間に瞬く間に広まり、再雇用契約を結んだ従業員は九十三名にのぼり、その全員がただちに機械の掘り起こし作業に取りかかっていた。

徒歩圏内居住者は、住居が焼失してしまった者も多く、九月中はそれぞれの都合に合わせ作業に従事し、給与は日当制。正式な雇用開始日は十月一日とした。

人手が増えれば作業も捗る。それは、資材の分析調査が捗るということでもある。機械、資材共に朗報が次々に舞い込むのだから、金太郎の工場再建への意欲はますます高まるばかりだ。

「吉川さん……。天は我々を見放してはいなかったようだね」

金太郎の言葉に、鶴彦は大きく頷くと、

「これで、建屋さえ完成すれば、ただちに操業を再開できる目処が立ちました。もちろん、生産量は震災前と比較にはなりませんが、精工舎が再興に向かって動き始めたのを実感すれば、社員の士気も今まで以上に高まるのは間違いありません。お客さまだって、最初の内は品薄でも出揃うまで待って下さいますよ」

声に力を込めて断言する。

「となると、問題は建屋がいつ完成するかだね」

「立派なものでなくともいいのです。雨露が凌げさえすれば、製造は再開できます。ほら、初めて工場を持った時と同じですよ。社長はあんなちっぽけな町工場で、それも人力でブリ輪を回していたところから、精工舎をここまでの工場にしたんですから」

「社長はじゃない、我々はだろ？」

だからこそ、君を『盟友』と呼んで憚らないのだ、と金太郎は言外に匂わせ、続けていった。

「もちろん、掛け時計、懐中時計、目覚まし時計の工場は仮設にするさ。とにかく一刻も早く生産を再開しなければならんからね」

「では、仮工場の完成はいつ頃に？」

「ちょうど、さっきまで大林組の人が来てたんだ」

「大林のような大会社には、繁華街のビルの建設や修理とか、大型案件の注文が殺到しているんじゃないですか？」

「うちの工場の再建だって立派な大型案件だよ。そりゃあ喜んで来てくれたさ」

　鶴彦の反応に苦笑しながら、金太郎はさらに続けた。

「それに、仮設工場はいずれ解体して、本格的な工場建屋を建てることになるんだから、彼らは短期間のうちに二度も仕事を請け負えるんだよ。こんな美味しい話は、そう滅多にあるもんじゃないし、大工、職人は引く手数多（あまた）だ。そっちの手配を滞りなく済ませることができるのは、やっぱり大手だからね」

「そうですね。仮設とはいえ、建築資材の需要が高まっていることですし、滞りなく調達できるのは、やっぱり大手でしょうから」

「それで、とにかく雨風が凌げる程度の工場建屋を取りあえず四棟、どれほどの期間が必要なのかと訊ねてみたんだ。そしたら、同時に四棟の建設に取りかかるのは、職人も資材も不足していてとても無理だが、順次でいいのなら最初の一棟は来月中には完成できるというんだよ」

「来月というと十月中に……ですか？」

これにはさすがの鶴彦も、目を丸くして驚く。

「もちろん突貫工事になるし、機械の配置、その他諸々、細かい部分で詰めなければならないことは多々あるが、基本的に彼らが建てるのは器、それもがらんどうに等しいものだし、左官仕事はほとんど不要だ。柱を立てて、床を敷き、屋根をつけ、木製の壁で覆うだけでいいのなら、十分やれるというんだな」

「しかし一棟といっても、仮に掛け時計から生産を開始するとなると、かなり大きなものになりますが？」

「建屋の床面積は百二十五坪。以前掛け時計を製造していたのとほぼ同じ大きさだ」

「百二十五坪を、来月中に？　大丈夫なんでしょうね」

念を押してくる鶴彦を無視して、金太郎は問うた。

「現時点で修理可能と分かった機械ね、建屋が完成するまでの間に生産可能な状態に仕上がったとしたら、どうだろう。来年の春までには、掛け時計を出荷できないかね？」

鶴彦は思案するかのように、暫し沈黙すると、

「やれるかもしれませんね……」

こくりと頷いた。「もちろん、修理を終えた機械が問題なく稼働すればですが、調整程度で済むならば何とかやれると思います」

「東京が復興を遂げ、かつての賑わいを取り戻すまでには、まだ大分時間がかかるだろうが、顧客は全国にいるからね。とにかく、春までに再生産に目処が立てば他社に販売店を奪われることもないと思うんだ」

「全くです……」

同意の言葉を漏らした鶴彦だったが、感慨深げな表情を浮かべて沈黙する。

金太郎には鶴彦が、いま何を考えているのか、どんな思いに捕らわれているのか、手に取るように分かった。

「思い出すよなあ……」

金太郎はいった。「吉川さん、石原町で時計の製造に乗り出した時のことを考えてたんだろ？」

「分かりますか？」

「そりゃあ、分かるさあ」

金太郎は微笑みながら鶴彦に目をやった。「ガラス工場だったとはいっても、作業場同然の小さなものだったもんなあ。従業員は十数人しかいなくてさあ、しかも、そのう

ちの八人は、ブリ輪回しだ……」

「いまにして思えば掘立小屋同然の代物でしたし、製造機材だって笑ってしまうほど原始的なものでしたが、それでも初の自社工場でしたからね。あの時の喜びと興奮は生涯忘れませんよ……」

「それに比べりゃ、急場凌ぎの仮工場とはいえ、ピカピカの新築には違いないし、機械もあれば人もいる。何よりも全国を網羅し、海外にも広がった販売網もある。そして、精工舎の時計に信頼を寄せて下さるお客さまがたくさんいるんだもんなあ」

「当時に比べれば、城は焼け落ちても、土台の石垣はびくともしないで残ってる。再建は遥かに楽だとも思えますが、ここまで会社が大きくなってしまうと、難しい点も出てくるのでしょうね……」

　さすがは鶴彦だ。

　それが何かは聞くまでもないのだが、金太郎は話の続きを待った。

「石原町の時は、自社製の時計の製造も販売も、初めてのことばかりでしたからね。売れば売った分だけプラスになるんですから、今日はもっと、今月はさらにと、ただ先に進めば良かったわけです。でも、今は違います。精工舎には、あの時から積み上げてきた実績がありますからね。一日でも早く震災前の業績を回復し、さらにその先を目指さなければならないのです。何もなかったところから始めた時とは、そこが大きく異なる点であり、より多くの労力と情熱を要する点であると……」

「つまり、城を再建するだけに留まらず、前よりも大きくて堅牢な、立派な城を造らなければならないといいたいのだね」

鶴彦は金太郎の視線を捉えると、静かにいった。

「終わりなき仕事であり事業ではありますがね……」

終わりなき仕事であり事業か……。

金太郎は、鶴彦がいま語った言葉を胸の中で反芻(はんすう)した。

全くその通りなのだ。

事業に終わりはない。服部時計店、精工舎という城を築きはしたが、自分亡き後も次に続く世代が城をさらに大きく、一層強固なものとすべく、日々増築を重ねていかねばならないのだ。その様を見ることはできないにせよ、少なくとも後に続く世代が、思う存分手腕を発揮できるよう、盤石の礎を築いておかねばならない。それが、いまの自分に課せられた使命なのだと金太郎は心の中で誓った。

5

仮工場の建設は、驚くべき早さで進んだ。

十月一日に始まった工場の建設は、大林組が約束した通り僅か一ヶ月で最初の一棟が完成した。

周辺一帯に大火の名残が色濃く残っている中に完成した真新しい工場建屋は、従業員たちにも大きな希望を与えた。

中には、「豊臣秀吉の一夜城ならぬ、服部社長のひと月城だ。秀吉同様、社長も天下を取るに違いない」とはしゃぐ社員もいれば、それを聞いて「精工舎はとっくに天下を取っとるわい」と返す社員がいるといった具合で、仮とはいえ工場の完成を機に事業再開への社員たちの意気込みは爆発的に高まった。

そして、工場建屋の竣工と同時に修理を終えた機械の設置が始まり、翌年の大正十三年（一九二四年）の年頭には一部機械の試験が開始、三月には掛け時計の生産が再開された。

同月には、さらに三棟の工場建屋が完成。四月には懐中時計のケース、九月には目覚まし時計の生産が再開され、製品が逐次市場に出荷された。

職工の再雇用も本格化し、この時点で三百余名にのぼった。かくも極めて短い期間で生産再開が可能になったのは、猛火に晒されたにもかかわらず最終的に七割もの機械が修理可能な状態であったからだ。

そして五棟目からは、いよいよ正規工場となる本格的な建屋の建設が始まった。

震災直後の会議の場で、「きれいさっぱりなくなっちまったんだ。ならば、現時点で考え得る最高の工場を造ろうじゃないか。それこそ禍を転じて福と為すというもんじゃないか」と金太郎は語ったが、それを実行する時が来たのである。

震災の直前に見本品が完成していた腕・懐中時計の新製品〝グローリー〟の工場とすべく最新式の機械を導入し、生産性の向上を図ると同時に、近い将来主流になるであろう腕時計の増産に備えることにしたのだ。

五棟目の建屋は大正十三年八月に完成。その間に海外へ発注し、日本に到着していた製造機械の設置がただちに開始された。

考えあって金太郎が現場を訪ねたのは、その当日のことだった。

突貫工事で建てた仮工場とは違って、柱や梁（はり）も太く、良質な資材がふんだんに使われ、真新しい木材の香りが漂う中で機械の設置に取り組む社員たち。その中で陣頭指揮に当たっている鶴彦と義尚の姿を見つけた金太郎は、

「やあ、ご苦労さん。いよいよ始まったね」

と声をかけた。

すでに現場を後進に譲って久しいが、再興をかけた最新鋭の機械の設置となると、やはり天才技師・鶴彦の出番である。

「やっとこの日が来ましたね。一日千秋の思いという言葉の意味がよく分かりました」

グローリーを設計した義尚は心底嬉しそうに、そしてどこかほっとした様子で目を細める。

「同感だね」

金太郎は笑みを浮かべながら頷くと、

「どうかね、輸入した機械は問題なく使えそうかな？」

義尚の傍らに立つ、鶴彦に問うた。

「最新式の機械ばかりですから、習熟に多少時間を要するでしょうが、使えるようにしてご覧にいれますよ。大枚叩(はた)いて購入していただいたんです。使えませんじゃ、社長だってお困りになるでしょう？」

珍しく鶴彦が軽口を叩く。

「全くだ」

金太郎は呵々とひとしきり笑い声を上げ、「それに吉川さんのことだ。使い勝手が悪けりゃ、どうせ改良してしまうんだろうしね。使えないわけがないよなあ。こりゃ、失敬な質問をしてしまったね」

戯けた仕草で、ぺこりと頭を下げた。

「掛け時計、売れているようですね。工場には何とか増産できないかと、銀座の方から連日催促が来ると掛け時計部の連中が、嬉しい悲鳴を上げていましたよ」

生産が再開されると、今度は売れ行きが気になると見えて、鶴彦が問うてきた。

「生活必需品の中でも、時計は最上位に位置づけられるものになっているのが改めて分かったよ。特に東京、神奈川では、本当に良く売れていてね。修理依頼も殺到してるんだ。やっぱり家もろとも燃えてしまった、壊れたって時計がたくさんあったんだねえ。

もっとも、それだけ多くの人たちが被災してしまったのだと思うと、手放しで喜ぶ気持ちにはなれんのだがね……」

その言葉に、些かも嘘、偽りはない。

関東大震災で全潰、全焼した家屋は東京だけでも二十万戸、神奈川で十万戸、犠牲者に至っては二つの地域だけでも十万三千人にも上った。しかも不況の真っ只中で、ただでさえ庶民の暮らしが厳しい最中に起きた未曽有の大惨事である。

いち早く会社を再建し、事業を軌道に乗せ、社員の生活を守るのが経営者の義務だとはいえ、家の再建さえ目処が立たないでいる人たちが、まだまだたくさんいるのは紛れもない事実である。

「おっしゃる通りです……」

義尚も声を沈ませる。「なのに、生活必需品を買い占めたり、値段を吊り上げている商人もいるんですから酷いもんです……」

「困った時はお互いさまだ。こんな時だからこそ、精工舎はいい時計を可能な限り安い値段で送り出さねばならんのだ」

金太郎の言葉に、大きく頷いた義尚は、

「そういえば、銀座で焼けてしまった時計の弁償、大評判だそうですね」

破顔して声を弾ませた。「服部時計店は本当に新品の時計に代えてくれたと、お客さまから感謝の手紙が殺到しているとか」

義尚がいうように、新聞に広告を出した直後の反響は大変なものだった。

世の中には遠い昔の出来事を覚えている人間がいるもので、かつて坂田時計店が倒産した際に、金太郎が店を去るに当たって手持ちの現金を全て店主に差し出した話を持ち出す者もいたらしい。それが人伝に広まり、金太郎の誠実な人柄を象徴する逸話として世間で評判になっていると聞かされた。

もっとも、これだけの大惨事の中にあっては、誰もが日々を生き抜くので精一杯。災禍の中の一服の清涼剤といったところで、日々湧いては消える話題の中に紛れ、忘れ去られてしまった感があった。

それに、広告を出したものの、肝心の弁償にあてる時計が足りず、「輸入品が到着次第」と但し書きを添えたこともあって、用意ができても果たしてお客さまが覚えているだろうかと懸念したのだったが、それも杞憂に終わった。

「お客さまの大切な時計をお護りできなかったのは、我々の責任だからね。弁償して当然なんだし、それでお客さまの服部時計店に寄せる信頼が深まるのなら結構な話じゃないか。会社への信頼は、製品はもちろん、日々の商いの取り組み方に生ずるもので、おカネでは決して買えないものだからね」

二人が頷いたところで、

「ところで、二人に相談したいことがあるんだ」

金太郎は本題に入った。

「いよいよここでグローリーの生産が開始されるわけだが、名前を変えようかと思ってね」

「変える……んですか？」

設計から試作に至るまでの全てを指揮してきた義尚にしてみれば、グローリーという製品名には愛着も覚えているだろうし、我が子同然の製品だ。

さすがに怪訝な表情を浮かべて問い返してきた義尚に、

「いやね、グローリーというのは〝栄光〟という意味だから、悪くはないと思うよ。しかしねえ、ゲンを担ぐわけじゃないんだが、震災では精工舎の工場も銀座の店も丸焼けになってしまっただろ？　なんか、ゴロリと転けちまったかのように聞こえてさ……」

気恥ずかしさを覚えて、金太郎は語尾を濁した。

「なるほど、グローリーが〝ゴローリー〟ですか。確かに、語呂が悪いかもしれませんねえ」

義尚は、駄洒落をいいながら苦笑いを浮かべる。

「そうなんだよ。まあ、つまんない話なんだがね。一度気になり始めると、どうもねえ……」

「語呂もさることながら、縁起でもないような気がしてきますね」

鶴彦も複雑な顔をして、二人の言葉を肯定する。

「では、新しい製品名はどのように？」

「それなんだが、製品に個別に名前をつけるのは、一旦止めようかと考えてるんだ」

そういった金太郎に、

「と、おっしゃいますと？」

義尚が問うてきた。

「今回の製品以降、我が社で製造する時計は全て〝セイコー〟一本に絞ろうと思うんだ。ローマ字で〝ＳＥＩＫＯ〟とね」

「セイコー一本に？」

「これまでは、文字盤には個別の製品名だけを記して、精工舎の名前はケースや裏面に〝ＳＫＳ〟と打刻するものが多かったが、国内はいいとしても、海外での販売を考えると、精工舎の製品だと一目で分かるようにしておいた方がいいんじゃないかと思うんだ」

「なるほど……」

鶴彦が腕組みをしながら唸った。「いわれてみれば、海外製品は、もれなく社名だけですね」

「後で、やっぱり不都合だというなら、製品名を併記するという手もある。とにかく、この時計は精工舎製ということを、一目見て分かるようにしたいんだ」

「いいと思います」

義尚が力の籠もった声でこたえた。「おっしゃるように、まずは精工舎の名を認知させるべきです。腕時計は精工舎とお客さまに印象づける効果も見込めますし、まして海外はこれからですからね」

「私も、それがいいと思います」

鶴彦が続いた。「腕時計の販売数が伸びないでいるのは、そもそも生産数が少ないということもありますが、値段は高くとも実績ある舶来品の方が間違いないという意識がお客さまの中に根付いてしまっているせいもあるでしょう。この工場の稼働によって生産の問題は解消されます。精工舎の腕時計は、舶来品よりも安い値で買える。なのに性能は優るとも劣らないと認識していただくためにも、セイコー一本でいくべきだと思います」

「よおし、じゃあ決まりだ。新型腕時計の名前は〝セイコー〟だ」

「絶対セイコーですよ。だってそうでしょう。セイコーはサクセスの〝成功〟とも書けますからね。実に縁起がいいじゃありませんか」

鶴彦は再び軽口を叩くと、呵々と笑い声を上げた。

その姿に釣られて、金太郎も大声で笑った。

6

「失礼いたします……」

玄三が社長室に現れたのは、セイコーの製造がはじまって十ヶ月、大正十四年（一九二五年）の秋のことだった。

玄三は三十歳の時に服部時計店の取締役に就任し、すでに八年が経つ。

若くして役員に就任させたのは、金太郎が玄三を後継者と決めていたからだ。

服部時計店、精工舎の成長の過程は金太郎の歴史そのものである。幾多の困難に直面し、そのことごとくを乗り越え、時計業界における今の地位を確立したのだ。

しかし、急成長を遂げた会社の二代目は、概して経営が軌道に乗った頃に入社するもので、玄三もまたしかりである。金太郎が直面した幾多の困難をいかにして乗り越えてきたか。何を考え、服部時計店、精工舎の将来像をどう描いているのか。父親としてではなく、経営者・服部金太郎から学んで欲しいことは数え切れない。

玄三も、そんな金太郎の心中を十分察していると見えて、頻繁に社長室を訪ねてくるのだったが、どうも今日は表情が冴えない気がする。

「どんな話かな」

書類から目を上げ、そう問いかけた金太郎に、

「腕時計のことで相談がありまして……」

金太郎は黙って席を立ち、部屋の中に設けた応接セットに歩み寄り、玄三に着席を促した。

腕時計のことといわれれば、相談の内容には察しがつく。

「販売数がいまいち芳しくないようだね」

「そうなんです……」

果たして玄三は重い声でこたえる。「新型機械を導入したこともあって、生産数は飛躍的に向上したのですが、売れ行きがさっぱりでしてね。銀座はもちろん、卸先の時計店では輪をかけた低調ぶりで在庫が溜まる一方でして……」

玄三に指摘されるまでもなく、腕時計の販売状況には金太郎も注目していた。

「禍を転じて福と為す」の言葉通り、新工場建設を機に、最新型の機械を導入し、生産工程の合理化を行った成果は目を見張るものがあった。

生産能力は飛躍的に伸びたし、現在製造中のセイコーは、国産初の腕時計ローレルに比べて軀体も小さく、性能も格段に向上。それでいて価格は大差ないとなれば、本来は売れてしかるべきなのだ。

もちろん、それは販売する側の理屈というもので、客が手を出さない理由は察しがつく。

「舶来品は見栄の道具でもあるからな。懐中時計と違って腕時計は直に身につけるもので、他人の目につきやすいからね。国産品よりも舶来品って意識が働いてしまうんだろうな」

「社長、そんな暢気(のんき)なことをいってる場合ではありませんよ」

玄三は家では金太郎を「お父さま」、会社では「社長」と呼ぶ。

玄三は、少し苛立(いらだ)った様子で続ける。

「かつてとは比較にならない数の製品が、日々完成しているんですよ。なのに、売れ行きがさっぱりじゃ――」

「分かってるさ」

金太郎は玄三の言葉を遮ると、問い返した。「じゃあ訊くが、私は客の舶来志向を販売不振の原因の一つと見ているが、君はどうなんだ？　他に理由があるのかね？」

「そ、それは……」

「ん？　どうした？」

金太郎は視線を落とす玄三の顔を覗き込む。「数字だけを見て、売れない、大変だと騒ぐのは誰でもできる。君はいずれ、この会社を率いていくことになるんだぞ？　まさか販売不振の理由も分からない、策も持たない、泣き言をいいに来たんじゃないだろうね」

「不況の影響は大きいと思います」

玄三は顔を上げた。「不況といわれて五年以上も経つのに、景気が回復する兆しは全くありません。しかも、そんな最中に大震災が起きたんです。関東では、家を失った方もたくさんいますから、以前社長がおっしゃったように、時計を購入するにしても、まずは掛け時計か目覚まし時計。とても腕時計どころの話ではないのかと……」

「なるほど」

金太郎は返す言葉に、『それだけか？』とばかりのニュアンスを込めた。

「それと、腕時計の使用経験者が、ほとんどいないのも大きいと思うのです。携帯型の時計といえば懐中時計。懐から取り出すか腕に巻くかの違いだけで、両者の間にはそれほど大きな違いはない。そんな観念がお客さまの中に、刷り込まれているように思うのです。それに……」

　そこで言葉を呑んだ玄三に、

「それに？」

　金太郎は先を促した。

「否定的な話ばかりで申し訳ありませんが、こと精工舎の腕時計と懐中時計の値段はさほど違いません。両方とも、一旦購入すれば長期間使用するものです。購入した後に後悔するのを恐れる心理も働くのではないかと……」

　なるほど、玄三の分析は間違ってはいない。

　そこで金太郎は問うた。

「一つ訊くが、君も腕時計と懐中時計は、使い勝手に大きな違いはないと思っているのかね？」

「いいえ、そうは思っておりません」

　玄三は大きく首を振ると続けていった。

「懐を探って時計を取り出し時刻を知る……。数秒の違いとはいえ、腕を上げればすぐ分かる腕時計の即時性、利便性、快適さは実際に持ってみれば誰もが実感するはずです。

利は圧倒的に腕時計にあると私は思っております」

「じゃあ、その腕時計の利便性をお客さまに広く知ってもらうためには、どうしたらいいと思う？」

「それは、持ってもらうことです」

「持ってもらうためには？」

金太郎が重ねて問うと玄三は沈黙し、探るような目を金太郎に向けてくる。

「どうした？」

金太郎が促すと、玄三はようやく口を開いた。

「おこたえする前に、一つお訊きしたいことがあります」

「なんなりと」

「社長は、腕時計を減産するつもりはありますか？」

金太郎は玄三を見据え、首を振った。

「ないね。それどころか、量産体制をますます強化していこうと考えているよ」

「つまり、そう遠からずして腕時計が懐中時計に取って代わる時代が来るという確信は、今に至っても変わりはないわけですね」

「もちろん」

「でしたら、持ってもらえるような策、それも思い切った策を講じなければならないかと……」

「値引き……それも恒常的なものではなく、期間限定の特別大売り出しをやったらどうでしょう」

玄三も成長したものだ、と金太郎は嬉しくなった。

実のところ金太郎が考えていた策と寸分違わぬものだったからだ。

しかし、そんな内心をおくびにも出さず、

「ほう？」

と短く返した。

金太郎の反応をどう取ったのかは分からぬが、玄三は話を続ける。

「実際に腕時計を使ってみれば、良さが分かるといっているだけでは、いつまで経っても状況は変わりません。お客さまに、高いカネを払って買ってはみたものの、という不安があるというならば、失敗しても諦めがつく値段で売るしかないと思うのです」

黙って話に聞き入る金太郎に向かって、玄三はさらに続ける。

「さっき社長は、量産体制を強化するつもりだとおっしゃいましたが、それでは販売状況が劇的に好転しない限り、在庫は増え続けることになります。捌けなければ、不良在庫となるわけですから、どこかの時点で処分を迫られることになるわけです。ならば、腕時計市場を確立するために、損を出してでもまずは持ってもらう、使ってもらうことに活用すべきです。使ってもらえさえすれば、懐中時計よりも腕時計。消費者の意識は劇的に変わる。私は、そう確信しているからこそ、敢えて値引きを――」

　金太郎は顔の前に手を翳し、必死の形相で訴える玄三を制すると、ニヤリと笑った。

「なんだ、策はできてんじゃないか」

「えっ？……」

　玄三は拍子抜けしたように、短く漏らした。

「お前のいう通りだ」

　玄三を「お前」と呼び、父親の声でしみじみといった。「時計に限ったことではないのだが、お客さまの固定観念、思い込み、先入観を覆すのは本当に難しいんだ。新製品が出れば飛びつく層もいないではないが、それを頼りにしてたんじゃ、大きな商売にはならんからね。それに、世の中を一変させるような新製品は、評判になった途端、同業者間で開発競争が始まるものだ。性能がどんどん向上する一方で、価格は横這い、あるいは低下するのをお客さまは知っている。だからすぐには飛びつかない。大半のお客さまはまずは様子見に出るものだ」

　金太郎は玄三の顔を改めて見つめ話を続けた。

「工場の再建には多額の費用を要したが、幸いなことに手持ち資金は潤沢だし、腕時計は間違いなく、それも極めて近い将来、大きな市場になると私は確信してるんだ。その市場を精工舎が手にすることができるなら、製造原価割れ、いや、赤字を出しても惜しくはないと考えていたんだよ」

自分の策が肯定されたのが、よほど嬉しかったのだろう。玄三は晴れやかな顔になって満面に笑みを宿した。

そんな玄三に、

「玄三……」

金太郎は我が子の名前を呼ぶと、続けて問うた。

「お前は、住友さんの家訓を知っているか？」

「浮利（ふり）にはしらず……ですね」

「成功を収めた実業家が残した家訓には聞くべきものがある。世の中には商人がごまんといるが、その大半は今日の飯、明日の飯、つまり目先のことしか考えていない、いや考えられないでいる。だがね、ごく稀に、もっと先、一年はおろか十年先を見据え、高い志を持って日々商売に励む人がいる」

玄三は真剣な表情で、黙って話に聞き入っている。

金太郎は続けた。

「そりゃあ苦しいさ。自分の考えが正しいのか、いまの労苦が報われるのかなんてことは誰も分からんからね。だがね、お天道（てんと）さまは見てるというが、見ているのはお天道さまだけじゃないんだ。世間も同じ目で人を見ている。商人は尚更ね……」

深く頷く玄三に、金太郎はさらに続けた。

「住友さんの家訓はね、目先の利益を追えば、いずれ客を騙すことも辞さなくなる。世間は商人の魂胆を驚くほど鋭く見抜く。つまり〝浮利にはしらず〟というのは、志を高く持ち、常に誠実であれといっているんだな。お客さまに、どうしたら喜んでもらえるか。買って良かった、安い買い物をしたと思ってもらえるかどうかが信用に繫がる。商売成功の極意は、お客さまの信用を得られるかどうかの、ただ一点にしかないのだと戒めているんだよ」

「社長のただいまのお言葉、玄三、改めて肝に銘じます……」

玄三は決意の籠もった声でこたえた。

金太郎は、そんな玄三の姿を頼もしく思う気持ちそのままに、強くいった。

「腕時計の大売り出しは、全てお前に委ねる。思う存分やってみろ！」

7

大正十五年（一九二六年）十二月二十五日。天皇の崩御により昭和と元号が代わった元年は、僅か一週間で終わった。

翌、昭和二年（一九二七年）四月。社長室を訪ねてきた玄三が、ドアを開けるなり祝いの言葉を口にした。

「社長、いよいよ貴族院議員就任を受諾されたそうですね」

満面に笑みを浮かべながらも、玄三は金太郎の反応を窺うようにいった。

「人の口に戸は立てられないというが、随分耳が早いことだね」

「上野のお義父さまから聞いたんです。ようやく服部さんが、議員就任を受けて下さったと、そりゃあ大変な喜びようで」

「なるほど、宮内省の筋からか……」

上野の義父からと聞けば合点がいく。

玄三の妻・英子の父である上野季三郎（すえさぶろう）は、サンフランシスコ領事館書記をかわきりに、香港二等領事、シドニー総領事などの要職を歴任した外交官で、その後宮内省に転じ、宮内大臣秘書官、式部官、大膳頭（だいぜんのとう）を務めた官僚であったからだ。

「恐れ多くも勅選とあっては、さすがに断ることはできんからねえ……」

金太郎がいう勅選とは、内閣の輔弼（ほひつ）により天皇が任命することである。

服部時計店、精工舎が日本の時計業界に揺るぎない地位を確立していくにつれ、服部金太郎に爵位を与え華族にとか、貴族院に送るべしと推賞する声が頻繁に上がるようになった。

貴族院議員の選出基準は幾つもあるのだが、勅選議員は国に対して功績のある者や学識のある者から選出され、各分野の実務面において極めて有能と見なされた人間ばかりで、名誉職的意味合いが強い貴族院議員の中でも、実際に国政を担う存在である。

金太郎は本業以外に幾つもの団体や会社の役職に就いていて手一杯。そんな重責を全うできるとは思えなかったし、そもそも華族や議員のような名聞（みょうもん）、肩書きには一切興味すら覚えたことはなかった。

しかし、形式上とはいえ天皇陛下の命とあれば辞退はできない。

「受けてしまったからには議員として、誠心誠意、お国のために全力を尽くす覚悟だが、となると会社の経営と議員活動、二つの大事を同時にこなすのは、かなり難しくなるね」

「いや、社長なら——」

そういいかけた玄三の言葉を遮り、金太郎はいった。

「貴族院議員といえども国会議員だ。この国の政策、法律、制度を決める場に参加するんだ。国民の生活の全て、国の形を決める責務を負うからには、会社よりも議員としての活動を優先するのは当然のことだ」

先程までの喜びに満ちた表情はすでになく、玄三は硬い顔をして押し黙る。

「まして、勅選の貴族院議員は終身だ。私が勅選の栄誉に与ったのは、小さな時計の修理店から、一代にして服部時計店、精工舎を名実共に日本一の時計販売会社、製造工場に育て上げた手腕を見込まれたからだ。もし、在任中に会社の経営が悪化する、傾くようなことにでもなってみろ。勅選して下さった陛下の顔に泥を塗ることになる」

玄三は、金太郎が何をいわんとしているかを察したらしく、

「はい……」

緊張感漲（みなぎ）る目をして、短くこたえる。

金太郎は、そこで一旦言葉を切ると玄三から視線を逸らし、

「いい機会なのかもしれないな……」

ぽつりと漏らすと続けていった。

「気がつけば、私も今年六十八。いつ、何があっても不思議じゃない年齢になってしまった。今のうちにその時への備えをしておこうと思う」

「何をおっしゃいますか。そんな――」

血相を変えて否定しにかかる玄三を、金太郎は顔の前に手を翳して制し、問うた。

「別に間違ったことはいっていないだろ？　人間には寿命があるし、私が晩年に差し掛かっているのは事実じゃないか」

「それは……まあ……」

「いつ、何があっても会社が困らんように、盤石の態勢を整えておくのは経営者の義務だ。もちろん、すぐにお前を社長にするわけではないが、議員就任を機に、お前に権限の多くを託そうと思う」

複雑な顔をして暫し沈黙する玄三だったが、やがて金太郎の目をしっかと見つめ、

「私が社長の代わりとして、十分な働きができるかどうかは分かりませんが、全力を挙げて精進することをお約束いたします」

決意の籠もった声でこたえた。

「世間じゃ余人をもって代えがたいとよくいうが、そんなことはない。創業者であろう

と、二代目、三代目であろうと、当代がいなくなれば、会社が存続する限り、誰かが跡を継ぐことになるんだからね」
金太郎は笑みを浮かべながら、明るくいい、「ところで、前にいっていた大売り出し
の件だがね、策はまとまったのかね？」と玄三に問うた。
祝いを述べにきたつもりが、話が思わぬ方向にいってしまったことに戸惑っていたの
だろう。
「はい」
ほっとした様子で玄三は頷く。「大売り出しの目的は、腕時計の優れた利便性を、少
しでも多くの消費者に実感してもらうことにあります。そこで、販売価格を製造原価に
しようと考えておりまして……」
「卸値はどうする？　販売価格を製造原価にすれば、卸値はもっと安くせざるを得なく
なるよな。精工舎にとっては赤字の商売ということになるが？」
「はい。腕時計はそうです」
玄三は躊躇することもなくこたえた。
「腕時計はというと？」
「大売り出しは銀座だけではなく、全国の時計店でも同時に行うこととし、それに際し
ては、他の精工舎製の時計の仕入れ量に応じて、腕時計を無料でつけようかと考えてお
ります」

「無料で？」

さすがの金太郎もこれには驚き、声を高めた。

「ただし掛け、目覚まし、懐中時計の卸値は従来通り。これらの仕入れ量によって、腕時計が無料でついてくるとなれば、時計店も従来以上の数を発注してくるでしょう。つまり、腕時計で生じた赤字分は、全額といわずともある程度回収できるのではと……」

何と大胆な策だ。

金太郎は、玄三の商人としての才覚に内心で舌を巻いた。

そんな内心が顔に出たのか、玄三はすかさず続ける。

「ただし、販売価格は全国一律とし、大売り出しを行うに当たっては新聞広告を打ち、その旨を明確に記すことにいたします」

「そんなことをしたら、お客さまが店頭に押し寄せるぞ。買えなかったお客さまが――」

もちろん考えてある、といわんばかりに玄三はニヤリと笑い、

「大売り出しの頭には、〝抽籤（ちゅうせん）付き〟という言葉を入れようかと……」

上目遣いに金太郎の反応を窺う。

「抽籤付き大売り出し？」

「さらにその前に〝精工舎復興記念〟という言葉も付け加えます。それならば、腕時計の販売促進策という印象を抱かれることはないと思いますので……」

感心のあまり言葉が出ない。

そんな金太郎に向かって玄三はいった。

「前にも申し上げましたが、このままでは在庫は増える一方です。不良在庫になったからといってドブに捨てるわけにはいきません。ならば、いま抱えている在庫を、まず腕時計の利便性を認知してもらうために使うべきです。実際に使ってみれば、誰しもが腕時計の良さを実感するはずだと私は確信しています。利益を上げるのは、それからでい い。それこそ、社長がおっしゃる住友さんの家訓、〝浮利にはしらず〟というものではないでしょうか」

8

玄三の策は、物の見事に的中した。

〝精工舎復興記念抽籤付き大売り出し〟は大好評を博し、締め切り前に予定数量は完売。あまりの反響の大きさに昭和二年、三年の間に再度、再々度、都合三度行うことになった。対象商品は九型腕時計〝セイコー〟、十六型懐中時計〝エンパイヤ〟としたのだが、いずれも初回同様、締め切り前に応募が殺到。しかも総販売数九万個のうち、腕時計が八万個という大成果を収めた。

この想定を遥かに超える大商いは玄三の戦略の賜物であったのはもちろんだが、もう一つ、三度目の売り出し期間中に、大礼記念京都博覧会と大典記念東京博覧会で、精工舎の各種時計が名誉大賞牌(はい)、優良国産賞、時事賞を授与されたこともあったと思われる。

そして、精工舎には好事が続いた。大売り出しの期間中に、以前から請願していた精工舎の敷地に隣接する二千七百六十六坪にも及ぶ陸軍用地の払い下げの認可が下りたのだ。

さらに、昭和三年（一九二八年）三月には、工場周辺の区画整備の大要が決まったのを機に、竹中工務店に建設を依頼していた鉄筋コンクリート四階建て、延べ床面積二千三百二十九坪の懐中時計工場が竣工した。

だが、逆に日本の社会は大きな魔に襲われた。

昭和四年（一九二九年）十月に、アメリカの株式市場大暴落に端を発した世界恐慌が、ただでさえ長い不況下にあった日本経済を一層深刻な状況に陥れたのだ。

もちろん時計業界も無縁ではなかったのだが、そんな渦中においてもなお、精工舎の成長は続いた。

「この不況を乗り越えるには、特売しかない」

といって、玄三は精工舎が製造する時計の全製品を対象に、昭和四、五年両年度の間に、四回に亘って特売を行ったのだ。

この特売での販売総個数は、実に二十八万個。そのうち腕時計〝セイコー〟、懐中時計〝エンパイヤ〟の合計が二十七万個と、携帯型が時計市場の主流になる時代の兆しがはっきりと見えはじめた。

「お前も随分思い切ったことをするもんだねえ。しかし、こうも特売を続けたんじゃ、精工舎の時計は特売で買おうって意識がお客さまに根付いてしまうんじゃないのか。大丈夫なのかね？」

売れ行きに満足しながらも、不安を口にした金太郎に、玄三はクスリと笑う。

好結果は自信に繋がる。業界、いや世界を席巻する不況の最中ともなれば、尚更のことだ。

果たして玄三は、自信満々の体でこたえる。

「同じ製品を売り続ければそうなるでしょう。でも、精工舎は常に新製品の開発を進めておりますのでね。新製品を値引きするつもりはありませんから、利益は確実に得られます。これもまた、〝浮利にはしらず〟。次の市場、次の時代への投資と考えれば、安いものですよ」

全く玄三のいう通りだ。そして、おそらく玄三は「別に損を出して売っているわけじゃなし」と付け加えたかったに違いない、と金太郎は思った。

というのも、先に行った大売り出しでは、仕入れ量に応じて腕時計を無償で提供したが、今回の特売では通常卸価格を大幅に値引きしながらも、しっかりと利益を確保していたからだ。

玄三は続けていう。

「それに、ここ四回の特売では実に興味深いことが分かりましてね」

「ほう、それはどんな？」

「大売り出し、特売はこれまで七回行い、腕時計、懐中時計の総販売個数は三十六万個にもなるのですが、購入層は一般婦人、そして男女学生、特に最近では、この学生の間で腕時計が大変な人気なのです」

「学生の間で？」

意外な言葉を聞いて、金太郎は思わず問い返した。

「学生だって、いまや時計は必需品の一つです。親の世代は使い慣れた懐中時計に関心が向くでしょうが、学生の大半は初めて持つんです。先入観を持たないだけに、懐中、腕、どちらの時計が使い易いか、極めて合理的に考えるようなんです」

「なるほどなあ。そりゃあ面白いね」

「それともう一つ、ご婦人方の間で人気なのは、腕時計が装飾品にもなるからでしょうが、ひょっとすると学生も同じなのかもしれないということなんです。特に女学生は、おしゃれに興味を持ち始める年齢ですからね。もちろん男子学生は、純粋に機能と使い勝手で選んでいるんでしょうが、いずれにしてもこれから先の携帯型時計は腕時計が主流になるのは間違いありませんよ」

玄三の見解は、頷くことばかりなのだが、金太郎は一つ疑問を覚えた。

「しかし、値引きされているとはいってもさ、何だってまた腕時計がこんなに売れるんだ？　この不況下に経済的余裕のある家庭なんて、それほど多くないだろうに」

　ただでさえ日本が不況の最中であったところに、世界恐慌が起きたのだ。大半の会社が経営不振に陥り、倒産した会社も数多ある。当然、家計も苦しくなるわけで、いくら特売とはいえ、安くはない腕時計など、二の次、三の次とされてしかるべきはずなのだ。

「これは私の推測ですが……」

　玄三は、複雑な表情を浮かべ前置きすると、「親心というものなのかもしれませんね……」

　声のトーンを落とした。

「親心？」

「子供のこととなれば、自分のことなど二の次三の次。それが親というものです。高等学校、女学校、大学に子供が進学するとなれば、多少無理をしてでも、祝いの品、記念の品を買ってやりたいと思うのでしょうね。それに、子供を上の学校に進学させてやれるのも、経済力があればこそのことですし、家計が苦しくとも、子供には見せまい、察知されまいとするのが親でしょう。となれば、子供もまた家庭の経済状況には関心を持たなくなるのではないかと……」

　瞬間、金太郎の脳裏に「親の心子知らず」という言葉が浮かんだのだったが、それ以上に「進学させてやれるのも、経済力があればこそ」という言葉が深く胸に突き刺さった。

　自分が学齢期であった当時の日本を思えば、格段に豊かになったとはいえ、義務教育はいまだ小学校まで。中学や女学校、高校、大学と上に行くにつれて進学者数は激減していく。

貧困からの脱出は、教育を身につけるのが最も早いという金太郎の信念は、いまだ変わりはない。だからこそ、これまでにも精工舎内に少年工を対象とした夜学制度を、服部時計店本店には小店員夜学制度を設け、従業員に教育を提供する場を整備した。さらに、昭和二年には小店員の訓育に熱意を持っていた大阪支店長・山岡光盛の発案で、同支店内に四年制の夜間の服部商業学校も設立した。他にも教育関連や慈善救済活動に多額の寄付を行ってきたのだが、莫大な資産を手にし、貴族院議員となって国政の場に身を置くようになった今でも、この問題を金太郎一人の力で解決することは不可能だ。

できることといえば、貴族院議員として政治の場で尽力することぐらいしかないのだが、貧困からの脱出、それすなわち所得の向上と考えれば策はある、と金太郎は思った。

そこで金太郎は、満七十歳を迎えるのを機に、昭和五年十月九日、一般学術や公共事業の奨励援助を目的とする『財団法人服部報公会』の設立を発表した。その額、実に三百万円。この頃の大卒初任給は七十円から七十三円、かけ蕎麦十銭、四畳半の女性用アパート家賃十円からすると、途方もない金額である。

万人に均等に支援を施すことはできないが、国が豊かになるに従って、国民の生活も豊かになる。そのためには国力、すなわち国内産業が海外先進国に優る成長を遂げる以外にない。その研究を支援するのが最も早いと考えたのだ。

あくまでも信念に基づく無私無欲の行為であったが、不況の最中だったこともあって、財団の設立は大変な反響を呼び、金太郎はたちまち時の人となって世間の注目を一身に集めることになった。

その結果、翌昭和六年（一九三一年）には国産時計産業の発展、社会公共に貢献した功労をもって勲三等に叙せられ、旭日中綬章（きょくじつちゅうじゅしょう）を授けられる栄誉に与ることになったのだった。

9

玄三が語ったように、この二年の間に精工舎は腕時計〝ネーション〟、八型腕時計〝パーロット〟、十九型鉄道時計及び二十四型交換時計及び十七型高級懐中時計〝セイコーシャ〟を次々に開発、販売を開始した。

中でも十九型鉄道時計〝セイコーシャ〟は、その名前が示すように鉄道時計に指定され、精工舎の業績に大いに貢献した。

そして昭和七年（一九三二年）六月、大震災から十年来の懸案であった服部時計店本店が銀座四丁目に完成した。工期、満二年。総工費七十八万八千三百七十円を費やした本店は地下二階、地上七階、延べ床面積二千六十五坪余。ネオ・ルネッサンス様式を取り入れ、屋上に巨大な時計台を設けた外観は、東京随一の繁華街・銀座の光景を一変させるほどの威容を誇るものだった。

長く建物を覆っていた足場が取り払われ、全容が露わになった本店を金太郎は万感の思いで見ながら、

「ついに完成したね……」

隣に立つ、鶴彦に語りかけた。

「ええ……」

鶴彦も胸に込み上げるものがあるらしく、こたえるのがやっとといった様子で言葉が続かない。

「前の本店が完成した時にも、一国一城の主になったと思ったものだが、改築と新築では、やはり違うものだねえ。本当の意味で自分の城が建ったと実感するよ……」

それは紛れもない金太郎の本心だった。

銀座という東京随一の繁華街のど真ん中にそびえ立つ、壮麗、かつ巨大なビルは、まさに城、いや宮殿と呼ぶに相応しい。

それが証拠に、名だたる店が軒を連ねる銀座にあって、その威容が人目を引くと見えて、開店日はまだ先、しかも平日の昼だというのに、早くも店の前は大変な人だかりである。

その光景の中に、これまで歩んで来た人生の中での様々な光景が脳裏に浮かぶと、金太郎はふと思った。

辻屋で商人としての道を歩みはじめて六十年。自分と同じような境遇に生まれ、同じように高い志を持ち商人の道に入った人間は、数知れずいたであろう。出発点は同じであったはずだし、与えられた時間もまた同じ。ならば、なぜ自分はこれほどの大成功を収めることができたのか……。

神に愛されたから？　運に恵まれたから？

いや、違う……。

采女町での火災もあった。関東大震災では、銀座の店も柳島の工場も、一日にして灰燼と帰した。家庭内においても、はま子との離縁もあったし、まんとの間には十四人の子宝に恵まれたが、四男の英介を幼くして失った。

自分だって、同じように辛酸を嘗め、何度となく絶望の淵に沈みかけもしたし、心が折れそうになったことも多々あったのだ。

その度に、自分を支えてくれたものは何であったのか……。

こたえは一つしかない。

人である。

いままでの人生の中で出会った人のことごとくが、いまの成功に導いてくれたのだ。たとえば、最初の奉公先で辻粂吉に仕えたこと。まんとの再婚。吉郡英恭との出会い。そして吉川鶴彦、渋沢栄一との出会い……。

粂吉は商売のいろはを教えてくれただけでなく、丁稚の身であった自分によく目を配り、能力を買い、僅か二年の間に商売に必要な知識を学ぶ機会を与えてくれた。

まんは子供たちを育てながら家をよく護った。家庭のことを憂えることなく、事業に邁進することができたのは、まんの支えがあったからだし、まんがいなければ鶴彦と出会うこともなかった。英恭からは、商売において信用を得ることの大切さを教わった。誰一人欠けても、今日の成功はあり得なかったのだ。

渋沢栄一との出会いもしかりである。

渋沢とは公私に亘って親交を結び、多くの薫陶を受けた。粂吉亡き後は、渋沢が心の師であったといっても過言ではない。それも粂吉が自分を東京商業会議所、いまの東京商工会議所の会員に推挙してくれたからこそのこと。粂吉と出会わなければ、渋沢と親交を結ぶことはなかったのだ。

これまでの自分の人生に、重要な転機となる機会を与えてくれた人物は、他にもたくさんいるが、そこに思いが至った瞬間、金太郎は恐怖を覚えた。

もし、その中の誰かが一人でも欠けていたら……。

「吉川さん……。変に聞こえるかもしれないが、今、一瞬、私は恐怖を覚えたよ……」

「恐怖……ですか？」

金太郎が話すその理由を黙って聞いていた鶴彦は、暫し、初夏の陽光を反射して白く輝く本店を眩しげに見つめると、

「晩年に来てそう思えるのは、社長が幸せな人生を送ったことの証なんじゃないでしょ

うか」

感慨深げにいった。

今度は、金太郎が鶴彦の話に聞き入る番だった。

鶴彦は続ける。

「立身の人、紛れもない成功者と世は称しますが、社長だって大変な苦労をなさったし、失意のどん底に突き落とされたことも何度もありました。それは、傍にいた私がよく知っているつもりです。私が社長に出会ったのは、はま子さんとの離縁の後ですが、その時だって大変な失意を覚えたことでしょう」

金太郎は、黙って頷いた。

「でもね社長、震災で本店も工場も焼けてしまった時、こうおっしゃったじゃないですか。災難、あるいは失意のどん底に突き落とされるような出来事が我が身に降りかかると、人間誰しも、なぜ自分がこんな目にと思うものだ。でも、その災難が転機となっていまがあると思える日を迎えることができたら、あの時の災難は災難ではなかった。今日を迎えるためにあったのだと。まさに『禍を転じて福と為す』となったわけじゃないですか。だから、幸せな人生を送ったことになるのではないかと……」

その言葉を聞いた瞬間、金太郎の脳裏に粂吉の姿が浮かんだ。

采女町の服部時計店が全焼した翌日の夕刻、現場に駆けつけた粂吉はそう語り、失意に暮れる金太郎を励ました。

今、全焼した旧本店の跡地に再建された本店を前にして、あの時と同じ言葉を今度は鶴彦の口から聞くとは……。

偶然ではないと思った。

粂吉が近くにいる。一緒にこの場に立って、新本店の完工を祝ってくれているのだと思った。

同時に、昨年十一月に亡くなった渋沢栄一の顔がそこに重なると、粂吉亡き後、心の師として仰いできた渋沢と一緒に新本店の完工を祝えなかったことが心底無念でならなかった。

「恐怖とおっしゃるのなら、私だって同じですよ……」

鶴彦はいう。「もし、ナナコの機械彫りをやっていなかったら。それ以前に、舶来懐中時計の裏面にナナコ彫りを施すことを社長が考えつかなかったら……。いや、まだありますす。高崎ではなく、他の地の時計店に職を求めていたら、社長に出会うことはなかった。今日の私はなかったのです」

「吉川さんも、いい人生を送ったってわけか……」

「これが、いい人生ではないなんていおうものなら、それこそバチが当たりますよ」

思わず苦笑いを浮かべた金太郎に、

「実は社長、ご相談……というか、お伝えしたいことがありまして……」

鶴彦は改まった口調でいう。

「伝えたいこと？」

「本年末をもって、引退することにいたします」

「引退？　ちょっ、ちょっと待ってくれ」

思いもしなかった申し出に、慌てて返した金太郎を、

「この辺で、楽隠居を決め込みたくなりまして……」

鶴彦は穏やかな声で制すると、すかさず続けた。

「工場の再建はまだ道半ばですが、精工舎には河田君という優秀な技師長がおります」

「いや、そうはいってもだね。吉川さんにいてもらわなくては、精工舎が困るよ」

「優秀な技師もたくさん育ちましたし、製造機械も時計技術も日進月歩。凄まじい勢いで進化しています。正直いって、その速さについていくのに苦労するようになりましてね。製造を生業(なりわい)とする会社で、技師長という肩書きは、そりゃあ重いものです。職責に相応しい働きができなくなっているのは、自分が誰よりもよく分かっています。そんな人間が、いつまでも上にいたんじゃ、それこそ会社の士気に影響します。だってそうじゃありませんか。私は、日本一高給取りの勤め人なんですよ」

現役を退くというのに、鶴彦の表情に寂寥(せきりょう)感や、感慨深げな様子は微塵もない。むしろ、やるべきことは全てやり尽くしたという満足感、重責から解放された晴れ晴れとした心情が窺い知れるようだった。

もうこれ以上、引き留めるのは止めにしようと金太郎は思った。

生涯現役もいいが、思う存分余生を楽しむのは、やるべきことを全てやり尽くした人間に対する褒美でもあるからだ。

金太郎は、鶴彦の申し出を受け入れながらも、「ただ、創業以来一緒に歩んできた吉川さんが、精工舎を出てしまうとなると寂しくて仕方がない。どうでしょう、顧問の席を新たに設けますから、精工舎に籍だけは残していただけませんか」

と提案した。

「分かりました」

金太郎と手を携えて、精工舎をここまで育ててきたのだ。右腕などという存在ではない。鶴彦と金太郎はまさに一心同体。どちらかが欠けていたら、今日の成功はあり得なかった。正に運命を共にしてきた仲。盟友である。

それに、鶴彦だって精工舎には、金太郎に優るとも劣らぬ愛着を覚えていれば、これから先も精工舎と共に歩みたいと思っているに決まっているのだ。

だからこそ、辞任は考えに考え抜き、覚悟を決めた上での結論であったはずである。それは、辞任の理由を語った後の、鶴彦の表情を見れば明らかだ。金太郎が「顧問に」と申し出てくるとは考えもしていなかっただろうが、だからといって鶴彦の決断がそう簡単に覆るとは思えない。

果たして、鶴彦は困惑した様子で押し黙る。

長い沈黙があった。

交差点の向こうの群衆の中からは、服部時計店の威容に感嘆する声がひっきりなしに聞こえて来る。

「吉川さん……」

沈黙を破ったのは金太郎だった。「さっき私は、本当の意味で自分の城が建ったと実感するといったが、言葉が足りなかったよ」

その言葉に、鶴彦は金太郎に視線を向けてきた。

金太郎は続けた。

「あの城は、吉川さんのものでもある。つまり、服部時計店には城主が二人いるんだよ」

「何をおっしゃいますか。私は、技術者ですよ。服部時計店がここまで大きくなったのは——」

「いいや」

金太郎は重い声で鶴彦を遮った。「事業は、ある意味戦争なんだ。戦に勝つためには優れた指揮官の存在は不可欠だが、同時に優れた武器が必要だ。戦に勝ったんだから、私は優れた指揮官だったかもしれないが、今日の勝利は、吉川さんが優れた武器を造り続けてくれたからだ。つまり、どちらかが欠けていたら、戦に勝った証としての、あの城は建つことがなかったんだ」

鶴彦は黙って話に聞き入っている。

金太郎はさらに続けた。

「私とあなたは一心同体。離れ離れになるのは、私とあなたのどちらかが、この世を去る時、そして服部時計店、精工舎を次の代に委ねる時だ。玄三も、いつ代を継いでも十分やっていけるだけの力をつけたけど、私は生涯社長でいるつもりだ。だから、吉川さんにも城主でいてもらわなければ困るんだよ」

「身に余るお言葉です……」

吉川の声は震えているようだった。

それが何を意味するかは、改めて訊くまでもない。

「どちらかの命が尽きるその時まで、これから先の精工舎を、服部時計店を、一緒に見続けようじゃありませんか。それが城主の務めってもんでしょう?」

薄雲が切れたのか。その時、急に強くなった日差しに、白亜の本店がより輝き始めた。屋上にそびえ立つ時計台の針が動き、長針と短針が重なり合う。正午を告げる鐘の音が銀座の街に鳴り響く。

それは、まるで服部時計店、精工舎の新たな門出を祝福しているかのように金太郎には聞こえた。

その時、かつて渋沢にいわれた言葉が脳裏に浮かび、金太郎は胸の中で語りかけた。

『渋沢さん……。雪玉は見事に転がりました。どでかい玉になりましたよ』と……。

エピローグ

「大分陽が落ちてきましたが、お寒くありませんか？」

巨樹が鬱蒼と生い茂る中を、一緒に散策していたまんが問うてきた。

「外に出るのは久しぶりなせいか、いつにも増して気分がいいね。もう少し歩こうか」

金太郎は慎重に足を進めた。

銀座本店が再建されてからは、午前中は銀座、午後は柳島に出向く日々を送っていたのだったが、やはり老いは避けられない。歳を重ねると体のあちらこちらから物音が聞こえてくるものだが、金太郎とて例外ではない。

かねてから高血圧という持病があったので、四女雪子の夫・松山陸郎を主治医にして加療を受けていたのだったが、昭和八年（一九三三年）二月、ついに金太郎は脳梗塞に襲われた。

最初の梗塞は軽微なものだったが、それでも大事をとって自宅療養に入った。だが四月に再発。以来ひと月、五月も後半に入ると、樹木に宿す葉も濃さを増す。静寂に包まれた森から聞こえてくる小鳥の鳴き声を聞いていると、床に伏す日々を送ってきたせいか、生命力に満ちあふれた環境が殊の外心地よく感ずる。

時折聞こえる槌音は、建設が佳境に入った新邸宅からのものだ。

「それにしても、神さまも随分なことをするもんだ。新居が完成するというのに、療養ばかりだなんてさ。少しは、ご褒美を思う存分楽しむ時間をくれても良さそうなものなのに……」

金太郎のぼやきを聞いたまんが、クスリと笑う。

「存分にお楽しみになっているではありませんか。お倒れになるまでは、朝から晩まで会社に出かけ、その上、貴族院のお仕事だっておありだったんですもの、寝るだけに使うようなものだったでしょう。目を瞑ってしまえば、どこで寝ようと一緒。それが一日中お家にいられて、ご本も読めて、こうして散策もおできになるんですもの。そんなこといったら、それこそバチが当たりましてよ」

長年夫婦でいれば、まんの本音ではないのは分かっている。

ゆっくりと養生し、一日でも長く生きて欲しい。

まんは心底そう思っているからいっているのだ。

実際、脳梗塞は恐ろしい。何しろ、脳の血管が詰まってしまうのだ。一度目の発作は軽微なものであったが、回を重ねるごとに症状は深刻になっていく傾向があるようで、
陸郎からは、

「二度目がこの程度で済んだのは、幸運と思って下さい。一発で亡くなる方だってたく

さんいるんです。本当に気をつけていただかないと、取り返しのつかないことになってしまいますよ」

と養生に勤しむよう厳に戒められた。

「でもなあ、こうして散策に出られるまでになったはいいが、庭も全部見ちゃいないんだぜ。施主が終の住処を見て歩けないなんて悔しいじゃないか」

まんの前では素直になれる。

金太郎のぼやきが、母親に甘える子供のもののように聞こえたのか、同行していた看護婦がクスリと笑う気配がある。

震災後に購入した芝区白金三光町の自邸は、敷地実に五千五十坪。なだらかに傾斜する広大な庭の芝は鬱蒼とした巨木に取り囲まれている。さらに、その外側には二メートルもの高さがある煉瓦造りの塀があり、中の様子は外から一切窺い知ることはできない。

その中に建設中の二階建て、日本館が付属した石造りの洋館は西洋の宮殿を彷彿とさせる豪壮、かつ堅牢なもので、延べ床面積五百六十坪。まさに時計王の住処に相応しい邸宅だ。

「まあ、そうおっしゃらずに。悔しいとか、残念だとか、思う度に血圧が上がりましてよ。お気をつけなさいと陸郎さんからは、何度も念を押されておりますし、私だって長く一緒に暮らしたいと思っているんですから……」

「私と暮らすことより、新居が待ち遠しいんじゃないのかね？」

これもまた、長年連れ添ったまんにだからいえることで、彼女も金太郎の本音ではないのは百も承知だ。

「私だって、もう七十を過ぎてますのよ」

果たしてまんはいう。「あなたは仕事、私はつい最近まで子育てに必死で歳を重ねてきたんですもの。夫婦水入らずで過ごせる時がやっと来た……。新しい、それもあんな立派なお屋敷で、あなたと二人で過ごす時が少しでも長く続けばいい……。それが、いまの私のただ一つの願いなんですから……」

実際、倒れる当日までの金太郎の生活は、起床は午前七時、ただちに冷水摩擦を行うと、都下の主たる新聞に目を通し、淡泊な食事を摂る。自宅への来客は好まないのだが、会社以外にも多くの役職を持つとそうはいかない。来訪者と会い、その後最低でも一時間ほど読書に励み、十時には銀座の本店に出勤。午後十時には床に就くという判で押したような生活を送っていたのだ。

とにもかくにも、仕事中心の日々を送ってきたのは事実というもので、これだけの成功を収められたのも、まんの理解、支えがあればこそである。しかも、四男英介を幼くして失ったが、まんとの間には十四人もの子供を授かった。女中がいるとはいえ、前妻のはま子との子・信子も含め子供たちが健やかに育ったのは、やはりまんが熱心に子育てに励んだからである。

決して家庭を疎かにしたつもりはないが、夫婦になって以来、金太郎は事業、まんは子育てに忙殺される日々が長く続いてきたのだ。

まんにしてみれば、末娘の秀子も当年二十七歳、すでに他家に嫁いだことだし、病に冒されたとはいえ、大実業家と称される夫に相応しいこの広大な大豪邸で、ようやく夫婦水入らずの日々が始まったのだ。その日が一日でも長く続いて欲しいと切望しているのを金太郎も十分承知していた。

しかし、さすがにそれを口にするのは照れくさい。

金太郎はまんの言葉を噛みしめながら、こくりと頷き歩を進めた。

足取りは不確かだが、介助を要するほどではない。独力で注意深く仮住まいの邸宅に向かって歩いて行くと、程なくして芝に覆われた広大な庭に出た。

立ち止まって振り返ると、西の空に傾きかけた日差しを背後から浴びて、黒い影となった富士山が見えた。

「まん……」

金太郎は、傍らに立つまんに声をかけた。

「はい……」

「幸せな人生だったたか？」

「はい……」

まんは即座に返してくると、「これ以上にない、幸せな人生を送らせていただきました……。本当に……」

　しみじみとこたえた。

「そうか……」

服部金太郎は黄金色に輝く太陽に目を細めながらいった。「私もだ……」

黄金の光を放つ太陽が眩しい。

どこかで見た光だ、と思った。

記憶を探るまでもなく、金太郎はすぐに思い出した。

そうだ、あの時の光だ……。辻粂吉が見せてくれた、薔薇の彫りが施された懐中時計……。あの神々しい光に魅せられた時から、今に至る時計商としての道、黄金の刻が動き始めたのだ……と。

主要参考文献

『服部金太郎翁傳覚書』平野光雄著、城野喬、一九七一年
『精工舎史話』平野光雄著、精工舎、一九六八年
『時計王　服部金太郎』平野光雄著、時事通信社、一九七二年
『吉川鶴彦傳』平野光雄著、城野喬、一九七三年

解説

吉田大助

人の歴史は、目に見えないものを見えるようにしてきた歴史である、と言える。分かりやすい例は、顕微鏡や望遠鏡の発明だ。それらを用いることで生物および物質の詳細な観察が可能となり、人類は飛躍的な進化を遂げた。もう一つ例を挙げるならば、時計だろう。特に、文字盤というステージの上で長針と短針、秒針が軽やかに動くアナログウォッチ。その針の動きは、「時間」という決して目には見えない概念の実在や「時間は刻々と流れる」という現実を伝え、昔も今も見る者すべてに静かな衝撃を与え続けている。

基本的には専門家や好事家たちのものである顕微鏡や望遠鏡とは異なり、時計は家庭レベル、個人レベルで爆発的に普及した。人々の行動原理を変革し社会的進化をも引き出した、とてつもない発明品だったことは間違いない。では――日本においてその発明と進化を担った人物は誰か？　一八八一年一二月に京橋・采女町に服部時計店を創業し、世界に販売網を広げるＳＥＩＫＯ、現「セイコーグループ株式会社」の礎を作った実業家・服部金太郎だ。本書は、服部金太郎の生涯にまつわる史実にフィクションを交えて綴られた長編小説である。

　著者の楡周平は、経済小説の名手だ。フィルムカメラ・メーカーがデジタルの波に駆逐される様子を綴った『象の墓場』(二〇一三年)、日本を代表する大手スーパーマーケットの創業者をモデルにした『砂の王宮』(二〇一五年)、誰もが知る大手物流会社の光と影を見つめた『再生巨流』(二〇〇五年)や『バルス』(二〇一八年)、大手自動車メーカーが挑戦した「最後のガソリン車」の開発を描いた『ラストエンペラー』(二〇二三年)など、実在の企業や人物をモデルにした作品を数多く手掛けてきた。しかし、いずれも企業名や人物名は仮名であった。今作では、実名が選び取られている。仮名であれば、明らかなモデルが存在しても「全てフィクションである」という方便が立つものの、実名の場合は難しい。事実関係との照合などで発想を縛られるリスクがあったのではないかと想像してしまうが、著者は軽快かつのびのびと筆を進めている。むしろ実在の人物を実名で書くことは、書き手自身にとって良いフィードバックをもたらしたのではないだろうか? 客観性は保ちながらも、主人公への愛と憧憬が文章のはしばしから伝わってくるのだ。それは読者にとっても、主人公への共感回路として機能している。

　プロローグで活写されるのは、築地の老舗料亭で開催された服部金太郎の古稀のお祝いの様子だ。主賓席にいるべきは金太郎であるはずなのに、本人は別の人物をその席に座らせ、謝辞を述べた。当該人物とその親族にまつわる詳しいエピソードから、第一章の幕が上がる。

時は明治七年（一八七四年）三月、一五歳の金太郎は東京の洋品問屋「辻屋」で丁稚として働いていた。主である辻粂吉は金太郎の仕事ぶりや人格を高く評価し、末長く店で働いてもらいたいばかりか、妹の浪子と結婚してほしいとさえ願っていたが……。金太郎は丁稚期間が明けた後、己の足で立つことを決めていた。〈事業を起こし、実業家としての道を歩む〉。その事業こそが、当時はまだ目新しかった、時計商だ。

粂吉に事業案を披露する場面で、金太郎のビジョナリー（＝先見の明を持った経営者）としての顔が見えてくる。当時の日本は、鉄道網が敷かれ始めたばかり。のちの歴史が教えてくれるように、駅はあらかじめ栄えている街にできるものではない。駅ができることでその周囲に人が集まり、街ができるのだ。金太郎は言う。「鉄道は大変便利なものです。いずれ日本各地の都市が鉄道によって結ばれる時代がやってくるでしょう。当然、利用者も正確な時間を知る必要に迫られる。そこに大きな市場が生まれますし、時計を持つ人が増えれば、商談や会合はもちろん、生活の全てが時間を基準にして行われるようになると考えたのです」。

どこが史実でどこがフィクションかを峻別することほど無粋なことはないが、一つだけ。金太郎は粂吉に対して、「旦那さまの時計が、私には宝石に見えたんです」「そして、こう思ったんです。宝石は人間には造れないけれど、時計は人間が造れる宝石なんだと……」、と時計に魅せられた理由を語る。単行本刊行時の著者インタビューによれば、このセリフは作家の想像の産物だそうだ。近代日本経済史に残る偉大なるビジョナリーは、ロマンチストでもあった。金太郎の人生と運命への好奇心を掻き立てるうえでこのセリフは、重要な一手だったように感じられる。

辻屋を辞した後、金太郎は二つの時計店での丁稚奉公でさまざまな学びを経た明治十年（一八七七年）、采女町の実家に「時計修繕所」を開業する。時計職人としてのさらなる修業ののち、明治一四年（一八八一年）、満を持して「服部時計店」の看板を掲げることとなる。その間もその後も、金太郎は折に触れてビジョナリーとしての才を披露する。天から降りてくるアイデアをキャッチして閃くのではなく、同業他社も手にしている情報や目にできる光景の中から、全く新しい未来図を描き出してみせるのだ。例えば、時計店は意外なほど修理依頼が多い、ならば一年間修理保証付きの時計を売り出せばいいというアイデアは、現代では様々な業種でアフターケア・サービスとして採用されている。服部金太郎が、先駆者だったのだ。他にも、無数の先駆例を挙げることができる。今とこれからの経済に繋がるヒントを多々見出すことができるはずだが、その辺りは実際に小説を読んで確かめてほしい。以降は、本作の小説としての美点を見つめていきたい。

数々の機転で会社を大きくした金太郎は、日本初の腕時計を製作・販売し国内時計市場のシェア六〇パーセントを誇るようになり、海外で戦うために「精工舎」という社名からＳＥＩＫＯブランドを生み出して……。章や節ごとに時間を大きくジャンプさせながら語る形式は、一人の人物の生涯を追う物語としてスタンダードだ。ただ、それはともすれば各時代ごとに何が起きたかを追うレポートや、お勉強じみた評伝になりかねない。その感触を回避すべく著者が試みているのは、むしろ史実に基づくデータは最小限に留(とど)めて、金太郎と他者との関わりを最大限重視することだった。他者とどのように出会い、お互いどんな印象を与え合い、どのような会話をし、どんなふうに信頼を重ねていったのか。史実の記録にはなかなか残らないであろうそれらを、小説家としての想像力を発揮して記録していく。

　この構造を採用した背景には、著者が服部金太郎にくだした人物評が反映されているように思われる。縁に恵まれた人である。そして、縁を大事にする人である。全ての縁が一つとして欠くことのできない歯車として機能して、服部金太郎を「東洋の時計王」の座へと押し上げた。と同時に服部金太郎もまた、彼と出会った一人一人の幸福にとって欠かすことのできない存在として立っていた。その真実が、全六章＋αの中に圧縮・凝縮されている。

　この人物、この題材、この時代だからこそ実現されることとなったもう一つの美点は、小説の中盤、最初に奉公に上がった辻屋の主・辻粂吉の言葉に表れている。粂吉は金太郎をこんなふうに評する。「他人の言葉に耳を傾け、さらに己の人生に、事業に大切なものかどうかを見分け、取り入れる能力に長(た)けている……」。続く言葉が重要だ。「自分で考え、こたえを見出すのは大切なことだし、価値ある行為には違いない。しかしね、先人が考え、こたえ、見出したこたえには、耳を傾けるべき点があるのもまた事実。人生は長いようで短いものだ。白紙の状態から考えるよりも、先人の教えに従い、さらによりよいこたえを見つけるべく、そこから先を模索する方が、時間を有効に活用できるんだが、これができる人間は、そういないものでね……」。

本解説の冒頭で、人の歴史は目に見えないものを見えるようにしてきた歴史であると記し、一例として顕微鏡や望遠鏡、時計を挙げた。もっと分かりやすい例がある。言葉だ。人は、感情や思考という目に見えないものを言葉にすることで、それらを他者に伝達することを可能としてきた。そして、多くの人々にフィットし、なるべくコンパクトに表現できるような言葉を探ってきた歴史がある。著者は本作において、先人の「こたえ」を作中にずらりと並べ、それら「こたえ」の比較対照の中から、金太郎が己の人生を選び取る姿を描き出している。

天は人の上に人を造らず人の下に人を造らずと言えり。独立自尊。貧すれば鈍する。他山の石以て玉を攻むべし。天は自ら助くる者を助く。禍福はあざなえる縄のごとし。人生一寸先は闇。禍を転じて福と為す。情けは人の為ならず。好事魔多し。門前の小僧習わぬ経を読む。出る杭は打たれる。百聞は一見にしかず。ノブレス・オブリージュ。実るほど、頭を垂れる稲穂かな。高名の木登り……。

社会がどんなに進化しようとも、数十年、数百年程度で人間の中身は変わらない。ならば現代人は先人たちの残した言葉から、多くを学べるはずだ。本作は、「東洋の時計王」への敬意のみならず、現代にも適用できる大事な言葉を磨き上げ、今に届けてくれた無数の人々への敬意がみなぎっている。ここまでの感触は、著者のこれまでの経済小説にはなかったものだ。「他人の言葉に耳を傾け、さらに己の人生に、事業に大切なものかどうかを見分け、取り入れる能力に長けている」服部金太郎の物語だからこそ、それが叶った。

本作は西島秀俊主演で実写ドラマ化され、二〇二四年三月に放送予定だ（テレビ朝日系）。脚本は髙橋泉、監督は豊島圭介が務める。このタッグならば、人間ドラマとして重厚でありながらも、抜けや可愛らしさの漂う映像作品となることだろう。服部金太郎という人を、多くの人に知ってもらいたいと思う。この一冊が多くの人の手に渡ったならば、きっと未来が変わる。

（よしだ・だいすけ　書評家）

本書は史実をもとにしたフィクションです。

本書は、二〇二一年十一月、集英社より刊行されました。

初出「小説すばる」二〇二〇年六・七月合併号〜二〇二一年六月号

楡　周平の本

砂の王宮

戦後、闇市で薬屋を営んでいた塙太吉。持ち前の商才で流通業界最大の企業を造り上げるが、ある事件に巻き込まれ……。高度経済成長を支えた流通王の栄枯盛衰を描く傑作経済小説！

楡　周平の本

終(つい)の盟約

父・久が認知症を発症。息子の輝彦は、久による延命治療拒否の事前指示書に従い、父の旧友が経営する病院に入院させる。だが、久が不審な死を遂げ……。衝撃の問題作！

集英社文庫

集英社文庫 目録（日本文学）

集英社文庫 目録（日本文学）

野口健	落ちこぼれてエベレスト
野口健	100万回のコンチクショー
野口健	確かに生きる 落ちこぼれたら這い上がればいい
野口卓	なんてやつだ よろず相談屋繁盛記
野口卓	まさかまさか よろず相談屋繁盛記
野口卓	そりゃないよ よろず相談屋繁盛記
野口卓	やってみなきゃ よろず相談屋繁盛記
野口卓	あっけらかん よろず相談屋繁盛記
野口卓	なんて嫁だ めおと相談屋奮闘記
野口卓	次から次へと めおと相談屋奮闘記
野口卓	友の友は友だ めおと相談屋奮闘記
野口卓	寝乱れ姿 めおと相談屋奮闘記
野口卓	梟(ふくろう)の来る庭 めおと相談屋奮闘記
野口卓	風が吹く めおと相談屋奮闘記
野口卓	春だから めおと相談屋奮闘記
野口卓	とんとん拍子 めおと相談屋奮闘記
野口卓	新しい光 めおと相談屋奮闘記
野口卓	親と子 めおと相談屋奮闘記
野口卓	出世払い おやこ相談屋雑記帳
野口卓	弟よ おやこ相談屋雑記帳
野﨑まど	HELLO WORLD
野沢尚	反乱のボヤージュ
野中ともそ	パンの鳴る海、緋の舞う空
野中柊	小春日和
野中柊	このベッドのうえ
野茂英雄	僕のトルネード戦記
野茂英雄	ドジャー・ブルーの風
羽泉伊織	ヒーローはイエスマン
萩本欽一	なんでそーなるの！ 萩本欽一自伝
萩原朔太郎	青猫 萩原朔太郎詩集
橋爪駿輝	さよならですべて歌える
橋本治	蝶のゆくえ
橋本治	夜
橋本治	幸いは降る星のごとく
橋本治	バカになったか、日本人
橋本治	結婚
橋本紡	九つの、物語
橋本紡	葉桜
橋本長道	サラの柔らかな香車
橋本長道	サラは銀の涙を探しに
蓮見恭子	バンチョ高校クイズ研
馳星周	ダーク・ムーン(上)(下)
馳星周	約束の地で
馳星周	美(ちゅ)ら海、血の海
馳星周	淡雪記
馳星周	ソウルメイト
馳星周	雪炎
馳星周	パーフェクトワールド(上)(下)

集英社文庫

黄金(おうごん)の刻(とき) 小説(しょうせつ) 服部金太郎(はっとりきんたろう)

2024年 2月25日 第1刷
2024年 3月17日 第2刷

定価はカバーに表示してあります。

著 者 楡(にれ) 周平(しゅうへい)

発行者 樋口尚也

発行所 株式会社 集英社
東京都千代田区一ツ橋2-5-10 〒101-8050
電話 【編集部】03-3230-6095
【読者係】03-3230-6080
【販売部】03-3230-6393(書店専用)

印 刷 TOPPAN株式会社

製 本 TOPPAN株式会社

フォーマットデザイン アリヤマデザインストア マークデザイン 居山浩二

ISBN978-4-08-744615-9 C0193